十帖
Jyujo Presents
嬢は国王陛下のお気に入り2
JN062398
fairy kiss

この作品はフィクションです。
実際の人物・団体・事件などに一切関係ありません。

社畜令嬢は国王陛下のお気に入り2

第一章　幸せの絶頂に上りつめたなら

幸せの絶頂に上りつめた後の世界なんて、知らなかった。前世では愛に恵まれず、労働こそが自分の生きる道だと信じ、寝食を忘れて働くうちに過労死してしまったから。

けれど、愛し愛される喜びを知ってしまった今は？

その幸せが一秒でも長く続くようにと祈りながら、眩（まばゆ）い宝石みたいにキラキラした日々を過ごしている。

その幸せを覆い隠すような暗雲が、すぐそこまで迫っていると知らずに。

シェーンロッド王国の中でも群を抜いて透明度の高い海が魅力のシュバリー領には、初秋の風が吹いている。潮の匂いがするヨットハーバーでミルクティーブラウンの髪を風に遊ばせながら、シアリエは、夫であり国王でもあるアレス・シェーンロッドに肩を抱かれていた。

凪（なぎ）の海みたいに穏やかで、心地よい時間だ。

アレスのルビーを彷彿（ほうふつ）とさせる瞳には、シアリエの姿だけが映っている。しかし徐々に近付いてくる美しい顔で視界が埋まるのを感じたシアリエは、互いの唇が触れあう寸前で待ったをかけた。

「お待ちください、陛下！　ここは外です！」

シアリエは繊手でアレスの厚い胸板を押し、距離を取る。キスを阻まれたアレスは、へそを曲げた子供のような顔をしてジトリと睨んできた。

「別にいいだろ。俺たちが夫婦であることなんて、国民全員が知ってるんだから」

「それはそうですけど、ダメです。公務で来ているのに、浮かれてばかりいられません！　……あ」

シアリエは失言に気付き、しまったと言わんばかりに両手で口を押さえる。恐る恐る夫の表情を窺えば、鋭角的な美貌を誇るアレスは、ピクリと頬を引きつらせていた。一応口元には笑みをたたえているものの、大輪の薔薇を思わせる華やかな顔立ち故に、怒りを滲ませた笑顔は凄みがある。

「シアリエ？　今、めちゃくちゃハッキリ『公務』って言ったな」

「いえ、えっと」

「言ったよなぁ？　あーあ、傷ついたぞ。俺は」

「違います。これは私たちの新婚旅行です。ただちょっとその……視察を兼ねた」

そう、シアリエとアレスは現在、海が美しい地域へ新婚旅行に来ている。しかし、多忙を極めて結婚式ですら中々挙げられなかった二人だ。ゆったりとした新婚旅行など夢のまた夢。春に式を挙げてから半年経ってようやく実現したものの、シアリエは元々公務で訪ねる予定だった地域を行き先として希望した。

（だって、どうせ出かけるならどちらも一緒にすれば効率がいいじゃない）

というのが、前世からの社畜根性が染みついたシアリエの主張だ。愛する人と結婚しても、効率至上主義はそうそう変わらない。ムードもなければロマンもへったくれもないのがシアリエである。

（でも、私なりに楽しんではいるんだけどね）

シュバリー領の漁港で獲れる新鮮な海産物は、何を食べても身がプリプリで、頬が落ちるほど美味しかった。見渡す限り透き通ったコバルトブルーの海は絵葉書のように美しいし、白と青のコントラストが映える建物が階段状に並ぶ街も開放感があり、フォトジェニックな街並みには感動すら覚える。

昨日は夕焼け空の下で海岸をアレスと散歩したが、打ち寄せる波を避けて二人で戯れるのも楽しかった。

こんな感じで、シアリエはしっかり新婚旅行を満喫してはいるのだ。ただその合間にちょっと、仕事を入れただけで。むしろ少し前まで労働こそ自己実現だと思っていた自分が旅行に行っただけでも、目を見張るほどの成長だとシアリエは訴えたい。

なんなら今日だって、冷静な彼女らしからず、どこを散策しても絵になる街並みに魅せられて公務の合間についつい歩きすぎ靴擦れしてしまったくらいだ。踵が擦れたと知られては新婚旅行に浮かれているのが丸出しなので、恥ずかしくてアレスには打ち明けていないけれど。

（慣れないヒールでの挨拶回りで靴擦れしちゃう新入社員じゃあるまいし……完全に不覚だわ。公務も兼ねているのに、私ったらもう）

しかし、内心浮き立っているシアリエに気付いていない様子のアレスはというと。

「一体どこの国王夫妻が、新婚旅行に視察を兼ねるんだろうなぁ？　シアリエ」

美貌だけでなく声だってセクシーで艶のある彼だが、その口調は刺々しい。顔を覗きこまれたシアリエは、グッと詰まってから言い訳がましく言った。

「う……っ。だ、だって仕方ないじゃないですか。陛下が提案なさった『万国博覧会』に向けて、色々と準備が必要なんですから」

『万国博覧会』とは、移民問題の取り組みが軌道に乗り始めた頃、アレスが貴族会議で提案したものだ。シアリエが転生したこの世界では近年、貿易が盛んに行われている。国教であるティゼニア教の唯一神が『豊穣（ほうじょう）、茶、炉』を司る（つかさどる）だけあって、シェーンロッドでは茶葉の輸出入が多い。が、貿易赤字を懸念した財務官長や貴族からの声を受け、それならば既存の輸出品以外の生産物を各国に知ってもらうことにより貿易で取り扱う品の幅を広げようと、アレスは『万国博覧会』の開催を提案したのだった。

しかも、その取り仕切りを任されたのは、何を隠そうシアリエで。

王妃となってから一番の大役に、力が入るのは仕方ないだろう。シアリエはシェーンロッドの芸術、工業、商業を詳しく知るため、各地に足を運んだり、王宮に技術者を呼び寄せて出展者や参加者を募っていた。新婚旅行の合間に行っているシュバリー領の視察も、その一環だ。

（それにしても、まさか前世でも馴染（なじ）み深いエキスポ……『万国博覧会』を陛下が提案なさるなんて）

シアリエは紫水晶のような瞳で、アレスをまじまじと見つめる。口調こそ粗野でマフィアのボスと紹介された方がしっくりくる彼だが、国王としての素質は歴代の王の中でも群を抜いている。シェーンロッドでは工場生産業も発展の一途を辿（たど）っているので、『万国博覧会』を開催することにより、この国の繁栄と圧倒的な工業力を世界に知らしめられることだろう。

きっとそこまで見越しているに違いないアレスを、誇らしく思うシアリエだが……。

への字に曲がった彼の口元は、子供っぽくて可愛い。とても大胆な政策を提案した本人とは思えなくて、シアリエは小さく笑みを零す。するとそれが不満だったのか、アレスは掠め取るように頬にキスをしてきた。

「……っ陛下」

「口にはしてないだろ。これくらいは許せよ。俺はこれから領主と漁港の視察をしなきゃいけねぇんだから、ご褒美くらいあってもいいじゃねぇか」

「ご褒美って……」

シアリエは熱を持った頬を押さえながら、モゴモゴと言う。

そんな二人を遠目で眺めていたのだろう、シアリエの秘書官時代の元同僚であるキースリー・ゾアが、数メートル先から声をかけてきた。

「ちょっとー？　いつまでそこでイチャついているつもり？　陛下、お時間ですよ」

視察を兼ねているため、王宮に勤める秘書官のキースリーも今回の新婚旅行に同行している。そして彼以外にも、護衛が数人、距離を置いて微笑ましそうにこちらの様子を眺めていた。その視線が居たたまれなくて、シアリエは赤くなる。

対して水を差されたアレスは、普段の女装姿ではなく男性用の制服を着用したキースリーに向かって、不服そうに声をかけた。

「今行く。シアリエは向こうの通りにあるカフェで待っていてくれ。店は貸し切らせてある」

「え……貸し切りですか？　わざわざありがとうございます。ですが、私も同行しなくてよろしいのですか？」

「ああ。――――足」

アレスは薄紫のドレスの裾から覗くシアリエの足を見下ろして言った。

「靴擦れして痛いんだろ？　座って休んでろよ」

「へ……」

シアリエはアメジストの瞳をパチクリさせる。表情に出さないよう気をつけていたため、まさかバレているとは思わなかった。

（……お見通しだったのね。気付かれてたことは恥ずかしいけど、こういう時、私のことをよく見てくださってるなぁって感じる）

そう考えると、胸の内から愛（いと）しさがこみ上げてくる。

「キースリー、シアリエを頼んだ」

アレスは信頼する秘書官に頼んでから、シアリエの方に向き直る。

「用が済んだら迎えに行く」

「分かりました。カフェで美味しいお茶があったら、茶葉を購入して夜にでもお淹（い）れしますね」

「へえ。楽しみにしてる」

ようやくアレスはそっと微笑み、シアリエの髪をクシャ、と撫（な）でた。その表情が優しくて、シアリエはドキリとしてしまう。

「シアリエの淹れるお茶が、一番美味（うま）いからな」

「……あっまーい。お茶を飲む前から、ご馳走（ちそう）様って感じね」

角砂糖をたっぷりと入れたお茶よりも甘い二人のやりとりを耳にしていたキースリーは、胸焼けしたように言う。そんな彼と共に、シアリエはアレスを見送った。

夫の姿が見えなくなると、シアリエはキースリーとアレスに宛てがわれた護衛を五人も引き連れて石畳の通りを歩き、カフェに入る。店内にはシアリエとキースリーだけが足を踏み入れ、護衛の者たちは店の外で待機することになった。

「わあ、綺麗（きれい）ですね……！」

つい感嘆の声が零れるほど、アレスが貸し切ってくれたカフェは洒落（しゃれ）ていた。

淡い青地に白色のダマスク柄のような壁紙が目を引くエレガントな内装もさることながら、カウンターに飾られた茶器の一つ一つが輝いていて美しい。ダイヤモンドを集めて作ったようなシャンデリアの下には、等間隔で並ぶ丸テーブル。そして奥にある窓辺の席はオーシャンビューになっており、青空と海が一面に広がっていた。

「どうぞおくつろぎください。ケーキをお持ちいたします」

ロマンスグレーがよく似合う品のよい店主が、席に着いたシアリエとキースリーに恭しく声をかける。ウェイトレスの姿も見受けられたが、彼が直々に接客してくれるらしい。

入口近くのショーケースまで向かう店主の後ろ姿を眺めながら、シアリエの向かいにかけたキースリーはニヤニヤと切りだした。

「多忙ですれ違うどころか、見ている方が胸焼けするくらいラブラブよねぇ。アンタと陛下って」

「そうですか？」

シアリエは聞き返しながら、改めて結婚してからのアレスとの日々を反芻（はんすう）する。

仕事も恋愛も頑張りたいシアリエにとって、彼は理想の夫と言えた。王妃となったシアリエがバリバリ働くことを応援してくれるからだ。

もちろん、先ほどのヨットハーバーでのように拗ねることもあるが、夫婦の時間を大切にしているからこその発言だ。それに普段頼りがいのあるアレスが不貞腐れるのは、ギャップを感じて可愛らしくもあり、シアリエは彼のそういったところも好ましいと思っている。

「そうよ。仕事中毒だったアンタが……感慨深いわぁ」

テーブルに頬杖をついて呟くキースリーに、シアリエは尻がこそばゆい気持ちになる。

（ラブラブ……かは分からないけど、陛下のことが以前にも増して好きなのは事実ね。彼と結婚してから、毎日幸せだし）

優しくて格好いい夫と心を許した元同僚たちに恵まれ、仕事では前世でも馴染み深い『万国博覧会』の取り仕切りという大役まで任されるという充実ぶり。

結婚式の時、アレスは『好きなことなら、全部選べよ』と言ってくれた。何も諦めなくていいと。お陰でシアリエは幸せな日々を更新し続けている。

（ずっとこんな毎日が続けばいいのに）

そう思っていると、ふと店の外が騒がしくなった。何を言っているのかまでは判別できないが、言い争っているような声が、白い扉越しに聞こえてくる。

「陛下、もういらしたのかしら。にしては早すぎるわよねぇ？」

キースリーは腰から下げた懐中時計を確認して首を捻る。シアリエは眉をひそめて言った。

「陛下ではないような……何か揉めているような声がしませんか？」

「嫌ね、ケンカ？」

「妃殿下もキースリー様も、そのままお待ちください。私が様子を見て参ります」

ショーケースからトレイにケーキを移していた店主が作業の手を止めて、扉に近寄る。その時

――――……。

カランカラン、と軽快なベルの音を鳴らして、外側から扉が開いた。奥の窓際の席に座っていたシアリエとキースリーは、吸い寄せられるように音の出所へ視線を向ける。

扉をくぐって入店してきた人物に、シアリエはアーモンド形の瞳を見開いた。

（……すごく綺麗な人……）

ドア枠を名画の額縁と錯覚するほど絵になる男が、そこには立っていた。年齢は十九のシアリエと同じか、少し上だろうか。面差しは穏やかで、どこかの国の王子と言われれば信じてしまいそうな華がある。

全体的に色素の薄い男だ。緩やかなウェーブのかかった髪は、後ろで一本の三つ編みにしている。潮風でパサついていたが、それすらも魅力的に見えるのだから、よっぽど顔の造形が整っていると言えた。アクアマリンを思わせる瞳は、髪の色と同じブロンドの睫毛（まつげ）によって、繊細に囲まれている。

その美貌に、カウンターにいた若いウェイトレスが感嘆の吐息を漏らす。

しかし何よりシアリエの目を引いたのは、男の服装だった。

（煌（きら）びやかな服……民族衣装……なのかしら。前世のパキスタンやバングラデシュの民族衣装に似てる……）

シャルワニによく似た白い衣装は、肩や袖口部分に金糸で繊細な刺繍が施されている。ゆったりとした上着やズボンにもかかわらずラフに見えないのは、装飾が美しいせいだろう。肩に羽織った鮮やかな青いストールも羽衣みたいで男によく似合っていた。

（何となくだけど、陛下とは対照的な美貌ね）

どちらも群を抜いた美形に違いないが、アレスの場合はワイルドで凄絶な色気がある。対して入店してきた男は、柔和で甘いマスク。後者はシアリエのタイプではないが、姿絵が高く売れそうだと思った。

シアリエがぼうっと見入っていると、ふと男と目が合う。彼はシアリエの姿を視認するなり、蕩けるような笑みを浮かべて歩み寄ってきた。

「失礼。お茶をご一緒しても？」

「え？　あ……私たちは」

大股で目の前までやってきた男に、シアリエはたじろぐ。店内はガラガラなのに、相席する理由がない。そう、客はシアリエとキースリーしかいないのだ。だって貸し切りなのだから。

「お客様、申し訳ありません。この時間は貸し切りとなっております」

男の後ろを追ってきた店主が、心地よい声で話しかける。シアリエは戸惑った。

（この男性、誰なのかしら……？）

店の外には、五人もの護衛がいたはずだ。真正面の入口から入ってきた男を、彼らが止めないはずはないのだが……。

キースリーも同じことを思ったのだろう。彼が怪訝そうな顔をした途端、美しい男は口を開いた。

「邪魔だな」と。

涼やかな声が店に響いた瞬間、白刃が煌めく。男は腰に下げていた剣を目にも留まらぬ速さで鞘から引き抜き、店主の上半身を真一文字に斬りつけた。

「……っ」

「嘘でしょ⁉　何してんのよ、アンタ！」

上がった血しぶきに息を呑んだのはシアリエ、男に向かって叫んだのはキースリーだった。

「きゃあああああっ」

入口に一番近い場所にいた若いウェイトレスは、金切り声を上げる。驚いた彼女は一目散に逃げだしたが、扉を開けて店の外に出るなりもう一度悲鳴を上げて腰を抜かした。

「何、何なの⁉」

立ちあがったキースリーが喚く。ウェイトレスは扉から顔を覗かせ、

「外にいた護衛の方たちが……血まみれで倒れています……‼」

と悲鳴まじりに叫んだ。

「はあ⁉　ちょ、シアリエ！」

シアリエはキースリーの制止の声を無視して、倒れた店主を抱き起こした。息があるのを確認するなり、急いでドレスを破き、止血を施していく。

（出血がひどい……早く病院に連れていかなきゃ……。それに外にいる護衛の方たちの怪我の具合は……⁉）

シアリエはキッと美しい男を睨みつける。しかし男は意に介さず、飄々とした様子で剣についた

血を振り払っていた。大理石の床に、鮮血が点々と散っていく。

「外の護衛も貴方の仕業ですよね……⁉　どうしてこんなことを……！」

眼前の男に見覚えはない。暗殺者なら顔を隠し、もっと忍んで行動するだろう。白昼堂々剣を振り回すなんて、考えられないことだ。

「へえ、この状況で、刃物を持った僕に凄むなんてね。大人しそうな顔して、負けん気が強いんだな。さすが王妃。そう、確かシアリエ。アレス・シェーンロッドの妃、そうだろう？」

何がおかしいのか、男はニコニコと問う。次に男の目線は、キースリーへ向いた。

「それから女よりも妖艶な長髪の男、キースリー・ゾア。アンタはアレスのお気に入りだ。情報では女装しているって話だったけど、違うみたいだな」

髪を束ねただけで化粧っ気のないキースリーを値踏みするように見た男は、店内を見回す。恐ろしいのは、人を斬った後でもずっと男の口角が上がっていることだった。

「ああ、視察の時は女装をしないんだっけ？　うーん、いまいち情報が頭に入りきってないな。そうだ、ロロ・リッドマンはいないの？　ジェイド・イクリスは？　どちらもアレスの側近だろう」

危険な男の口から元同僚たちの名が出たことに、シアリエはピリつく。

キースリーは奥歯を軋ませ、唸るように言った。

「ここにはいないわよ！」

「そうか。いたら纏めて始末できたのに、残念だなぁ」

男は大仰に肩を落とす。シアリエは彼の発した言葉に慄いた。

（始末って……どうして？　何が目的なの⁉）

「アンタ誰よ。アタシの脳にインプットされている情報には、アンタみたいなふざけた知り合いはいないんだけど？」

「だろうね。『アンタ』は知らないはずだ」

キースリーに向かって奥歯にものが挟まったような言い方をする男に、シアリエは眉根を寄せる。

「まあいいや。今日はアレスの奥方に挨拶に来たんだ。僕がこれから動きだすことを知らせたくて」

男は肩を竦めると、腰に下げていた鞘に剣を収めた。穏やかだった彼の目が細められたことで、シアリエはもう得物を仕舞われたはずなのに、首筋に刃を当てられたような心地を味わう。

「ねえ、シアリエ。アレスに伝えてくれないかな。『お前が僕の兄を殺した代償を、払ってもらう時が来た』って」

シアリエは長い睫毛に縁どられた瞳を、零れ落ちそうなくらい大きく見開く。眼前の男が発した言葉の意味を理解できず、胸には困惑だけが積もっていく。

「殺し……？」

「そう。あの男は、僕の兄さんを殺した」

男は静かに答えると、腰を屈め、床に座っているシアリエと同じ目線になって続けた。

「そのツケを払ってもらうよ。アレスの大切なものはすべて壊す。……いずれは君もね」

男の武骨な手が、シアリエの細い首に伸びる。キースリーが非難の声を上げようと口を開くのが横目で見えた。が、男の興味がそちらに向かないよう、シアリエは目でキースリーを制する。

しかしやんわりと頸動脈を圧迫されたことにより、シアリエは浜辺に打ち上げられた魚のようにビクリと身を跳ねさせた。

「へぇ……近くで見ると、すごい美人だな。アレスは君みたいな子がタイプなの？」

喉が圧迫されて答えられないシアリエは、瞳をただただ揺らす。自分で首を絞めておきながら、男は「答えてよ」と甘えるようにねだった。

「まあいいや。今は殺さずにいてあげるんだ。僕の伝言、ちゃんと伝えてくれるよね？」

男の手がシアリエの首から外れ、血の気をなくした頬に移動する。親指の腹で撫でられただけで、全身に鳥肌が立つ。アレスに口付けられた時は火照っていた頬が、今は氷を当てていたかのように冷えきっていた。

（陛下が、この男の兄を殺したって、どういうこと……？　この人は何を言っているの……？）

沢山の疑問が次々と湧く中で確かなことは、眼前の男が危険だということ。

現に激しい警鐘が頭の中で鳴っている。小動物が肉食獣に追われている時に似た焦りを、シアリエは先ほどからずっと感じていた。

「じゃあ、またね。シアリエ。近いうちに会おう」

男は不自然なくらいにニッコリ微笑むと、呆然（ぼうぜん）として動けないシアリエを置いて立ちあがり、悠然と店を去っていく。

「その時は君のこと、壊しちゃうかもしれないけど」

そんな、不穏に満ちた一言を残して。

第二章　彼の秘密について

アレスがカフェに駆けつけたのは、男が去って五分後のことだった。

視察中だった彼が到着するには、早すぎる時間だ。おそらく騒ぎを聞きつけて急いで来てくれたのだろうとシアリエは思った。

「シアリエ！　無事か⁉　キースリーは？」

扉を吹き飛ばす勢いで店内に入ってきたアレスは、脇目も振らずにシアリエへ駆け寄った。

「陛下……！」

止血作業で店主や護衛たちの血がついたシアリエを見るなり、アレスは汚れるのも気にせず膝をつく。その首筋は汗で湿っていた。

「怪我したのか⁉　見せてみろ」

「私は平気です。キースリーさんも、どこも怪我をしていません。それより、店主と護衛の方々を早く病院に連れていってください……！」

「分かった。おい――すぐに連れていけ。誰も死なせるな」

アレスは自分が引き連れてきた騎士団のメンバーに、怪我人を病院まで運ぶよう命じる。店主たちが運びだされ、ショック状態のウェイトレスも連れだされると、店の中にはシアリエとアレス、キースリーの三人だけになった。

アレスはいまだシアリエが怪我を負っているのではと疑い、ジロジロと眺めてくる。

「本当に、私は大丈夫ですから。……ね？　キースリーさん」

「ええ。何とかね」

キースリーは気が抜けたのか、ドッと老けこんだ様子でカウンター席に突っ伏した。

身体の隅々まで確認してようやく安堵したのか、アレスはシアリエを抱きしめる。

「無事でよかった……。心臓が凍るかと……」

搾りだしたような声で言われ、シアリエはアレスの心配の大きさをひしひしと感じとる。唇を震わせながらアレスの背に腕を回すと、彼の腕の力が増した。

「何があった？　漁港を視察していたら、カフェの前で騒ぎが起きているって聞いて……慌てて駆けつけたら、お前につけた護衛が全滅していた。誰にやられた？　グループ犯か？」

「いいえ、若い男が一人で……。私にも、何が何だか……ただ……」

シアリエは先ほどの出来事を思い返す。前世の社畜時代にプレゼンを散々経験して説明は得意なはずなのに、動揺から言葉が上手く出てこない。

（それに……襲撃してきた男の放った言葉は、本当なの……？）

「ただ、何だ？」

「あ……」

アレスから急かすように促され、シアリエはキースリーと目を見合わせる。兄のように慕っている元同僚が頷いたのを見て、事態を正確に把握するためにも伝える他ないだろうとシアリエは口を開いた。

「……襲撃してきた男に、言伝（ことづて）を頼まれました」

「言伝だと……？」

「ええ。陛下が……」

シアリエは、アレスの視線から逃げるように俯（うつむ）いて言った。

「自分の兄を……兄を殺した代償を支払う時が来たと……」

「……」

「何のことか、心当たりがおありですか？　陛下」

アレスからの返事はない。ただ、シアリエを抱く手がピクリと揺れたのを背中越しに感じとる。

明らかな動揺だ。

（陛下の御代（みよ）になってから、シェーンロッドで大きな内乱や戦争は起きていない。だから陛下が人を殺（あや）めたというのなら、それ以外の理由になる。例えば罪人を断罪したとか……）

それにしたって、『殺した』という表現は生々しい。まるで、直接手にかけたみたいな……。

「襲撃犯が、そう言ったのか」

シアリエが思考の海を漂っていると、静かな問いかけがアレスから返ってきた。

「あ――はい。それから、陛下の大切なものはすべて壊すとも」

「……そいつの、特徴は」

「ええと……異国の服を着用していました。それから、中性的で品のよい甘い顔立ちでしたね。髪はおさげを結っていて……色は淡いプラチナブロンド。それから瞳は……」

「アクアマリンみたいな水色」

「！　そうです。では心当たりが……陛下？」

ようやく顔を上げたシアリエは、アレスの横顔がまるで能面のようにひどく無表情なことに驚く。いつもは燃えるように意志の強い瞳が、無機質で冷たい。

「忘れたことはねぇよ」

アレスが薄い耳たぶにぶら下がったシルバーのピアスに触れる。シアリエがその仕草を目で追っていると、彼は横を向いて言った。

「キースリー、予定は変更だ。新婚旅行は中止して、すぐに王都に戻る」

「っ分かりました。スケジュールを調整します」

キースリーも君主の異様な雰囲気を察したのだろう。すぐに背筋を伸ばすと、店の外に出た。

「へ、陛下！　この度は私の目が行き届いていなかったばかりに……！」

店外には領主が待ち構え、出てきたアレスやシアリエに対して取り乱した様子で謝る。しかしアレスは「お前の統治が悪いせいじゃない」と短く答えると、それ以降は何も言わなかった。


「何が起きているのよ」

シアリエの困惑に満ちた声が、空気の澄みきった星空に吸いこまれていく。

新婚旅行に連れてきた使用人たちが夜逃げするみたいな勢いで荷物を纏め、夕刻にはシュバリー領を後にすることになったシアリエ。

護衛の具合が気になるので自分だけでももう少し滞在したいという願いは聞き入れられず、代わりに一部の騎士団員が現地に残って、シアリエはアレスと共に王家の船に乗りこんだ。

今は夜の海原を王都に向けて航海中だ。穏やかな波の音が、幾分かシアリエの乱れた心を和らげてくれる。

「とんだ新婚旅行になってしまったね、シアリエ」

船首で夜風を浴びていたシアリエに、背後から声がかかる。振り返ると、秘書官長を務めるジェイド・イクリスと騎士団の花形である第一師団の団長ヴィンティオ・バロッドがこちらに向かって歩いてきていた。彼らも新婚旅行に同行していたのだ。

「イクリス秘書官長！　バロッド騎士団長も……こんばんは」

銀縁の眼鏡がよく似合う優美なジェイドと、歴戦の猛者を思わせる隻眼のバロッド。正反対な見た目をした二人の登場に、シアリエは目をパチクリとさせる。

（珍しい組み合わせね……。そういえば、この二人って……）

「一人かね？　陛下は？」

シアリエが王妃になっても、バロッドは公の場以外では砕けた口調で話しかけてくれる。それはジェイドも同じだ。

シアリエはバロッドの質問に答えた。

「部屋で事務処理をなさっておられます」

「そうか。シアリエ、今日は疲れただろう。私の部下がいたにもかかわらず、危険な目に遭わせて申し訳ない。怪我がなくて何よりだ」

「いえ、そんな……」

シアリエは恐縮して手を振り、それから躊躇いがちに聞いた。

「あの……お二人は王宮に長く勤めてらっしゃいますよね？」

「長く……まあそうだね。私は十五年くらいになるかな。バロッド騎士団長はもっと長いですよね」

ジェイドが問いを投げると、バロッドが「二十四年だ」と答えた。

（バロッド騎士団長に至っては、陛下が生まれるより前から勤めてらっしゃる……！　なら、襲撃犯の言葉について、何か知っているかもしれない……！）

光明を見出したシアリエは表情を明るくした。が、二人がアレスの重臣であるとはいえ、迂闊に聞いていいことなのかと逡巡してしまう。

（大した理由がないなら、きっとカフェで陛下の口から説明されていたはず。つまり、おさげ髪の男の言葉は、重大な機密事項の可能性もあるわけで……）

すでにキースリーも耳にしているとはいえ、アレスが隠しておきたいことという線もある。それなのに本人に断りもなく事情を探っていいものか。夫とはいえ、人の心に土足で踏み入るような無粋な真似はしたくない。けれど……。

（感情を削ぎ落としたような陛下の横顔が、頭から離れないのよ）

あんな顔をさせたままでいたくない。もし知ることでアレスの心を助けられるなら、後でどれだけ叱責されても構わないし、いくらでも心から謝ろうと覚悟を決めて、シアリエは口を開いた。

「昼間にカフェで襲撃してきた男が、気になることを言っていたんです。アレス陛下に『兄を殺した代償を払ってもらう時が来た』って。陛下も心当たりがある様子で……キースリーさんは男について知らない様子でしたが、彼より長く勤めているお二人なら、何かご存知では？　男の正体は誰なんでしょう。彼の言っていることは――」

ジェイドの人差し指を唇に押し当てられたシアリエは、口を噤む。知らぬ間に肩で息をしていたらしい。前のめりになった姿勢を正し、心を落ちつけるように長い髪を耳にかけた。

「……すみません。取り乱しました」

「構わない。ひどい目に遭ったのだから当然だ」

バロッドが優しく囁く。シアリエは自身の両腕を抱きしめるようにしてポツリと呟いた。

「……それよりも、襲撃犯の話をした時の陛下の表情が気になって。心配なんです。あんなに動揺した暗いお顔は初めて見ました。だから、何があの方にそんな表情をさせたんだろうって……知らなくちゃ、何て言葉をかけていいかも分からないから」

「そう。君はいい妻だね」

ジェイドは落ちついた声で言った。

「シアリエ。私たちは君の疑問に答えられると思うよ。実は昼に、陛下から報告は受けていてね……襲撃犯の男は整った顔立ちで、金髪に水色の瞳、そしておさげ髪だったんだろう？」

「は、はい。間違いありません」

シアリエが答えると、ジェイドとバロッドは互いに目を見合わせ「やはりな」と呟く。それからこちらを真っすぐに見たジェイドは、昼間から抱いていた疑問に答えをくれた。

「男の名はエレミヤだよ。アレス陛下の王太子時代に、あの方の護衛を務めていた貧民街出身の男の、弟だ」

「エレミヤ……？」

シアリエは復唱する。ジェイドは深淵（しんえん）のように真っ黒な海面を眺めつつ、思い出話を始めようと口を開く。しかしその時に、背後から声がかかった。

「シアリエには俺が説明する」

「陛下！　いらっしゃったのですか？」

いつの間にかアレスがやってきたことに吃驚（びっくり）して、シアリエは駆け寄る。彼はシアリエの後頭部を引き寄せると、流れるように額に口付けた。普段なら照れてしまうところだが、謝罪の意味が込められているだろうキスを、シアリエは甘受する。

「ああ。……昼間は気が動転して、ちゃんと説明しなくて悪かった。全部話す。シアリエには、知る権利があるから」

そう囁いたアレスの表情が、シアリエは夜風にさらわれそうなくらい儚（はかな）く見えた。船の上だ。どこか遠くへ行けるはずもないのに、目の前から煙のように消えてしまいそうな気がして、夫の腕を掴（つか）む。

「聞いてもいいことですか？」

「聞いてほしいことだ」

遠慮がちに尋ねたシアリエに、アレスは優しく言った。

十年前、先王の御代。十二歳のアレスは今と変わらず柔軟な思考を持ち、幼いながらも貴賤を問わず有能な者を登用したいという意思が強かった。そんな彼が、真っ先に目をつけたのが……。

『やったぜ、エレミヤ！　賞金のお陰でしばらく食うには困らない生活だぞ！』

アレスが王太子として主催した剣術大会で優勝した、ハイネという貧しい青年だった。

まるで掃きだめのような貧民街で暮らす彼は、いまだ歓声の鳴りやまぬ闘技場で、一回り年の離れた十歳の弟のエレミヤを抱きあげる。

二人とも揃って髪を後ろでおさげに結っている様子から、兄弟の仲のよさが窺えた。

『すごいすごい！　騎士団のメンバーも参加してたのに、兄ちゃんが優勝しちゃった！　僕たち金持ちじゃん！　ねぇ兄ちゃん、お金が手に入ったなら、そのピアスよりいいの買えるでしょ？　今つけているのは僕にちょうだいよ』

エレミヤは兄の耳元で揺れるシルバーのピアスをねだる。

『これか？　父さんの形見だからなぁ……穴も開けてねぇお前にはまだ早いって。もっと成長して似合うようになったら譲ってやるから、早く大きくなれよ？』

『栄養つくもん食べてないのに、背なんか伸びないよ』

『そりゃそうだな。っと……アレス殿下！　シェーンロッドに栄光の光あれ！』

兄弟が仲睦まじい会話を繰り広げる中、アレスは当時護衛を務めていたバロッドを引き連れて現れる。王太子の登場に驚いた二人は慌てて跪いた。

『堅苦しい挨拶はいい。……見事な試合だった。ハイネといったか。実はバロッドが第一師団の騎士団長になることが内定したから、代わりに腕の立つ僕の護衛を探していたんだ。どうだ？　興味はないか？』

『俺が……っ？　いや、えっと、じ、自分がですか？』

口の利き方がなっていないハイネを、バロッドが睥睨（へいげい）する。慌てて言い直したハイネに、アレスは快活に笑いかけた。

『ああ』

『ですが、俺は……自分は、殿下の護衛を務められるような身分じゃありません』

『身分なんて関係ない』

恐れ多そうなハイネにアレスはキッパリ断言すると、右手を差しだす。

『才能がある者、実力がある者に任せたいんだ。ダメか？』

『……っ殿下。本当に……？』

ハイネは薄汚れた服で自身の手を擦（こす）るように拭いてから、恭しくその手を取る。アレスはその手に力を込め、彼を立ちあがらせた。

『……っありがとうございます。よろしくお願いします！』

『兄ちゃん、騎士団に入るの？　あそこで働く人は皆寮に入るって、前に飲み屋の親父が言ってたよ。僕、兄ちゃんと離れたくない……』

エレミヤは不安に押し潰されそうな顔をして兄の服を掴む。その様子にハイネは少し胸を痛めたようだったが、弟を諭した。

『エレミヤー？　これは俺たち貧民には一生手に入らないようなチャンスなんだ。安定した収入が手に入れば、お前にも金をかけてやれる』

『でも……』

渋って泣きだしそうなエレミヤにも手を差しだし、アレスは語りかけた。

『僕はアレスだ。君の名前は？』

『エレミヤ……です』

『ハイネの弟なら、君にもきっと剣の才能がある。もう少し成長したら、ぜひ君も国の盾となり剣となってくれ』

『僕も……!?』

『ああ。ま、強くなるのが前提だけど』

アレスの言葉を受けて、エレミヤは淡い空色の瞳を爛々と輝かせる。

『なるよ！　強く！　それで兄ちゃんと働く』

『それは楽しみだな』

これが、二人が最初に交わした会話だった。


ほどなくして、ハイネは王宮の敷地内にある騎士団の寮に入ることになった。そしてエレミヤは孤児院に。これまで窃盗や日雇いの仕事で食いつなぎ、ボロボロの安アパートで生活をしていた二人だ。離れて暮らすことにはなったが、今までのゴミ箱を漁って食料を探すような生活に比べれば希望に満ちた日々を送っているかのように見えた。

そしてハイネは、アレスにある変化を与えた。彼は明るく気さくな男で、弟がいるだけあって面倒見もいい。それ故にハイネを護衛に指名したアレスは、すぐに心を許して兄のように慕い始めた。ハイネの口調を真似するくらいに。

『アレス殿下、俺の勝ちだ！』

中々敬語が定着しないハイネの勝利宣言が、修練場に轟く。

『負けて終われるかよ。ハイネ、もう一本！』

『また試合かよ！　殿下の筋がいいのは認めるけどやりすぎ……てか』

剣術の稽古に付き合っていたハイネは、アレスに向かって弱ったように言う。

『殿下ー？　俺を真似て荒い言葉遣いをするのはやめませんか？　バロッド騎士団長に睨まれるんですよ』

『いいじゃねぇか。俺は気に入ってる』

すっかりハイネの口調が移ったアレスは、機嫌よく言う。しかしハイネはガリガリとプラチナブロンドを掻いて言った。

『ああもう、俺が怒られるんだよ！　あ……ダメだ。エレミヤを怒る時みたいになっちまう』

『ブラコンだよな』

『そりゃもう！　年の離れた可愛い可愛い弟なんで！　死んだ両親の忘れ形見でもあるし。……掃きだめみたいな場所でも、弟がいたから踏ん張って生きてこられたんです。命よりも大切な存在ですよ』

その言葉を聞き、アレスは構えていた木刀を下ろした。

『やっぱ試合はいい。休憩がてら、エレミヤと二人で暮らしていた時の話、聞かせてくれ。街の様子も』

『いいですけど……興味あるのか？　じゃなくて、ありますか？』

『ああ。民の話をもっと知りたい。王宮から眺めているだけじゃ分からないからな』

アレスは目を輝かせてせがむ。ハイネから聞く民の話は、剣術の稽古と同じくらい好きだった。

しかし……。

『……物珍しいですもんね。殿下からしたら』

ふと、ハイネの表情が陰る。けれどアレスがその様子を疑問に思うより先に、

『いいぜ？　いくらでも教えますよー！』

とハイネが明るく話しだしたので、アレスはもちろん、修練場に居合わせたギャラリーの誰も、異変に気付かなかった。

兄と離れて暮らすエレミヤを気遣い、教会の隣に併設された孤児院を訪れては剣の練習をしたり簡単な計算を教えたりしていたアレスは、二つ年下の彼ともすぐに打ち解けた。

王族相手におもねらないエレミヤといることは、アレスにとってとても居心地がいい。だから暇を見つけては彼の元を訪ねていた。

『そうして並んでお勉強していると、天使が二人いるようですね。もしくは仲のよい兄弟に見えます』

教会から足を運んだ神官が、子供ながら凛とした顔立ちのアレスと柔らかく甘い面差しのエレミヤを見守りながら口にする。本から顔を上げたアレスはくすぐったそうに笑った。

『ああ。エレミヤは俺の弟みたいなもんだ』

『僕の兄ちゃんは一人だけだよ！　兄ちゃんは、自分一人ならもっと自由に生きられるのに、僕の面倒をいつも見てくれるんだ』

ハイネがエレミヤを想っているように、弟もまた兄のことを慕っているのだろう。痩せぎすで発育の悪い身体から、苦労して育ったことが窺える。けれどエレミヤは、兄との暮らしを思い出しているのか、柔らかな表情を浮かべていた。

『だからアレスは兄ちゃんじゃない』

『はあ、じゃあ何だよ』

『そうだなぁ……。アレスは僕の……初めてできた、友だち、とか』

一国の王太子を呼び捨てにした上、友人扱いしたエレミヤ。大それた発言だったことに後から気付いたのだろう彼は、叱られるのを待つ子供のように下唇を噛みしめる。が、アレスは喉で笑いを転がした。

『そうだな、俺たちは友だちだ』

アレスの言葉がよほど嬉しかったのか、エレミヤは教会の天井に描かれた天使よりも整った顔に笑みを刻む。二人の間に流れるのは、いつも穏やかで優しい時間だった。

兄が王宮で働くと知った時はぐずったエレミヤだったものの、いざ離れて暮らすと成長した姿を見せたいと思い直したらしい。彼はアレスが孤児院を訪ねる時、ハイネが付き添うのを拒んだ。もっと逞しく立派になった姿を披露して、兄を驚かせたいのだそうだ。それでもアレスがある提案をすると、子供らしく食いついてきた。

『兄ちゃんの誕生日に、僕を離宮に呼んでくれるの？　本当？　アレス』

『ああ。ハイネにはお前が来ることを秘密にしておいて、サプライズで登場して驚かせようぜ。この前教えた剣舞、覚えてるか？　あれを見せてやろう。装飾された格好いい真剣を用意しておく』

　アレスの提案に目を輝かせたエレミヤは、大好きな兄の誕生日を指折り数える。

　こんな温かく穏やかな日々が、この先もずっと続くと、アレスもエレミヤも信じていた。


　数日後、ハイネは弟から送られてきた手紙を手にし、半ば信じられない様子で尋ねた。

『……殿下がわざわざエレミヤに、読み書きを教えてくださったんですか？　あいつから手紙を貰うなんて初めてで驚いたな』

『ああ。孤児院に訪問した際には、エレミヤ以外の奴らにも教えてるんだが……あいつは特に飲みこみが早い』

　弟の成長ぶりに驚愕するハイネを面白がりながら、アレスは答えた。ハイネは真面目くさった様子で質問する。

『孤児院、マメに通っておられますよね。最近は国王陛下に、身分が低くても教育を受けられるような環境作りを提案されたとか』

『ああ。無償の学校を作りてぇんだよ。読み書きや計算ができないと、就業機会が制限される。計算ができないと詐欺にも遭いやすくなるし、読み書きができなきゃ、重要な情報を逃すこともある。そういったことで損をする奴らを減らしたい』

　つらつらと展望を述べるアレスに、ハイネは虚を衝かれたような顔をする。アレスはニヤリと笑って言った。

『どうした？　ハイネ。俺が夢物語を語っているように聞こえたか？』

『いや……とても素敵で……。アレス殿下は、道楽や気まぐれじゃなくて……有力な貴族や選ばれた奴だけでなく、社会的に弱い立場の奴も掬いあげようと本気で考えているんですね』

『？　ああ。だってそれが君主ってものだろ？　俺はまだ王太子だけど、いずれ王位を継承する。その時に、国民の皆が笑って過ごせるような国を作りたいんだ。それで王妃は、俺と一緒に突っ走ってくれるような頑張り屋で仕事のできる女がいいな――ハイネ？　ハイネ、何だよ、何で泣いているんだ』

突然、ハイネは弟のエレミヤと同じアクアマリンの瞳に大粒の涙を浮かべる。大きな手で口元を覆い泣きだした護衛に、アレスは動揺して懐から取りだしたハンカチを押しつけた。

『すみません。殿下……俺、殿下の気持ちも知らずに……！』

『どうしたんだ？　泣くなよ……』

『いやー……感動しちまって。はは……』

言葉の割には、ハイネの表情は暗い。彼がひどく後悔しているような顔で泣いた理由を、アレスはほどなく知ることになった。

悲劇が、突然訪れたからだ。ハイネの誕生日は新月で、夜の気配が特に濃い日だったとアレスは記憶している。

その日、約束していた通りサプライズを決行するため、アレスは孤児院からエレミヤを離宮に連れてくるよう、ジェイドに頼んでいた。

　それから離宮のダンスホールの扉を開け放し、庭に明かりを呼びこむ。ここでアレスとエレミヤが華麗な剣舞を披露すれば、きっとハイネは弟の成長を喜んでくれるだろう。そう確信していた。

　しかし――――……。

　突如、ダンスホールのシャンデリアの明かりが消える。暗がりの中、大理石の床を蹴る複数の足音が響いた。

『何だ……もう来たのか？　ジェイド、明かりを消せとは言ってないぞ？』

　テラスでサプライズの首尾を確認していたアレスは、キョロキョロと周囲を見回す。闇の中、アレスはダンスホールに蠢くいくつもの影を視認した。そして気付く。今自分を取り囲んでいるのは、エレミヤとジェイドではないと。

『――――は？』

『アレス殿下！　お命を貰いうけます！』

　暗がりの中、こちらに向けられたいくつもの剣が青白く輝いている。アレスは王太子の自分に、刺客が仕向けられたのだと嫌でも分からされた。

『暗殺者が忍びこんだか……！　ハイネ、離宮の外に警備兵がいるはずだ！　そこまで逃げるぞ！』

　そう叫んでから、ふと刺客が入りこんだにもかかわらず何も行動しないハイネに疑問が湧く。彼はアレスの護衛だ。どうして動かない？

　アレスが焦って振り返る。すると次の瞬間、ハイネが抜剣し、襲いかかってきた。風を切って振りおろされた白刃が、アレスの眼前に迫る。

『アレス殿下、お覚悟を……！』

『は？　……っ』

凶刃に驚いたアレスは、反射的に片足を引き、剣舞用に用意していた剣を鞘から抜く。そして背後から斬りかかってきたハイネを、逆に斬りつけてしまった。腰から肩に向けて斜めに肉を裂く感触が手のひらに伝わり、一瞬唇が震える。

成人男性に襲われた十二歳の子供の、衝動的な自己防衛だった。

アレスのまろい頬に飛び散る鮮血。信頼していた護衛が上半身から血を流して倒れていくのが、スローモーションのように感じられた。

『――ハイネ……？　お前、何で』

これは何という悪夢だろうか。金槌で殴りつけられたみたいに、頭が痛む。手が痙攣を起こしたように震える。しかしアレスが異常な空間に呆然としたのは一瞬だけだった。すぐに叫び声が耳を劈き、現実に引き戻される。

『うあああああっ』

鳥が一斉に飛び立つほどのエレミヤの絶叫が、庭園から響き渡る。アレスが蒼白になってそちらを振り返れば、運悪くジェイドがエレミヤを連れて現れたところだった。

兄が斬りつけられた瞬間を目撃したエレミヤは、アクアマリンの瞳に涙を盛りあがらせ、気が触れたように泣き叫ぶ。

『兄ちゃん、兄ちゃん!!』

ハイネに追随するように、他の暗殺者たちがアレスに襲いかかる。その攻撃をアレスが剣で防いでいると、庭園の低木をなぎ倒してバロッドが現れた。エレミヤの悲鳴を聞きつけたのだろう。

『ジェイド殿！　ここは危険だ！　その子供を下がらせろ！』

『エレミヤ、こっちに来るんだ！　ここにいてはいけない！　バロッド殿、殿下を頼みます！』

ジェイドが半狂乱に陥ったエレミヤの腕を掴み、現場から遠ざける。すぐに彼らの姿が見えなくなると、バロッドは鬼神のごとき勢いで他の暗殺者を制圧した。アレスは倒れたハイネのそばに膝をつく。

『ハイネ……ハイネ‼　死ぬな！』

『ははっ。自分を襲った奴の心配するなんて、お人好しかよ。死にませんよ、これくらいじゃ……。すみませんでした。アレス殿下』

仰向けに倒れたまま、ハイネは弱々しく笑う。騎士団の制服はザックリ切れ、上半身を縦断する大きな傷が刻まれていたが、幸いなことに致命傷ではないようだった。

そのことに安堵しつつも、アレスは痛みに耐えるような表情で声を絞りだす。

『……何で、俺のことを殺そうとしたんだ。あいつらはお前が引き入れたのか？』

アレスはバロッドの手によって息絶えた暗殺者たちを指さす。ハイネは苦笑して言った。

『あはは、何で、ねぇ。俺、アンタのこと、嫌いだったんです。殿下は貧民街でゴミみたいに暮らしていた俺と違って、何もかもをお持ちだったから』

ハイネは腕で目元を覆い隠す。

『だから俺を護衛に選んだのは殿下の気まぐれで、自分とはかけ離れた身分の者を小馬鹿にしてるんだと思ってた』

アレスは自分の知らない民の暮らしを教えてくれるハイネによく懐き、兄のように慕っていたけれど、彼の方はそうではなかったのだろう。

表向きはアレスに忠誠を誓い、親しく接していたが、内心は生まれながらに地位も名誉も金も持ち合わせた王太子を憎らしく思っていた。苦労など何一つ知らず、のうのうと生きて、日銭を稼ぐのに必死な自分たちの話を聞かせろとせがんではバカにしているに違いないと勘違いしていたのだ。

『そんな時、殿下や王妃様の存在をよく思っていないピルケ伯爵に、暗殺計画に加わるようそそのかされたんです。そんでもって俺、バカだから話を受けちまって。貧民街に住んでいた俺には考えられないくらい恵まれた暮らしをしている殿下への妬みと……協力することで与えられる金に目が眩（くら）んじまった。本当にバカだ……』

ハイネはひどい悔悟の念を滲ませて言った。

『恵まれて、愛されて育ったからこそ、殿下は誰かを思いやる心を備えているんだって……話を受けてから気付いたんです』

『愚かなことをしたな。ハイネ』

血のついた剣をハイネに向けたバロッドが、厳しい声で言った。

『貴様を護衛に任命した殿下を……殿下の信頼を裏切った罪を、どうあがなうつもりだ』

『バロッド、俺は』

アレスが口を挟む。しかしそれを制し、ハイネは上半身を起こした。すぐそばに転がっていたアレスの剣を掴んだ彼に、バロッドが警戒心をむきだす。しかしハイネはうっすらと笑みを浮かべるなり、その剣の切っ先を自身の腹に突き立てた。

『ハイネ⁉』

ゴプッと口から血を吐きだしたハイネに、アレスが叫ぶ。

『俺の死をもって、あがないます』

『バカなことを……‼』

バロッドが呻く。アレスはハイネに取りすがって喚いた。

『何してんだよ！　何で……‼』

『殿下、ごめんな。俺の意志が弱かったばっかりに……』

喋るだけで、ハイネはドクドクと腹から血を流す。彼の制服が鮮血で染まっていくのを見下ろしながら、アレスは彼の背を支えて叫んだ。

『もう喋るな！　バロッド、医務官を呼べ‼』

『出血が多すぎます。今から呼んでも……』

『いいから呼べよ‼』

アレスは泣きながらバロッドを怒鳴りつける。しかし、ハイネは首を横に振った。

『いい。……殿下』

ハイネの両眼に、大きな涙が盛りあがる。一つ瞬きをすると、涙が彼の頬を伝い落ちていった。

ゼーゼーと末期の息を吐きながら、ハイネは虚ろな目で語る。

『心が弱くて、すみません。途中で、殿下を殺すべきじゃないって思い直して……でもその時にはもう引き返せなかった。依頼主に、断ればエレミヤの命がないって脅されて……弟を選んだんだ。護衛失格です。最低だろ、俺。やっぱり、底辺は底辺なりの生活をしてなきゃダメだな……。分不相応な立場を与えられて、どうかしてた。護衛になっちゃいけなかったんだ』

『違う！　いつか』

無理に笑うハイネの傷を服の上から押さえ、アレスは食いしばった奥歯の隙間から言葉を吐きだした。

『いつか俺が貧困なんてなくしてやる。どんな民も腹いっぱい飯が食えるようにする。金に目が眩んで犯罪に走ったりしないよう……笑って過ごせるようにする！　だからハイネ……っ』

泣いているハイネに、アレスは血を吐くような声で訴えた。

『その時まで、俺の護衛でいろよ……！』

『優しいな、殿下……。その優しさで、損をしないか俺、心配だぜ？　……っぐ』

ゲホゲホとハイネが咳(せ)きこむ。吐血した彼は口元を拭ってから、自身の耳元を指さした。

『これ、エレミヤに渡してくれませんか。あいつ、これ……ほしがってたから』

血を流しすぎて手に力が入らないのだろう。震える指で、ハイネはピアスを外す。血で汚れたそれを渡され、アレスはギュッと握りしめた。

『殿下……俺はもう死にます』

『……死なねぇ』

『はは……聞いてくれ。恥を忍んでお願いします。エレミヤのこと、守ってください。あいつは俺が勝手にやったことを何も知らないんだ』

弱々しいハイネの懇願を、アレスは涙に濡(ぬ)れた顔で聞き入れた。

『……分かった。……他には？』

『愛してる、ごめんなって、伝えてください』

『伝える。だから……ハイネ、ハイネ？　……ハイネ‼』

アレスの言葉を聞いて安心したのか、ハイネはゆっくりと目を閉じる。その顔は肩の荷が下りたみたいに安らかだった。もう揺さぶっても起きない彼に、命が一つ潰えたことをアレスは悟る。

『……今回の件を、陛下に報告します』

ハイネの亡骸の前で座りこんだままのアレスに、バロッドが告げる。アレスは前を向いたまま、静かに言った。

『――父上には、ハイネは俺が誤って殺したと伝えてくれ』

『殿下、それは』

『自害したなんて知られたら、暗殺者だと周囲に言っているようなもんだ。父上が本当のことを知れば、きっと弟のエレミヤもその責を負わされ処罰される。だから、暗殺者の襲撃を受けて動転した俺が、誤って味方のハイネを斬りつけ、その傷が致命傷になったと伝えてくれ』

『この者の罪を隠せとおっしゃるのですか？　重罪を犯したなら罰せられるべきです！』

バロッドはハイネの亡骸を指さし、強い口調で主張する。しかし、アレスは頷かなかった。

『罰はもう受けただろ。自らを刺して、こんな冷たい床の上で寂しく死んだんだ』

アレスはピアスを握りしめて立ちあがる。手の中のアクセサリーは、鉛よりも重く感じられた。

『アクセサリーを渡したい。エレミヤを呼んでくれ』

しかし、この夜以降、エレミヤは忽然と姿を消してしまった。

アレスの暗殺未遂事件に動揺していたのはジェイドも同じだったらしく、彼はエレミヤを安全な場所まで遠ざけた後、考えこんでしまったらしい。その間に、エレミヤはどこかに消えてしまったようだった。

ジェイドが真っ青になって頭を下げるのを、アレスは愕然とした気持ちで見つめる。

『さっきまで隣にいたはずですが……見失いました。申し訳ありません……！』

『探せ。ハイネの忘れ形見だ。兄を失って不安定なあいつを一人にしておけない』

アレスは切羽詰まった声で言う。エレミヤの泣き顔が頭から離れない。彼を探しながら、長い夜は更けていった。


「――懸命に捜索したが、エレミヤを見つけることはできなかった。孤児院にも戻らず、忽然と姿を消してしまったんだ。一体これまでどうやって生活していたのか……どうして今さら現れたのかも分からない」

アレスは十年前の出来事を思い出しながら、張りつめた表情で言った。

すべてを聞いたシアリエは、両手で口を覆う。ふらついた身体は、アレスに肩を抱かれて支えられた。

（陛下にそんな過去があったなんて、知らなかった……。いつも頼りがいがあって、暗いところを見せたことがない方だから……）

背の高いアレスの横顔を見つめる。耳から下がったシルバーのピアスが、月光を浴びて青白く輝いていた。

「陛下の、そのピアスは」

「ハイネのものだ。エレミヤにいつか渡そうと、あいつが見つかるまで預かっていた。……まさかこんな形で見つかるとは思わなかったけどな」

アレスの苦笑いがとても痛々しい。そんな辛そうな表情で笑わないでほしいとシアリエは思った。

「ごめんなさい、陛下。辛い過去を話させてしまいました。嫌な思いを……」

「あーあー。泣くなよ」

紫水晶を想起させる瞳に滲んだ涙を、アレスは困ったように拭った。

「俺の話で、お前に聞かれて嫌なことなんて一つもねぇよ。言ったろ？　聞いてほしいことだって」

「しかし参りましたね。シアリエの話じゃ、エレミヤは陛下が兄を殺したと勘違いしているようだ。彼は陛下がハイネを斬りつけた現場を目撃しているので、無理もないですが。私でさえ、十年前に陛下とバロッド殿から真実を聞かされるまで誤解しておりました」

顎に手をやって考えこむジェイドに、シアリエは問いかける。

「誤解を解けないでしょうか？　陛下がエレミヤに真実を伏せておきたいなら別ですが」

「……当時の幼いエレミヤにならと迷うところだが、あいつももう大人だ。これ以上周囲の人間を巻きこんで怪我を負わせるわけにもいかねぇ。真実は伝えたいと思ってる」

アレスは慎重に答える。シアリエは「では」と提案した。

「証拠を提示して真実を話せば、彼も分かってくれるのでは？」

「だがその証拠がない」

バロッドは首を横に振った。

「刺客はその場で始末し、暗殺を企てたピルケ伯爵もすでにアレス陛下の父君……先王陛下によって粛清されていて、もはや真実は私たちの中にしかないのだよ」

「そうですか……」

シアリエは項垂れる。

(それもそうよね。エレミヤの処罰を避けるため、陛下が自分でハイネさんを殺したと嘘の証言をしたなら、些細な証拠も消しているだろうし……)

わずかな希望を抱いてしまったのは、エレミヤのためを思っての行動が勘違いされたままでは悲しいと思うからだ。

「王宮に戻ったら、騎士団にエレミヤの行方を追わせる。シアリエの証言では、あいつは俺の大切な奴らを傷つける気だ。それは何としても避けたい」

シアリエの肩を抱くアレスの力が増す。

「……俺の大事な奴らを傷つけられたくないし、あいつに傷つけてほしくもない」

その一言で、シアリエはアレスにとってエレミヤもいまだ大切な存在なのだろうと察する。

(身分は違えど、二人は友人だったんだものね……。敵対するのは、悲しいに違いないわ。だから決めた)

アレスは以前、前世のトラウマに苦しむシアリエを救ってくれた。だから今度は自分が、彼を支えてみせる。そう決意したシアリエは、凛とした表情で前を向く。

すると、アレスがこちらの様子を窺うように覗きこんできた。

「陛下？」

「首に痣が浮かんでる」

「え？　あ……」

（首を絞められた時のかしら？）

時間が経ってから、エレミヤの指の形が浮かんできたのだろう。シアリエは首元を触る。

「あいつに首を絞められたのか？」

「ええと、まぁ……圧迫されたくらいですけど。見苦しいですよね。包帯を巻きましょうか？　あ、でも悪目立ちするかしら……」

「俺がやる。ジェイド、バロッド、お前たちももう部屋に戻れ」

アレスはそう言うなり、シアリエの肩を抱いて踵を返した。甲板で一礼して見送るジェイドたちを背に、アレスは船内の自室にシアリエを連れていく。

船医に救急箱を持ってこさせると、彼はシアリエをソファに座らせ、自分も隣にかけた。

（何を思っているのかしら。悔やんでいるような……憤っているようにも見えるし……）

アレスが包帯を巻きやすいよう両手で髪を持ちあげたシアリエは、夫の眉を読もうとする。普段は喜怒哀楽の分かりやすい彼だが、今はベールで覆ったように感情を隠してしまっている。

波の音に交じって、アレスがシュルシュルと包帯を巻く音が部屋を満たす。それに居心地の悪さを感じていると、彼から声がかかった。

「できたぞ。苦しくないか？」

「はい。ありがとうございます、陛下。ひぁ……っ⁉」

お礼を言うなり、シアリエの首筋をアレスのアッシュグレーの髪がくすぐる。首元に顔を埋めたアレスが、シアリエの痣に包帯の上からそっと唇を寄せてきたのだ。

(な、な、何……⁉)

不思議といやらしさは感じない。けれど触れられた箇所が熱を帯びて、シアリエの心臓は激しく鳴る。しかしその動揺も、アレスの凪に消えてしまいそうな声で徐々に落ちついていった。

「俺のせいで、怪我させてごめんな。お前のことは命に替えても守るから」

(――ああ……)

シアリエはアレスの艶やかな髪に指を通し、労るように撫でる。

(今陛下の心を占めている感情は、悲しみだったのね……)

アレスの心から、血が流れているのを感じる。いつも自信満々で、不遜な彼に早く戻ってほしい。笑っていてほしい。シアリエは切にそう願った。

「私も、アレス様のことをお守りします」

結婚してからも照れて中々呼べない名を、意識して口にする。するとアレスが小さく笑ってくれたので、シアリエも柔らかく微笑み返した。

王都の港に着くなり、シアリエは元同僚の秘書官ロロ・リッドマンから熱烈な歓迎を受けた。

「シア！　ウィリルランドー‼」

赤髪と大きな猫目がトレードマークのロロは、アイドルグループのセンター顔負けの容姿を誇る上に、異国語まで自在に操るマルチリンガルだ。ペリシア語で『おかえり』と出迎えられたシアリエは、突進するように抱きついてきた彼の背をポンポンと叩いた。

しかし抱擁は、苦言を呈したアレスによってすぐに解かれる。

「ロロ、近ぇよ」

留守番組だったロロは、不満げに頬を膨らませた。

「フィリルアーデ・シア・ピニ」

異国語で『陛下ばっかりシアを独占してずるい』と口にしたロロと彼を宥めながら、シアリエは尋ねる。

「わざわざ港まで迎えに来てくれたんですね。ありがとうございます、ロロ」

「シア・リンデムート」

仲のよい元同僚から『シアに早く会いたかったから』と屈託なく言われ、シアリエはくすぐったい気持ちになる。すると知っている言葉だったのだろう、またしても嫉妬をむきだしにしたアレスが鬱陶しそうに言った。

「あーくそ。俺とシアリエと同じ馬車に乗れ、ロロ。キースリーもだ。お前らに伝えておかないといけないことがある」

これ見よがしにシアリエの肩を抱いたアレスは、ロロと下船したばかりのキースリーに、迎えの馬車に乗りこむよう命じる。

（あ……もしかしなくても、二人にもエレミヤの件を説明なさるつもりかしら）

シアリエが話の内容に見当をつけていると、キースリーは不満を零しながら馬車のタラップに足をかけた。

「なぁによ。お説教なら勘弁してくださいよ、陛下。アタシはシアリエにベタベタしてませんから」

ちなみにジェイドとバロッドは別の馬車だ。シアリエの隣にはアレスが、その向かいにキースリーとロロが腰かける。

シアリエたち四人を乗せた馬車が走りだすなり、案の定アレスはシュバリー領での出来事と、襲撃犯の正体をロロとキースリーに説明した。

「……お前たちの情報をエレミヤは得ていた。つまり狙われる可能性があるってことだ」

アレスが話し終えると、キースリーは眉間にしわを寄せる。ロロの方は無表情なので、感情が今一つ読めない。

シアリエは二人が話を聞いてどう思ったのか気になった。命の危険にさらされていると突きつけられて、キースリーたちがアレスから距離を置きたいと考えたら……。そこまで想像して、胃に鉛を詰めこまれたような気分になる。

「もどかしいわね……。陛下とあの男との間に重たい因縁があったなんて」

ややあって、キースリーは長い睫毛を伏せ、ため息まじりに言った。

「あの男……エレミヤだっけ？　たった一人で、騎士団のメンバーを五人も軽々倒しちゃったんだもの。相当腕が立つってのは認めざるを得ないわよね。警戒するわ。分かったわね？　ロロ」

「フェゲナマータ」

ロロが呟くと、キースリーは眦を吊りあげる。

「アンタね、こんな深刻な時まで異国語で話さないでよ！」

「フィルホリ語ですね。ロロ、貴方の言う『一人じゃないかも』って、どういうことですか？」

シアリエが尋ねると、キースリーに叱られたロロは渋々シェーンロッド語で答える。

「悪い奴らって情報を聞かれないよう街中で話す時に異国語を使ったりするんだけど、マルチリンガルの僕の耳には、色んな情報が入ってくるんだ。最近耳にしたものだと、シェーンロッドで暗躍している巨大ギャング『碧落の帳』のボスが、死体で見つかったらしい。噂だとそいつを殺して新しく就任したボスは、トリルメライの異装を好んで着ているそうだよ」

「トリルメライ……別大陸の国ですね。確か一度交易の相手として名前が挙がったような……」

シアリエはこめかみを押さえて自身の記憶を辿る。答えはアレスから貰えた。

「麻薬の原料にもなる阿片がよく採れる国だ。貿易品目の中に阿片が書かれていたが、薬物の蔓延は国を破滅させる危険性があると判断して交易はとりやめた。トリルメライの他の特産物は、シェーンロッドの近隣の国で手に入るものばかりだったしな」

（ああ。だから聞き覚えがあったのね）

確か結婚してすぐの頃、新しく着任したばかりの財務官長が、別大陸との積極的な交易を訴えた際に名前を挙げていた。しかしトリルメライの貿易品目に難色を示したアレスは、代わりに『万国博覧会』を提案したのだ。

「シアたちの襲撃時にエレミヤが着用していた服の特徴は、その国の衣装で間違いないと思う」

「そうなんですね。私、交易があまりない別大陸の服装には疎くて」

子爵令嬢だった頃、父の手伝いでよく赴いていた外国は、どこも陸続きの場所ばかりだった。

「なるほど？　その犯罪組織に新しく就任したボスがエレミヤで、多大な権力を手にしたから満を持して動きだしたってことね？」

キースリーは合点がいった様子でポンと手を打つ。

（エレミヤがギャングのボス……一人でも手強い相手なのに、強大な犯罪組織のボスだなんて）

シアリエは顔色を悪くした。想像よりも厄介で危険な相手と判明し、不安が積もっていく。

「裏社会にいたなら探しても中々見つからないわけだ。トリルメライの服を着ているのは大方、シエーンロッドの服に袖を通すのが嫌なくらい俺を恨んでいるってところか」

アレスは自嘲を零す。膝の上に置かれた彼の手にシアリエが自身の手を重ねると、強く握り返される。

「元々エレミヤの行方を騎士団に追わせるつもりだったが……正体が判明した以上、国家を揺るがす犯罪者『碧落の帳』のボスとしてエレミヤを捕まえる」

アレスの発言に、シアリエはギクリと肩を揺らした。彼がエレミヤを捕縛するつもりなのは船上でも聞いていたが、かつての親友にとんでもない肩書きがついていたことを、どう思ったのだろうと気に病んでしまう。

そんなシアリエの憂慮が伝わったのか、アレスは心配ないと言わんばかりに繋いだ手を揺らす。

「これ以上バカなことをする前に止めてやりたい。それからシアリエ、エレミヤが捕まるまで、不要不急の外出はしないでくれるか。できるだけ警備の行き届いた王宮内にいてほしい」

「え……」

「エレミヤは俺の大切なものをすべて壊すと言ったんだろ？　なら、俺にとって一番大切なのはお前だ。俺の目の届くところにいてくれ」

シアリエの顔に伸びたアレスの手が、頤を掬いあげる。

シアリエの脳裏を過ったのは、王妃としての公務の数々だった。特に今は『万国博覧会』を控えているため、会場の設営状況の確認や出展候補者との打ち合わせで王宮外に出る用事が山ほどある。国際的なイベントに支障をきたすわけにはいかない。シアリエが王宮に引きこもることで準備が滞り、開催時期に間に合わなければ、他国からシェーンロッドが舐められてしまうからだ。

（参ったわね）

前世の社畜ＯＬ時代のシアリエなら、たとえ槍が降ろうと竜巻が起こって身の危険が生じようと、仕事を優先していたはずだ。労働こそが自己実現だと豪語していたのだから。

（正直、外に出たい気持ちはある）

だけど、自分を心配しているアレスを不安にさせてまで押し通したいエゴなどない。引きこもっても準備できる方法がないか探そうとシアリエは思った。

（私も陛下に出会って、本当に変わったのね）

シアリエの返答を待つアレスの瞳が、不安げに揺れている。いつもは自信に満ち満ちて相手を射すくめるくらいの鋭い眼光を放っているというのに、今は捨てられた子犬みたいに弱々しい。

（陛下は私よりもずっと身長もあって、身体も大きいのに……守ってあげたいと思うなんて）

「分かりました」

シアリエの返事を受けて、アレスの強張っていた頬の筋肉が緩む。クシャリと安心したように笑う姿が愛しくて、シアリエは胸の辺りがキュウッとなった。

「すごっ。あの仕事中毒のシアリエが頷くなんて！」

シアリエの葛藤が手に取るように分かったのだろう。キースリーはたまげたように呟く。

「私だって、時と場合を心得ています」

シアリエはムスッと口をへの字に曲げた。

その頭を撫でつつ、アレスは部下の二人にも願いを口にする。

「キースリー、ロロ。お前たちにはそれぞれ騎士を二名ずつつける。ロロは王宮の寮に住んでたよな？　キースリーは王宮内に部屋を用意するから、エレミヤが捕まるまでは娘とそこに住んでくれ」

「アーロイ」

「わーお。高待遇ね！　自分と可愛い娘の命は惜しいもの。了解よ。何より、陛下の大切な存在っていうのは、悪くない響きですしね」

ロロが異国語で『了解』と言う隣で、キースリーがからかいまじりに了承する。

（よかった……！）

信頼する二人がエレミヤの件で去ってしまったら、アレスが余計胸を痛めるのではないか。そう気を揉んでいたシアリエは、離れるつもりはない彼らの様子にホッとした。

それが態度に出ていたのか、キースリーはこちらを安心させるように言う。

「平民で女装家のアタシを秘書官に推してくれた恩があるもの。これくらいのことでビビッて陛下の元から離れたりしないわよ」

シアリエは秘書課に配属された初日のことを思い出す。教育係となったキースリーの説明能力の高さ、ロロの語学の堪能さに驚き、たった一日で彼らが優秀な先輩であると分かったが、同時に個性がきつすぎるとも思った。そんなキースリーとロロを平然と受け入れているアレスの度量に吃驚したのをよく覚えている。

「想像できる？　平民の暮らす集合住宅に、ある日王様が訪ねてきたのよ」

キースリーは宝箱を覗きこむようにキラキラした目で、シアリエに思い出話を始めた。

「陛下ったら不遜な態度で『お前がキースリーか？　あちこちの工場で事務仕事を一手に引き受けてるっていう変わり者？』って聞いてくるんだもの。驚いたわ。それよりも普通は先に、アタシが女装してる変わり者ってことに突っこむでしょ」

「初対面の時も女装をされていたんですか？」

「もちろん。妻を亡くして娘が情緒不安定だったから、母親代わりになるためにね。女装のせいで敬遠されて、仕事の量も減っちゃうし困った時期でもあったけど。でもそんな時に突然現れた陛下から『この街の奴らにお前が有能って聞いたから手元にほしい。王宮で民のために働いてくれ』って言われたの。その辺の職場でも遠巻きにされるのに、王宮で女装した男が働けるわけがないってアタシが言ったら、陛下ってば何て答えたと思う？」

「ええ……？　そうですね……『有能なら気にしない』とかですか？」

シアリエが真面目に考えて答えると、キースリーは楽しそうに首を横に振った。

「残念。正解は『官吏の制服なら多少いじってもいい。スカートでも何でも好きにしろ』よ。要するに陛下は、アタシが女装してようがどんな格好をしてようが、全然気にしてなかったってわけ。返事も天然で笑っちゃったわ」

「いつの話をしてるんだよ……。そういやお前、働き始めてからも『平民で女装している自分では王宮に相応しくない』ってウジウジ言ってたよな」

アレスは過去の話をされてむず痒いのか、しょっぱいものを食べたような顔をして言った。

「しょうもない。お前がお前らしく働いてりゃ、それでいいってのに」

シアリエはキースリーと顔を見合わせる。元同僚がふわりと幸せそうに微笑んだことで、アレスのこういう他人の悩みや憂いを何でもなさそうに受け入れてしまうところが、かつてキースリーを救ったのだろうなと思った。

「……僕も。ろくにコミュニケーションが取れない僕を、陛下は『それも個性だ』って受け入れてくれた恩、忘れてない」

ロロが噛みしめるように言った。

彼は貴族だ。確かロロの父親は辺境伯だったとシアリエは記憶している。

「他人に興味がなかったんだ。言葉を知るのは楽しくても、誰かと話したいとは思わなかった。それでも、いつか誰かと喋りたくなるような言語があるかもしれないと思って、異国語を独学で学ぶ僕は、変わり者だとリッドマン家で爪弾きにされてた。コミュニケーションが取れないからって。そんな時、陛下が現れたんだ」

「どこにでも現れますね、陛下」

シアリエはからかいまじりに言う。アレスは「即位してすぐは優秀な臣下を集めるのに必死だったからな」と苦虫を噛み潰したように答えた。

「ヘッドハンティングしてきた陛下の誘いを、コミュニケーションが取れないから無理だって断った僕に、陛下はへそを曲げて言ったんだ」

「何ておっしゃったんです？」

元同僚たちから聞くアレスの話は新鮮で楽しい。前のめりで尋ねるシアリエに、ロロはアレスの声真似をして言った。

「えっと『コミュニケーションが取れないっていうなら、他国の者に対する俺だってそうだ。俺は自力じゃ、自国の民としか話せないからな。でもお前は、シェーンロッド語以外の数十もの言語を操れるんだろ。お前は自力で誰とでも交流できるってことだ。無理に上手く会話を弾ませる必要なんてない。コミュニケーションが下手なのも個性だ。でも、お前ほど、世界中の人と繋がれる奴はいねぇよ』だったかな」

ロロからつらつらと語られる言葉に、シアリエはアレスらしいな、とニコニコしてしまう。自分の好きになった相手が、昔から人の個性を受けとめる懐の深い性格であったことに嬉しくなる。

そして、その優しさははみ出し者のロロとキースリーの心を大いに救ったのだろう。だから今、彼らは危険にさらされてもアレスの元にいると決断してくれたのだ。

「陛下は僕を否定しなかった。それが嬉しかったんだ」

「そうかよ」

猫のような目を幸せそうに細めて語るロロから目を逸らし、アレスは窓の向こうを見つめて素っ気なく言う。しかしシルバーのピアスが揺れる耳は、照れたように赤く染まっていた。

エレミヤのように悲しい誤解をしてしまった人もいるが、アレスの人柄についてきてくれる人もいる。シアリエはキースリーとロロのお陰で、通夜のように湿っぽかった車内の空気が浄化されたような気がした。

（大丈夫。またすぐ、幸せな日々に戻れるわ）

アレスがアレスである限り。だって彼は、恨まれるような人じゃないのだ。いつだって大空のような優しさで、誰かを温かく包みこんでくれる人。そんなアレスの本心を知ればきっと、エレミヤも心を開いてくれるはず。

そう希望を抱くシアリエの乗った馬車は、王宮の門を通過する。しかし中央宮殿の前でアレスとシアリエを出迎えた宰相は、ひどく深刻な面持ちで告げた。

「かつて陛下の乳母を務めたローザ・マリベルが、何者かに襲われて重傷です」と。

アレスの乳母が襲われた事件は、新聞によって多くの民の知るところとなった。まるで自分が犯人だと言いふらしているかのようにいくつもの目撃証言が挙がり、それらはすべてエレミヤの特徴と一致したので、彼の犯行であることは間違いないだろう。

国際的なイベントである『万国博覧会』を控えているため、王家としては他国の目もありスキャンダルは避けたい。よって犯罪組織の頭領による犯行であるとは、マスメディアに伏せてある。しかしこういった事件が続けば、いずれは情報を堰き止めていられなくなるだろう。

シュバリー領での宣言から早速実行に移したエレミヤに、シアリエは閉口した。これからもっと犠牲者は増えるのだろうか。何にせよこの件を通して、エレミヤが本気であることはよく分かった。

(楽観視してはいられないわね)

「……陛下と交友がある方には事情を説明して、ご自身でも警戒してもらう予定だ。もちろん騎士団からも護衛を派遣する。詳細はそちらの資料に纏めてあるので目を通してほしい」

王妃の執務室で執務椅子にかけていたシアリエは、バロッドが差しだした資料を受け取る。彼女の執務机にはエレミヤの起こした事件について書かれた新聞や『万国博覧会』の出展候補者名簿、会場の見取り図、それから手紙の束が置かれていた。

「ありがとうございます」

「君にも外出時は騎士のウィルとノクト、状況に応じて彼らが束ねる小隊をつける」

「あのお二人がついてくださるなら心強いですね」

騎士のウィルとノクトは、以前隣国レイヴンとの会談場所に資料を届ける際、命がけでシアリエを守ってくれた二人だ。重傷を負いながらも早々に職場復帰した彼らの実力と忠誠心を、シアリエはとても買っていた。

「まあ、しばらく外には出られそうにありませんが……」

シアリエは苦笑いを浮かべて、手紙の束を手にする。

「不要不急の外出を避けると、陛下と約束したので。『万国博覧会』の関係者の皆さんには、こちらに出向いてもらうことにしたんです。これはそのお願いを記した手紙です」

「すごい量だな」

「すでに決まっている出展者や協賛者の他に、参加を決めかねている段階の候補者にも勧誘の手紙を送るつもりなんですよ」

「会場はもう設営や工事が始まっているだろう？　まだ出展者を募る気なのか？」

バロッドの言う通り、現場では大人数を投入し、急ピッチで大掛かりなパビリオンの設営が始まっている。

「……最悪の事態に備えて、一応布石は打っておきたいといいますか。色よい返事が来るといいのですが」

「布石？」

バロッドはシアリエの言っている意味が分からない様子で繰り返した。シアリエは言葉を濁し、今はそれ以上の説明はしないでおく。

（思っていたよりもエレミヤの行動力が高かった。もし彼の凶行が続くなら、治安の低下を懸念し、陛下の統治力に国民から疑問の声が湧くかもしれない）

そうならないようバロッドをはじめ騎士団のメンバーが死力を尽くしてエレミヤの捕縛に奔走してくれるはずだと思っているので、今頭の中で思い描いているプランはあくまで保険だ。だから今のうちから口に出して、バロッドらが期待されていないと誤解をするようなことは避けたいとシアリエは考えている。

（でもね、仕事っていうのは問題が起きた時に備えて、いくつも別のプランを用意しておくもの。勝負よ、エレミヤ。貴方の行動力と、前世の社畜経験で培った私の危機管理能力のどちらが上か）

もしエレミヤのせいでアレスの支持率が下がるような事態に陥れば、支えるのは妻である自分の役目だ。そのための布石を、シアリエは水面下で打っておくことにした。

シアリエが話す気がないと察したのか、大人なバロッドは追及してこない。それがとてもありがたかった。

「しかしすでに決まっている参加者を招くにも、向こうの都合もあるだろうから、スケジュール調整が大変だろう」

「うーん……。そうですね」

タスク管理やスケジュール調整が得意なシアリエにとっては、さして問題ではない。それよりも今、自分を悩ませていることがあるとすれば――……。

「それよりも気になるのは、返答を待つ時間が長いことで」

前世で言うところのイケオジであるバロッドは、雰囲気に似合わずキョトンと隻眼を瞬く。

「つまり？」

「暇でおかしくなりそうです」

馬車馬のように働くのが肌に合っていたシアリエは、引きこもり生活三日目にして、早くも限界を迎えつつあった。

王妃の仕事は多岐に亘る。国賓をもてなすための晩餐会の主催や儀式への出席はもちろん、諸外国への公式訪問、慈善事業の推進と、そういった団体への後援もそうだ。どれも国にとって大切な公務であり、シアリエは忙しい身の上のはずである。が、それは彼女が効率至上主義の社畜でなければの話だ。

的確に仕事を振り分け、山と積まれた書類を瞬く間に片付けてしまうシアリエにとっては大した仕事量ではない。まして『万国博覧会』に向けて事業者と計画を練るにも彼らに王宮まで足を運んでもらわなくてはならなくなった今、隙間の時間に何かしたくてたまらない。

（というか、少しでも暇な時間があるとエレミヤの件を考えて気落ちしてしまうのよね）

そんなシアリエの元にキースリーとロロが駆けこんできたのは、バロッドと会話をしてから一時間後のことだった。

「シアリエ！　大変よ！」

王妃の執務室に雪崩れこむような勢いで入ってきたキースリーは、血相を変えて言った。

「秘書官長がやられたわ‼」

「イクリス秘書官長がやられたってどういう……まさか、エレミヤに⁉」

全身から血の気が引いていき、シアリエは肺が空っぽになったような心地を味わった。

焦って椅子から立ちあがると、執務机を回りこみ、キースリーの肩を揺らす。しかしロロから否定の声が上がった。

「ゼファールドシラ」

「は……？　胃痛にやられた……？　エレミヤにじゃなくて……？」

アレスの側近であるジェイドなら、エレミヤにいつ狙われてもおかしくない。そう思っていたシアリエは、元上司が襲われたわけでないと知り、安心からヘナヘナと絨毯の上に座りこむ。

「紛らわしい言い方はやめてくれませんか、キースリーさん……。心臓が止まるかと……」

まだ動悸がしている。胸元を押さえながらシアリエが恨めしげに唸ると、キースリーは弁解がましく言った。

「なぁによ。勝手に勘違いしたのはそっちでしょ。それに大変なのは一緒よ？　秘書官長が倒れたせいで、仕事が滞っているの。シアリエ、力を貸して」

「へ？」

「というわけで、秘書官長のところに行くわよ」

「え……ちょっと⁉　どういうことですか⁉　待って、もう！　何なんです⁉」

両側をキースリーとロロに挟まれたシアリエは、ろくな説明も受けず、彼らに手を引かれる。そしてそのまま、ジェイドのいる療養所へ連れていかれることになった。

シアリエが二人に引きずられて入室すると、元上司は気の毒にベッドの上で胃の辺りを押さえていた。そして彼が開口一番呟いた言葉はというと……。

「却下だ」

落ちついたワイン色のドレスを纏ったシアリエと部下二人がまだ何も言っていないにもかかわらず、ジェイドは断った。どうせろくなことを言いださないと察しているのだろう。銀縁眼鏡を外してベッド脇の小机に置いた彼は、青い顔で呻く。

「キースリー、ロロ……君たちの狙いは聞かなくても分かるよ……。どうせ私が倒れて仕事が回らないから、元秘書官のシアリエに仕事を手伝わせようとしてるんだろう?」

(なるほど。キースリーさんたちが私をイクリス秘書官長の元に連れてきた理由は、一緒に仕事をする許可を貰うためなのね。それにしても……)

納得したシアリエは、ひどい顔色のジェイドを見下ろす。

「お加減はいかがですか?」

「……エレミヤの件で周囲に色々言われてね。情けないけど、心労が溜(た)まってこの様(ざま)だよ」

(ああ……)

ジェイドの言う心労の原因に心当たりのあるシアリエは、同情的な視線を送る。

各部署の官長クラスには、アレスによってエレミヤの件が包み隠さず報告された。もちろん、十年前にあった出来事もすべてだ。シアリエはその場に同席していないので想像の域を出ないが、幼いエレミヤを守るためだったとはいえ、真実を隠したジェイドやバロッドの当時の行動は他の官長たちからさぞ非難を浴びたことだろう。

十年前のアレスがまだ判断能力の乏しい子供だったので、なおさら大人が諫めるべきだったと責められたジェイドの姿が容易に想像できる。

(イクリス秘書官長はまだお若いし、年上の重鎮たちから集中砲火を受ければ、胃痛で倒れても仕方ないわよね……)

前世で部下の粗相を謝るため取引先に出向いた際、お偉方から冷ややかな視線を浴びたことを思い出す。顔色が悪くやつれたジェイドに、シアリエはひどく同情した。

そして元部下にそう思われているとは知りもしないジェイドは、険しい顔で言う。

「シアリエも、分かっていると思うけど君はもう王妃なんだ。秘書官の仕事を手伝う必要はないからね」

「かったいわねー！　いいじゃない！」

キースリーは不満を零す。シアリエはちょっと考えてから言った。

「私がお手伝いできることなら、力になりたいです。秘書官時代、皆さんには沢山助けてもらいましたし」

ちょうど暇を持て余していたシアリエにとって、仕事を与えられるのは純粋に嬉しい。侍女たちからは暇つぶしに刺繍やお茶会の開催、読書を勧められたものの、どれも気が乗らなかった。やっぱり仕事が一番楽しいのだ。元同僚から頼られるのも悪い気はしない。

しかし、ジェイドは難色を示す。

「ダメだね。私は君の願いで結婚前と同じように接しているけど、他の官吏が皆そうフランクに接し得るわけではないんだ。ドレスを着た君が秘書課で書類を作成しているのは浮く。分かるだろう？

シアリエの気持ちは嬉しいけど、甘えるわけにはいかない。いいね、キースリー、ロロも」

聞き分けのない子供に言い聞かせる親のような口調で、ジェイドは懇々と説く。するとロロがシアリエの肩に自身の顎をのしっと乗っけてきた。

「ヤナシッカーハーリメリデ、シア、ロイロイモーリデリデ」

「ロロ……『今のシアはかわいそう。好きなことができなくて籠の鳥だ。僕は秘書官として生き生きと働く君が好きだったんだ』ですか？　ありがとうございます。でも私、陛下になら、囚われてもいいと思ってるんですよ」

「その割にはアタシたちに手伝いを頼まれて満更でもないみたいだけど？」

キースリーは長い髪を指に巻きつけながら指摘する。シアリエは大真面目に答えた。

「そりゃまあ、仕事は私にとって酸素みたいなものですから」

「はあーっ。シアリエがこう言ってくれてるんだから、手伝わせてもいいじゃなーい。こうなりゃ最終手段よ、シアリエ」

キースリーの瞳がキラリと光る。彼はシアリエを手招きした。

「こちらにいらっしゃい。秘書官長、皆が恐縮してしまうような王妃に見えなければいいんですよね？」

「え、ちょっと、今度はどこに行くんですか？　キースリーさん？」

シアリエはキースリーに手を引かれて、療養所内の衝立の向こうに連れていかれる。ジェイドから制止の声が背中にかかったけれど、キースリーはどこ吹く風だ。

衝立の向こうにも同じようにベッドが並んでいたが、その上には懐かしいものが鎮座していた。

「奥の手で、秘書課の更衣室からこれを持ってきていてよかったわ。さ、着てちょうだい。シアリエ」

「これ……」

シアリエは瞠目し、畳まれた状態で置かれていた制服を拾いあげた。

「キースリーさん、私の制服を取っておいてくれたんですか……？」

用意されていたのは、シアリエの秘書官時代の制服だった。袖口や襟に秘書課の所属を示す藤色が使われた制服は、大ぶりの金ボタンがアクセントになっており、ラインが腰から裾にかけてワンピースのように広がっている。

キースリーに促されるまま、シアリエは背の高い衝立で身体を隠し制服に袖を通す。腰から下げた懐中時計の重みを懐かしく感じつつ衝立から姿を現すと、ジェイドたちと待っていたキースリーはシアリエを頭のてっぺんから爪先まで眺め、満足げに頷いた。

「これなら王妃には見えないし、仕事させてもいいですよね？」

「そういうことじゃないんだけど……」

戻ってきたシアリエの格好に、ジェイドは本格的に頭を抱える。そんな彼の周りには、シアリエが着替えている間に休憩時間を利用して見舞いに来た秘書課の面々の姿があった。彼らはシアリエを見るなり破顔する。

「秘書官ルックのシアリエだ！　シアリエ、ぜひ手伝ってくれよ！」

「秘書課に来て、やりかけの申請書にも目を通してくれ！」

一気に秘書官時代に戻った気分を味わい、シアリエは思わず微笑む。

「私でよければ。イクリス秘書官長、よろしいですか？」

「はぁあああ……」

この世の不幸をすべて背負ったような大げさなため息が、ジェイドの口から漏れる。

「何で私の言うことを誰も聞いてくれないんだ。陛下に報告したら何て言われるか……。私の胃に穴が空いて復帰が遅れたら、君たちのせいだって覚えておいてくれ」

観念したのだろう。せっかくハンサムな顔立ちをしているのに、ジェイドは部下たちに向かって十歳くらい老けこんだ顔で呟く。この瞬間、シアリエは臨時で秘書官の仕事を請け負うことが決定した。


そんなこんなで図らずも官吏の仕事をゲットしたシアリエだったが、やはり慣れ親しんだ作業は楽しいものだ。水を得た魚のようにのびのびと、そして艶々とした顔で仕事に励む。

（キースリーさん様様ね。王妃になったから身構えられるかと思ったけど、秘書課に限らず、法務課や経理課の皆さんも官吏スタイルの私とならお仕事しやすいみたい）

秘書課のお使いとして法務課に寄った帰りのシアリエは、王宮の廊下を鼻歌まじりに闊歩(かっぽ)する。しかし秘書課へ戻る近道として中庭に続く渡り廊下を通ろうと角を曲がったところで、硬い何かに顔からぶつかってしまう。

「う……っ」

（何⁉　石壁にぶつかったみたいな衝撃……）

後ろにのけ反って転びそうになった身体は、腰に回された手によって支えられる。岩のように堅(けん)

牢なものにぶつかったと思っていたが、どうやらシアリエが衝突したのは人らしい。

したたかに打ちつけた鼻を押さえて顔を上げると――……。

「よお、怪我はないか？　俺の奥さん」

「ひえ……っ」

切れ長の紅蓮の瞳を細めたアレスが、物騒な笑顔を貼りつけて佇んでいた。

「一つ質問なんだが」

グイ、と腰を引き寄せられ、鼻先が触れあう位置まで顔を近付けられる。アレスの華やかな顔立ちが視界いっぱいに広がり、シアリエは冷や汗をダラダラと流した。

「愛しい俺の妻は、今は王妃という立場のはずだが、どうして官吏の制服を着ているんだろうな？」

「も、申し訳ありません。陛下。王妃としての威厳を損なうつもりはなかったんですが……イクリス秘書官長から報告は受けてませんか？」

「さっき様子を見に行った時に受けた」

ジェイドが倒れたことはアレスの耳にも入っているらしい。彼はむくれた様子でぼやく。

（じゃあ知っているんじゃない！　白々しい！）

と、言えたらどんなによかったか。生憎こめかみに龍のような青筋を浮かべた夫に言い返す勇気は、とてもじゃないが持ち合わせていない。

「断ればよかったじゃねぇか。外には出られなくとも、お前には王妃としての公務が山ほどあるだろ」

「あー……一山越えてきました」

「……お前の処理能力を舐めてたな」

アレスは盛大なため息と共に、シアリエの肩に顔を埋めた。

「……あの、しばらくこのまま秘書課で働いてはダメですか？」

（私が働きたいというのもあるけれど、エレミヤはキースリーさんたちを狙っている可能性が高いって話だし、一緒に行動していた方が陛下も私たちの動向が把握しやすいかと思うんだけど……）

顔を上げたアレスの眉間に、ギュッとしわが寄る。彼も同じことを考えているのだろう。

だが、王家としての威厳を保つためにも本音では王妃に臣下の仕事をさせたくないに違いない。

レモンでも丸かじりしたみたいな渋面を作っていた。

「この王宮には生憎、王妃のお前が官吏の仕事をしていても悪く言う奴はいないだろうな」

「なら、よろしいでしょうか？」

シアリエは表情をパァッと輝かせる。アレスは眉間を揉んで言った。

「シアリエを束縛してるのは俺の勝手な都合だから、仕事については許可する。だが」

「あ……」

もしかして王宮に閉じこめていることに対して罪悪感を覚えてしまっただろうかとシアリエが危惧したところで、アレスは唇を尖らせた。明らかに拗ねた様子に、シアリエはおや、と首を傾げる。

「何で制服を着てるんだよ」

「へ」

「だから制服！　着る必要はないだろ!?　今日の深紅のドレス、お前の雪みたいに白い肌が映えて色っぽかったのに」

アレスは惜しむように唸る。シアリエはポカンと口を開いた。

「ああ、えっと、ドレス姿で秘書課の中で仕事をしていると浮くと言われましたので……実際、キースリーさんの提案で以前のように制服を着用したら、皆さん気さくに話しかけてくださいました」

「制服を着ると親近感が湧くんだろうな」

「そうですね。私も、久しぶりに袖を通せて嬉しいです」

前世でも卒業した高校の制服を着てテーマパークに足を運ぶ友人たちがいたが、彼女らの気持ちが何となく分かる気がした。

「そりゃ、王宮で働く役人たちにとっちゃ、秘書官スタイルのシアリエの方が馴染み深いだろうが」

アレスは腕組みをし、不服そうにシアリエを上から下まで眺めてぼやく。

「俺だけのシアリエって感じがしねぇ」

（――俺だけのシアリエとは）

シアリエは鳩（はと）が豆鉄砲を食ったような顔をして夫を見上げる。アレスの真剣な表情を見るに、本気で言っているのだろう。それが嫉妬だと分かった途端、奥歯が浮いたみたいにむず痒くなる。

（陛下って……何でこう感情表現がストレートなのかしら。照れてしまうんだけど……）

要は、秘書官スタイルのシアリエは自分のものでない感じがして面白くないのだろう。結婚して半年経つのに、独占欲丸出しのアレスが愛しいと思ってしまうシアリエも大概なのだが。

（これじゃ、バカップルじゃない）

熱を持った頬を両手で挟みながら自身の格好を見下ろす。顔の赤みが落ちついてから、シアリエはポツリと囁いた。

「でも私は、この制服にとっても思い入れがあります。……陛下が初めて、私に与えてくださった自由の証ですから」

シアリエにとって官吏の制服は、アレスに与えられた翼のようなものだ。

傲慢な婚約者に婚約を破棄された時は、この先の人生をどうやって生きていくべきか迷った。だから、アレスに王宮で働くよう推薦され制服を与えられた時は、明けない夜に苦しんでいる中、ようやく待ち望んでいた日が昇ったみたいに嬉しかったのだ。

「何を着ていても、私は貴方のものですよ。陛下」

シアリエが微笑みかけると、アレスは切れ長の目を見開く。それから視線を逸らし、「ずるい女」と参ったように呟いた。

「……働きすぎて無理はするなよ。休憩も、食事もしっかり取れ。夜は一緒に寝るからな」

「分かりました。懐かしいですね、こんなやりとりも」

シアリエはクスクスと笑いながら言う。エレミヤによる襲撃事件は心に暗い影を落としているが、久しぶりに結婚前よくしていた会話を思い出したお陰で、わずかばかり気持ちが和んだ。


しかし、結婚前と同じようにはいかなかった。何故なら翌日、アレスが昼になっても食堂に顔を出さなかったからだ。

「陛下はまだいらっしゃらないんですか？」

純白のテーブルクロスが敷かれた長テーブルには、シアリエの分の昼食しか用意されていない。結婚してからというもの、国王夫妻用の食堂でアレスと一緒に食事を取っていたシアリエは、料理をサーブする壮年の使用人に尋ねる。

彼はテーブルに料理の載った皿を置きながら、申し訳なさそうに説明した。

「公務が長引いているとのことです。先に妃殿下の食事を用意するよう仰せつかっております」

「そうですか……」

これまでにもアレスの会議や謁見が長引き、共に食事が取れないことはままあった。

（だから気にすることはないと思うんだけど……まあ、夕食はご一緒できるわよね？）

初めはそう楽観的に考えていたシアリエだったが、その夜も、アレスは食堂に現れなかった。

「ウィルさん、ノクトさん」

バロッドからシアリエの護衛を任されている騎士の二人は、普段は姿を見せないものの、名前を呼ぶとどこからともなく姿を現す。引きこもり生活を始めてすぐ、シアリエはそう学んでいた。

「お呼びですか？　シアリエ様」

そう尋ねたのは、豊かな黒髪が魅力的なノクトだ。その後ろにいるのは、彼よりも少しがっしりとした体格のウィル。二人とも仕事熱心で真面目な性格だが、どちらかというとノクトの方が明るく冗談を交わす回数も多い印象だった。

そんな彼らに、シアリエは質問を投げかける。

「陛下が食事を取られていないようですが、何か騎士団の方で動きがありましたか？」

予定されていた公務だけならアレスが食事を飛ばすことはないはずだ。となれば、エレミヤ関連で何かあったと考えた方がいい。

「あー……」

ウィルは目線を泳がせる。誠実な彼は嘘をつくのが苦手だ。シアリエがアメジストの瞳でじっと見つめると、観念したように白状した。

「陛下の恩師であるフィンメル学院の学院長が出張先で襲われたと、報告を受けました」

「学院長先生が……⁉　ご無事なのですか？」

アレスとシアリエは、貴族の子女が通うフィンメル学院の卒業生だ。アレスにとっての恩師である学院長には、シアリエも学生時代少なからず世話になった。

ウィルは険しい表情で答える。

「医師による懸命な処置のお陰で、一命は取り留めたようです。が、まだ意識が回復していません」

「……そんな」

「昼前にその報告を受けた陛下は、食事も取らず騎士団のメンバーと一緒に警備の強化や犯人の捜索をしています」

ノクトが詳細を伝えると、シアリエは椅子の背もたれに身を預けた。

「そうだったんですか」

「すみません。すぐ報告すべきだとは思ったのですが、陛下がシアリエ様を不安にさせるかもと心配なさっていたので、我々の口から説明するより陛下の口からお聞きした方がよいかと考え、黙っておりました。それから、陛下は新聞社にも情報規制を行うよう指示されたそうです」

(襲撃事件が続けて報じられれば、国民の不安を煽ってしまうものね。陛下の乳母が襲われた事件でも、エレミヤや『碧落の帳』が絡んでいるとは記事にならなかったし、きっと今回もそうね)

エレミヤの犯行だと知っているのは、王宮内の上層部と、命の危険にさらされている当事者、それから騎士団のみだ。ちなみにバロッドたち師団長以外の騎士団員たちは、アレスとエレミヤの過去の因縁までは知らない。彼らはエレミヤを、アレスに仇をなすただの国賊だと思っている。

「事情は分かりました。あとは陛下からお聞きしますね」

「はい。あの、シアリエ様。陛下をお支えください。大分、思いつめたご様子でしたので」

ウィルが切実な声で訴える。シアリエは力強く頷いた。

「……もちろんです」

しかしその晩、仕事に追われたアレスは夫婦の寝室に姿を現さなかった。

自分の大切な人たちが危険にさらされたら、心配するのは分かる。食事が喉を通らないだろうし、何か動いていないと不安に呑まれそうな気持ちも分かる。寝ていられない気持ちも十分に理解できる。それでも、シアリエは心を鬼にして言わねばならないと思った。

何せこの一週間というもの、アレスはろくに眠っていないのだ。

フィンメル学院の学院長が襲われた件についての報告は受けたけれど、場所は寝室や食堂ではなく、執務室だった。つまり仕事中以外、シアリエはアレスを見かけていない。食事は手が空いたタイミングで取っているようだが、栄養を摂取していても眠らなくては倒れるのも時間の問題だ。

夜明けに天蓋付きの広いベッドで目を覚ましたシアリエは、ぼんやりと埋まらない隣を眺める。一人で眠るには大きすぎるベッド。結婚してからずっと、ここにはアレスが横になって一緒に眠っていた。逞しい腕を伸ばしてシアリエに腕枕するのが大好きらしい彼は、毎日空いた方の手をシアリエの背に回し、抱きしめるようにして眠っていた。それこそ、宝物を仕舞いこむみたいに。

これでは寝返りが打てないとシアリエが零せば、

「ずっと俺の方向いて寝てろよ。一ミリも離れんな」

という王様発言が返ってくるのが常だった。それなのに今、シーツは冷たい。

「……キースリーさんを呼んでください。陛下の今日のスケジュールを確認します」

シアリエは起き上がると、洗顔用の水を持ってきた侍女に向かって声をかける。言われた通りキースリーを呼びに行く侍女の後ろ姿を眺めながら、シアリエはさてどうしたものかと考えを巡らせた。

シェーンロッドにはティーブレイクの習慣がある。アレスは以前、秘書官に交代制でお茶を用意させていたが、結婚してからは彼の要望でシアリエが毎日お茶を用意することになった。

しかし、この一週間アレスは騎士団と共に外出してばかりだったため、お茶を準備するのは久しぶりだ。

今日は澄んだ香りのレモンマートルと、ほんのり刺激的なジンジャー、それからルイボスとハニーブッシュをブレンドしたノンカフェインのお茶だ。ミルクティーに向いているので、温めたミルクを入れたミルクピッチャーは、王室御用達(ごようたし)のブランドの華やかなティーカップと揃えてある。

蜜がたっぷりのリンゴは今が旬なので、お茶請けに用意したのは、手作りの黄金色のアップルパイだ。サクサクしたパイ生地と、旨味(うまみ)が詰まったリンゴのフィリングのしんなりした歯ごたえ。そのコントラストが癖になる、シアリエの自信作である。

(でも、今日の目的はスイーツを味わってもらうことじゃないけどね)

シアリエはある決意を胸に、アレスの執務室の扉をノックする。

「陛下、お茶にしませんか」

そう声をかけて部屋に入ったシアリエは、ローテーブルにお茶を用意する。窓際の執務机で書類にサインをしていたアレスは、柱時計を見てペンを置いた。

「もうそんな時間か」

「集中されていましたね」

「ああ……今日はアップルパイか？　一緒に食おうぜ」

甘酸っぱい香りに吸い寄せられてローテーブルにやってくる姿は、大型犬のようだ。しなやかな黒豹(くろひょう)のごとく洗練された見た目なので、スイーツに目を輝かせている姿はギャップがある。けれどやはり王族と言うべきか、口調は粗野なのにフォークを持つ所作は洗練されていて、いかにも気品があった。

大きな口を開けてアップルパイを食べたアレスは、ルビーの瞳をたちまち輝かせる。

「美味い……！」

アレスが座るソファの隣にかけたシアリエは、笑顔でお茶を勧めた。

「お茶もどうぞ。口がさっぱりしますよ」

「ああ。……ん、初めて飲む味だな」

「私がブレンドしましたから」

ティーカップに口をつけて二口目を味わうアレスに、シアリエが言う。

「シアリエが？　へえ……どうりで美味いわけだ。ジンジャーが入ってるのか？　身体がポカポカあったまるな」

シアリエが淹れたお茶を、アレスは猫のように目を細めて機嫌よく飲む。シアリエはうんうんと満足げに頷いた。

(そう。優しい味わいで身体がポカポカするでしょう？　陛下。だからそれで)

「陛下」

シアリエは不自然なくらいニッコリと微笑む。

「何だ？」

「それを飲んだら寝てください」

シアリエは満面の笑みで、しかし有無を言わせぬ口調で言った。アレスの口の端が、ヒクリと引きつる。ティーカップを持つ彼の手が、動揺でかすかに揺れた。

「何言ってんだよ。まだ昼の三時だぜ？　政務が残ってる」

「ですが本日はこの後、謁見も会議もありませんよね。キースリーさんにお聞きしたんです。見たところ、机上の書類も処理は明日に回せるものばかりですし。寝てください」

「仕事中に寝られるかよ。夜にちゃんと眠ってるんだから、今は寝ない」

アレスはプイと横を向いて、逃げるように視線を逸らす。往生際の悪い彼の態度に苛立ったシアリエは、思わず立ちあがった。

「嘘です！　私が起きた時、陛下はいつもベッドにいらっしゃらないじゃないですか！　ここ最近、お眠りになっていないでしょう？」

「寝てるっての。お前が眠ってからベッドに入って、お前が起きる前に抜けだしてるだけだ」

「へえ？　私も大概ショートスリーパーですけど、それよりも睡眠時間が短いということですか？　一体いつ眠ったんです？」

シアリエは挑発するように腕を組み、アレスを見下ろす。やっぱり彼はこちらの目を見ないで、歯切れ悪く答えた。

「あー……昨日は……夜中の三時にベッドに入って」

「はい」

「そこからシアリエの寝顔を一時間眺めて」

「……はい？」

「一時間寝て、五時に起きて、三十分シアリエの髪を撫でてベッドを後にした。ほら、ちゃんと寝てるだろうが」

「……ちょっと待って。突っこみどころが多すぎて説教の言葉が出てこないです」

アレスを叱る気満々だったシアリエは額を押さえ、制止をかけた。

（予想外の返答だったわ……。何してるのよ、この方はもう！）

「私の寝顔を眺めたり髪を撫でたりする時間があったら、睡眠時間に充ててください！」

「俺にとっては寝るよりそっちの方が、疲れが癒えるんだから仕方ねぇだろ」

開き直った様子で宣(のたま)うアレスに、シアリエは盛大に呆(あき)れて突っこんだ。

「貴方、それでよく、秘書官時代の私に寝ろだの休めだの説教かましていましたね⁉」

（ダメだわ。これじゃ、以前と立場が真逆じゃない）

秘書官時代のシアリエは前世の社畜根性が抜けず、休憩も取らず深夜まで残業していた。アレスはそれを叱る側だったのに、今は完全に立場が逆転してしまっている。

（しかも、私を眺めたり撫でる時間は確保してるって何……⁉）

いっそ重たいほどの愛情と無茶な行為を告白され、気が遠くなる。軽い目眩(めまい)を覚えながら、シアリエは低い声で言った。

「とにかく、何が何でも寝てもらいますからね。それとも陛下、私と一緒にお仕事をなさいますか？　私は構いませんよ。どちらかが先に寝落ちするまで耐久でお仕事をしても」

「は」

「久しぶりに三日くらい徹夜コースといきましょうか」

「いや、ちょっと待て」

「待ちません。よろしいですよね？　陛下が寝ないんですから、私も倒れるまで仕事をしたって許されますよね？」

シアリエは凄みのある笑顔で言う。アレスは片手で顔を覆った。

「……分かった、俺の負けだ。寝る。お前が睡眠不足で倒れるのは嫌だ」

（あら？　もっとごねるかと思ったけど……）

自分は無茶をしているくせに、シアリエが仕事をしすぎるのは心配なのだろう。ごね続けていたアレスは一転、素直に折れた。

「よかった。では」

「でも、こうさせてくれ」

シアリエの言葉を遮ったアレスは、突っ立ったままの彼女の腕を引いて隣に座らせる。それからソファに長い足を投げだすと、シアリエの膝に頭を預けて横になった。制服のスカート越しに伝わる彼の重みに、シアリエは目を白黒させる。

「……っ、陛下？　ま、まさかここで眠る気ですか？」

（私の膝枕で寝る気なの……⁉）

ライオンや豹のような肉食獣が懐いて膝の上に乗ってきたような気分を味わい、シアリエはオロオロする。それだけじゃない。アッシュグレーのサラサラした髪を乱しシアリエに身を預けきったアレスに、心臓が騒がしい音を立て始めた。

「お前が寝ろって言ったんだろ」

「それはそうですけど……」

シアリエは困惑から弱った声を上げた。

アレスが瞼（まぶた）を閉じると、鋭角的な雰囲気はなりを潜める。ただただ彫刻のように整った美貌がさらけ出されるのだ。膝の上で無防備に目を閉じられると、信頼されているのだと感じて面映（おもは）ゆくなる。

結婚してから半年、同じベッドで眠ることが多いのに、膝枕一つでドキドキしてしまう。つい触れたくなって、シアリエはアレスの髪に指を通し、乱れた箇所を整えるように撫でた。

それでも、説教じみた口調でチクリと言うのは忘れない。

「寝室でお休みになってくださいという意味だったんです」

「部屋に着くまでもちそうにねぇ。眠い」

（やっぱり眠かったんじゃない……！　やせ我慢して寝ないから寝室まで辿りつけないのよ）

そう言いたいのをグッとこらえる。せっかく寝ようとしたアレスの機嫌を損ねて、彼がやっぱり寝ないと駄々をこねては困るからだ。

（いいわ。ここは私が譲らないとね）

とはいえ、いつもと違うシチュエーションに胸は高鳴りっぱなしだ。シアリエが心を落ちつけるためにもアレスの髪を撫でていると、彼はおもむろに寝返りを打ち、シアリエの腰に手を回した。

「それ、俺が眠るまで続けてくれ」

「髪を撫でることですか？」

「ああ。お前に撫でられるのは気持ちいい」

アレスはいつだって感情表現がストレートだ。だからこそ、シアリエには彼の言動が心に響く。

「分かりました。でも撫でづらいので、腰に回した手を緩めてくれます？」

「嫌だ」

「わ、我儘（わがまま）……！」

「俺が眠っている隙に、お前に何かあったらと思うと不安なんだ。だから俺が目を覚ますまで、このままでどこにも行くな」

シアリエの膝に顔を埋めたアレスが、夢の中へ向かいながらポツリと呟く。寝ぼけているのにその声はとても切実で、シアリエは胸の奥が締めつけられたみたいに苦しくなった。

（もしかして、眠っている私の寝顔をずっと眺めていたのも、無事だと自分に言い聞かせたいからなのかしら）

そうだとしたら、喪失に怯えるアレスを包みこんで安心させてやりたい。シアリエはそう思った。

「……いますよ、おそばに。だから安心して眠ってください」

「ああ……」

「おやすみなさい、陛下」

アレスの息がゆっくりと深いものに変わったタイミングで、シアリエは穏やかに語りかける。長い睫毛を伏せて眠る彼を見下ろし、シアリエはやるせない表情を浮かべた。

（シミ一つない艶やかな肌だったのに、不摂生が祟ってかさついてしまってるわ。クマもこんなにひどい……）

髭の薄いアレスだが、形のよい顎の輪郭をなぞれば、わずかにざらついている。身だしなみを整える暇も惜しんで、政務やエレミヤ探しに没頭しているのだろう。

「無理しないでください。心配なんです」

穏やかな寝息を立てるアレスに、シアリエはそっと呟く。ふと、仕事中毒だったシアリエを見守っていた彼も、こんな気持ちだったのだろうかと思った。

秘書官だった頃は、アレスの思いなどひとさじも汲んでいなかった。けれど彼を愛するようになった今なら、あの時のアレスの気持ちが分かる。好きな人に無茶はしてほしくない。

「今度は私が支えますから」

子供のようにあどけない寝顔に向かって、シアリエは囁く。シャープな輪郭なのに、アレスの頬に触れるとその柔らかさについ笑ってしまう。

弱った姿も、彼なら愛しい。絶対にアレスの心の平穏を守りたいと、シアリエは強く思った。


シアリエが凄んだ甲斐(かい)あって、アレスは以前と同じように夜は一緒のベッドで眠るようになった。けれど社畜だったシアリエは、手に取るように分かっているのだ。

一刻も早くエレミヤを見つけだしたいと焦っているアレスが、次に取る行動が何か。

「シア・チコリ・プニ」

「さっきから給湯室にこもって何作ってんのよ。この匂い、スイーツじゃないわね？」

秘書課にある給湯室には、ヴィクトリア時代を彷彿とさせるキッチンが備えつけられている。そこで包丁を手に料理に勤(いそ)しんでいたシアリエは、匂いを嗅ぎつけて顔を覗かせたロロとキースリーに挨拶した。

「二人とも、お仕事お疲れさまです。ロロ、クシャリ語で『何してるの』ですか？　キッチンをお借りして、陛下にお弁当を作ってるんですよ」

「弁当？　やーん、何これ。めちゃくちゃ可愛いじゃない。彩りもいい！」

テーブルに置かれた二段弁当を見下ろし、キースリーはときめいたように言う。そのリアクションが、ＳＮＳに写真を投稿するのが好きな女子の姿に重なって、シアリエは前世の世界にもし彼がいたらインフルエンサーになりそうだな、と関係ないことを思った。

キースリーが手放しで褒めてくれた弁当には、一段目にサンドイッチが詰められていた。柔らかく焼いた鶏むね肉と人参のマリネ、レタスをハニーマスタードのタレをつけて挟んだものや、プリプリの海老とアボカドを挟んだもの、そして定番のＢＬＴサンドも忘れていない。

今は二段目に、甘党のアレスに合わせて甘く味付けした玉子焼きやトマト、アスパラを肉で巻いた照り焼きなどを詰めている途中だった。

どれも片手やフォークさえあれば食べられるものだ。

普段王宮の一流シェフが作った繊細で上品な料理しか食べていないアレスのことだから、前世の日本でお馴染みの弁当を見るのは初めてだろう。子供のようにはしゃぐ姿が目に浮かぶ。

「昨日陛下が昼食を取る時間を惜しんでお仕事なさっていたようなので、お弁当を持たせようかと思いまして。こちらなら出先でもパッと食べられますし」

「ルシャール」

異国語で『いいなぁ』と呟いたロロは、甘えるようにシアリエに後ろから覆いかぶさり、小皿の上で冷ましていた玉子焼きを一つ摘む。

それを爪先まで整えられた手でペンッと叩いたのはキースリーだった。

「だからアンタは、シアリエとの距離が近いのよ。陛下が妬くでしょ」

ロロの距離が近いのはいつものことなので、シアリエ自体は特に意識していない。なんならコアラが寄ってきたくらいの感覚でいるけれど、確かにアレスは毎度毎度ヤキモチを妬いているな、と思った。

そんなことを考えていると、キースリーから「ていうか」と声が上がる。

「陛下ったら、食事取ってないの？　そんなのどこかのシアリエと一緒じゃない」

「今は食べるようになりましたよ」

耳が痛いシアリエは、目を逸らして反論する。

「ま、陛下は仕事中毒のシアリエとは違うわよね。でも渡すなら急いだ方がいいんじゃない？　昨日はたまたま食事の時間が取れなかっただけかもしれないし、早くしないと今日は食堂で昼食を取っちゃうかもしれないわよ？」

「いいえ」

シアリエはコアラもといロロの腕をやんわり解きながら、確信めいた口調で言う。

「睡眠時間を削って仕事やエレミヤの捜索を行っていた陛下がそれを阻止されたなら、次に削るのは食事に決まってますから。陛下は今日も昼食を飛ばす気ですよ。私の経験がそう言っています」

「アローリデール・チッタ……」

ロロが呆れたように呟く。キースリーは額を押さえた。

「ロロ、今の異国語はアタシでも何言ってるか分かったわ。『そんな自信満々に言われても』でしょ？同感。シアリエ、胸張って言うことじゃないから」

キースリーは憐（あわ）れみに満ちた目をシアリエに向ける。

「っていうか、お菓子作りだけじゃなく料理まで得意なのに、秘書官時代は栄養ドリンクとリンゴチップス一枚で昼食を済まそうとしてたアンタって……」

痛々しい者を見るような目線を送ってきたキースリーに、シアリエは至極当然と言わんばかりに主張した。

「食べる時間を削るのが、一番仕事が捗るので」

「自己犠牲って言うのよ、そういうのは」

「……分かってますよ。今まさにそれをしようとしている方のために作ってるんです」

シアリエは苦笑を零し、できあがった弁当の蓋を閉めて言った。

風呂敷代わりに大きめのハンカチで弁当を包んだシアリエは、キースリーとロロに見送られながら、アレスのいる会議の間に足を運ぶ。この時間は騎士団の面々と警備体制の増強やエレミヤの捜索範囲の見直しについてミーティングを行っているはずだ。

アレスがあまり睡眠を取らなくなってからというもの、しっかりと夫のスケジュールを把握することにしたシアリエは意気揚々と回廊を進む。

しかし角を曲がって鉢合わせた人物に、小言を貰う羽目になってしまった。

「これはこれは、妃殿下ではありませんか。シェーンロッドに栄光の光あれ」

「アンシェール財務官長……」

挨拶を述べた男の、白を基調とした官吏の制服の袖口は黄緑。そこに手首を囲むように走ったラインが三本ということは、財務課の長ということを示している。

センターパートの白髪と狐を想起させる目元は清涼感に溢れているが、シアリエはこの壮年のリドウィン・アンシェールが嫌みったらしい性格であることをよく知っていた。

アレスは以前、『王妃のシアリエが官吏の仕事をしていても悪く言う者はいない』と言っていたが、例外がいるとすれば眼前のアンシェールだろう。

「いやはやお忙しいようですな。秘書官の仕事と王妃の公務、二足の草鞋は大変でしょう」

「好きでやっていることですから」

「そうでしょうとも。王妃の我儘でなければ、陛下も聞き入れないでしょうから」

実際はキースリーとロロに頼まれて秘書課の仕事を手伝っているため我儘とは違うのだが、自身も喜んで働いているので、シアリエは否定しないことにした。

（この人、苦手なのよね）

この春、年を理由に退いた前任の財務官長はおっとりとした好々爺で、シアリエをとても可愛がってくれていた。対して新しく着任したアンシェールは、シアリエに対していつも刺々しい。仕事なのだから別に贔屓してほしいとは思わないが、一々嫌みっぽい口調で話されるとやりづらいことこの上なかった。

「大人しくしていた方がよいかと思いますがね。ああ、貴女のためを思って発言しているのですよ。妃殿下が秘書官のように振る舞うことで困惑する者も多いでしょうから」

「分かっています」

実際の官吏たちの反応は、どれもシアリエに好意的だ。秘書官時代にスーパーエースだったシアリエが王妃となって現場を離れたことを惜しむ声も多かったので、仕事を回す大きな歯車の復帰は、短期間でもありがたいに違いない。が……。

（領分を外れたところで出張るなと言いたいのよね）

アンシェールの言っていることは正論であるため、言い返しはしない。シアリエは小言もしっかり受けとめる。けれど……。

「そもそも妃殿下は働きすぎですよ。先の事件で、とても怖い思いをされたと存じます。これを機に『万国博覧会』の取り仕切りからも手を引いてはいかがですか？　外に出られないのではご不便でしょう。そもそも、子爵家出身の妃殿下には荷が重いかと」

アンシェールを含む各部署の官長クラスにはエレミヤの件が伝えられている。しかしシアリエは、彼がこちらを心配して提案しているとはどうしても思えなかった。

なぜなら、シアリエを見るアンシェールの細い瞳には蔑みの感情がこもっているのだ。彼の表情が雄弁に語っている。子爵令嬢あがりの王妃は国政に興味を示さず、部屋に大人しくこもってパーティーやお茶会のことでも考えていろと。

「ご心配には及びません。こんなことで怯んでいては、王妃など務まりませんから」

「……ですが」

「貿易赤字を懸念してくださったアンシェール財務官長を安心させるためにも、陛下と力を合わせて『万国博覧会』を成功させ、シェーンロッドの繁栄と栄華を知った他国が我が国との貿易を望む呼び水にしますよ」

シアリエはキッパリと断言する。これ以上の会話は不要と言外に滲ませた甲斐あってか、それを正しく読み取ったアンシェールはすごすごと引き下がる。

「……そうですか。期待しています」

まるで失敗しろとでも言いたげな口調で、アンシェールは心にもないことを言う。それにコクリと頷き、シアリエは彼が去っていくのを待たずに歩きだす。

「……急がないと。お弁当が冷めちゃうわ」

そう呟くシアリエの気持ちは、晴れやかとは言い難かった。

財務官長と鉢合わせるハプニングはあったものの、会議の間に着いたシアリエは扉をノックする。返事はすぐにあったので、地図を広げて騎士団の面々と額を突き合わせていたアレスに声をかけた。

「昼食をお持ちしました」

ちょうど時計台の鐘が鳴り、昼休みを知らせる。国王夫妻に挨拶をしてから、円卓の席にかけた騎士たちが立ちあがり、官吏用の食堂に向かってぞろぞろと消えていく。

会議の間に残ったアレスは、不思議そうに問うた。

「昼食を持ってきたって言ったか？　お前が？」

「はい」

「とうとう使用人の真似までしだしたのか」

少し面白そうに言ったアレスは、シアリエが浮かない顔をしていることに気付き、覗きこんでくる。

「どうした？　気に障ったか？」

「いえ」

アンシェールに秘書官の仕事をしていることに対して小言を言われたばかりのため、ちょっとアレスの発言に過敏になってしまった。シアリエが頬をムニムニと触りながら表情筋を動かして取り繕うと、アレスの手が頭の上に乗る。

「意地悪言って悪かった。嬉しいぜ」

（あ……）

すごい。霧が晴れて青空が覗いたみたいに、下降していた気分が上がる。妻の心の機微を見逃さないアレスに、シアリエの嫌な気分は一瞬で吹き飛んでしまった。

「食事を載せたワゴンはどこだ？　気持ちはありがたいが、先にこの書類に目を通したいから……」

「ええ、ですから、資料に目を通しながらでも食べられるお弁当を用意しました」

「弁当？」

「はい。こちらをどうぞ」

手元の書類を振ってみせるアレスに、シアリエは弁当を手渡す。すると期待通りの反応が得られた。弁当の蓋を開けるなり、まるで初めて海を前にした子供のようにアレスは目を見開く。

「……すごいな。シアリエが作ったのか？」

「はい。すべて片手で食べられるものにしました」

シアリエはフォークを手渡しながら言う。受け取ったアレスは玉子焼きを物珍しそうに口元に運ぶと、咀嚼した瞬間、宝石のような目を輝かせた。それから左手で書類を捲る。

口の中のものをきっちり嚥下してから、アレスは興奮気味に言った。

「美味い！　それに片手が空いているのも最高だな」

「よかったです。よければまたお作りしますね」

「いいのか？」

「はい。入れてほしいオカズとか、ありますか？　私は王宮のシェフのように何でも美味しくは作れませんが、レシピさえ分かればそれなりにはできますよ」

「シアリエの作ってくれた料理なら何でも世界で一番美味い」

口の中に広がった優しい風味の玉子焼きを思い出しているのか、アレスは噛みしめるように言った。

「またまた」

「本当だ。好きな女が作ってくれた料理が一番美味く感じるのは、当然だろ」

照れもなく言われてしまえば、シアリエは赤くなるしかない。照れ隠しのように髪を耳にかけていると、彫刻のような横顔をさらしたアレスが、減っていく弁当を名残惜しそうに見つめて言った。

「昔、エレミヤと話したことがある。多くの民は家族が作ってくれた料理を食べて、それを家庭の味だと言うんだそうだ。俺は王族だし、両親を早くに失ったエレミヤは兄のハイネも料理が下手だったもんで家庭の味を知らなくてよ、二人でどんな味なんだろうなって想像してたんだが」

アレスの切れ長の目元が、ふと柔らかく細められた。

「きっと、こんな幸せな味なんだろうな」

「……陛下が望んでくださるなら、いくらでも作りますよ」

（変ね。私が陛下を支えるつもりでいたのに。この方は意図せず、私に幸せを与えてくれる）

前世では、ギャンブルにのめりこんでいた両親が食事を作ることを放棄したため、いつもシアリエが台所に立っていた。それに対して家族から感謝されたことはない。

「ありがとな」

だからするりと、照れもなく心からのお礼を言ってくれるアレスを愛しいと思う。シアリエの作った料理を家庭の味だと、幸せの味だと言ってくれる彼を。

作りすぎたかと心配したが、アレスはきっちり完食してくれた。空になった弁当箱を一瞥し、彼は真顔で呟く。

「シアリエ」

「何ですか？」

「これ以上お前のことを大切に思ったら、好きすぎて溺れそうだ」

「は」

「本音だぜ？　籠の鳥にして、悪い」

（そんなの）

真剣な様子で言うアレスがおかしくて、シアリエは噴きだす。

「陛下が与えてくれる幸せの中なら、たとえ籠の中だって私は飛べますよ」

今だって、心が弾んで空高く飛んでいけそうだ。エレミヤの件はアレスにもシアリエにも暗い影を落としているが、唯一救いがあるとすれば、以前よりも二人の絆が深まったことだった。

シアリエが笑っていると、不意に頬に手を添えられ、アレスの顔が近付いてくる。会議の間に二人きり。キスされるのだと察してシアリエはそっと目を閉じる。

けれど唇が触れあう前に、勢いよく会議室の扉が開いた。驚いたシアリエは反射的にアレスの元から、キュウリを投げられた猫のごとく飛びのく。

「な、なん、誰ですか!?」

「朗報よー！」

ぞろぞろと会議室に現れたのは、キースリーとロロ、そして病み上がりのジェイドの三人だった。倒れた時より顔色がよくなったジェイドは、ノックもなく扉を開けたキースリーをたしなめる。

「不敬だよ、キースリー。陛下、シアリエ、よい知らせを持ってきました」

「……何だよ」

キスが不発に終わったアレスは、不機嫌を露にして言う。しかし次の瞬間、ジェイドの口から発せられた喜ばしいニュースにシアリエとアレスは食いついた。

「フィンメル学院の学院長が、目を覚ましたようですよ」

「本当ですかっ？」

「ああ。つい先ほどね」

息を弾ませて質問したシアリエに、ジェイドも嬉しそうに言う。

昼休みにもかかわらず秘書課のメンバーが三人揃って報告に来るなど、彼らもアレスのメンタルを心配しているのだろうとシアリエは思った。

「一週間もすれば学院内の療養所に移る予定です。陛下、お見舞いに行かれますか？」

「ああ。ジェイド、スケジュールの調整を頼めるか」

アレスとジェイドの会話を聞きながら、シアリエはソワソワとしだした。目ざといキースリーはその様子に気付いて尋ねる。

「シアリエ、もしかして一緒にお見舞いに行きたいんじゃない？」

「え？　あ、いいえ……。ただ、その」

シアリエは言葉を探すように、胸の前で組んだ指を開いたり閉じたりする。

学院長のことはとても心配だが、シアリエを安全圏から出したくないというアレスの意思に背いてまで見舞いに同行したいとは思わない。けれど……。

「言いたいことがあるなら遠慮するな」

アレスの優しい声に促され、シアリエは迷いつつ口を開いた。

「陛下は学院長のお見舞いに行ったら、エレミヤの捕縛に役立てるため、事件当時のことを聴取しますよね？」

「まあ、そうだろうな。学院長の体調にもよるが。それがどうした？」

「……陛下は心がお強い人だって分かっているんですけど、心配で。親友だったエレミヤの凶行について、お一人で話を聞くのは辛くないかなって、思ったんです。だからその時、隣にいられたらなって」

同行したって特に気の利く励ましの言葉をかけられるとは思えないけれど、寄り添うことくらいはできるはずだ。

「ですが、陛下が以前、私を守るために王宮から出ないようにとおっしゃったことも分かっているつもりです。なので無理に一緒に行きたいとは言いません。これは私の我儘ですから。今の発言は忘れてくださ……陛下？」

シアリエはアレスが手の甲で口元を押さえていることに気付き、言葉を切った。妻の言葉を受けてジワジワと頰を赤らめた彼は、嬉しさと愛しさがない交ぜになったような表情で口を開く。

しかしアレスが言葉を発する前に、キースリーが「健気(けなげ)なんだからー！」とシアリエの髪をワシャワシャ撫でてきた。

「キ、キースリーさん？」

「可愛すぎ、健気すぎ！　ねえ⁉」

キースリーはロロとジェイドに同意を求める。深く頷くロロの隣で、ジェイドは助け舟を出してくれた。

「そーよ、シアリエ。同行したいならポンと中隊くらい出してもらって行きなさい？　アンタは仕事以外のことだと聞き分けがよすぎんのよ」

「陛下と一緒なら安心でしょう。見舞いに同行してもいいのでは？」

キースリーが後押しする。しかしシアリエは恐縮して言った。

「いえ、騎士団の方々を私の我儘で振り回すわけには」

「こんなの我儘のうちに入らないわよ！　アタシはちなみに、与えられた護衛をガンガンこき使ってるからね！　ねぇ？　陛下？　いいですよね？」

「なら一緒に行くか」

それまで黙っていたアレスは、シアリエの組んだ指に手を添えながら言った。

「いいんですか？」

「ああ。あんなに可愛いこと言われたらな」

シアリエは自らの発言を思い出し、羞恥に襲われる。

「忘れてください……」

「忘れるかよ、もったいねぇ。……シアリエが怖くないなら、一緒に見舞いに行こう」

アレスはからかうような表情を消すと、真剣な声色で言った。

(あ……)

警護の行き届いた王宮内とは違い、外は危険が多い。アレスの発言は、エレミヤに狙われることをシアリエが怖がるかもしれないと思ってのものだろう。シアリエはしばし考えこむ。

確かに、初めて会った時のエレミヤには薄ら寒さを覚えた。人形のように美しく、天使のように優しい顔で、人を容易く斬り捨てたから。人の命を奪うことにティースプーン一杯分も罪悪感を覚えたりしない相手は、何をしでかすか分からない気味の悪さがある。

けれど今は、その恐怖にも耐えられると思った。アレスが一緒にいてくれれば大丈夫だと、確信している。だから怯えなど感じない。

「怖くはありません。陛下が一緒ですから」

「俺から離れるなよ」

アレスはシアリエと指を絡める。繋がれた手を見下ろしていると、ロロが自分のことのように喜んで「マイジェボイ!」と異国語を発した。

「久しぶりの外出だね、ですか? はい!」

中断された新婚旅行ぶりだ。何より、学院長が目を覚ましたことに心底安心する。シアリエは朗報を伝えに来てくれた三人に、笑顔を向けた。

学院長の見舞いに行くことは、王宮内の一部の者にだけ通達された。誰かから情報が漏れてシアリエとアレスの行動がエレミヤに筒抜けになるのを防ぐためだ。

馬車も装飾が少ない質素なものを使用し、学院には王宮から派遣された騎士団が各出入り口に配置された。ちなみに騎士団の制服だと悪目立ちするため、彼らには学院の警備員の制服を着てもらっている。

徹底したお忍びのお見舞い。しかし学院内に入ってしまえばさすがに、学生でないシアリエとアレスは目立つ。たとえシアリエがドレス姿でなく、フリルのついた清楚なブラウスと裾に花の刺繍が入った深緑のスカートを着用しているとしても、だ。特にアレスは息を吹きこまれた彫刻のように整った美貌の持ち主なので、正装でなくともすれ違う生徒たちの視線を釘付けにしていた。

「きゃあああっ。アレス陛下よ！　素敵！」

「妃殿下もいらっしゃるわ。お二人が並ぶととっても絵になるわね」

「男から見ても陛下は猛々しく格好いいもんな」

声のボリュームを抑えきれていない生徒たちが、シアリエとアレスを遠巻きに眺めながら呟く。口元に手をやってこそこそ話をしているつもりの彼らに、アレスは人差し指を唇に当て「シー」と囁いた。お忍びだから静かにしてくれ、というジェスチャーだ。

しかしウィスキーみたいに危険な色香と孤高な雰囲気を孕んでいる彼がそんな仕草をするだけで、周囲は逆に沸き立ってしまう。

「あ？　何でだよ。静かにしてくれって頼んでるのに」

逆効果であったことに気付いていないアレスは、不思議そうにぼやく。シアリエはチラリと夫を見上げた。

（黄色い歓声を聞くと、陛下って本当に美形の人気者なんだって再確認してしまうわ）

外で見ると、改めて顔のよさと殿下の長さに驚かされる。

妻がそんなことを考えているとは露ほども思っていないのだろう。ぶっきらぼうそうな見た目に反し、さりげなく歩幅を合わせてくれるアレスは、シアリエの肩を抱いて不満げに言った。

「どいつもこいつも、可愛いからってシアリエのこと見やがって。シアリエ、お前は愛嬌振りまくの禁止な。じゃないと学院中の男が惚れちまう」

「…………」

見られているのも周囲をメロメロにさせているのも陛下でしょう、と突っこみかけて、シアリエはバカップルっぽい会話になりそうなのでやめた。今日の目的は学院長の見舞いなのだ。


日当たりのよい場所に位置する療養所は、採光用の窓から差しこむ陽光が消毒液の匂いを緩和してくれている気がする。案内係によって個室に通されたシアリエとアレスは、サンタクロースのような見た目をした老年の学院長に挨拶した。予想していたよりもよい顔色に、二人揃って胸を撫でおろす。

ベッドの背もたれに枕を差しこんで背を預けた学院長に、シアリエは持ってきた花束を見せてから花瓶を手に取り、個室に備えつけられた洗面台の蛇口を捻りつつ話しかける。

「お加減はいかがですか？」

「よくないですな。妃殿下に傷口を摩ってほしいくらいですぞ」

「元気ってことだな、エロジジイ」

茶目っ気たっぷりな学院長にアレスは呆れ返った口調で言う。学院長はベッド脇の椅子にかけた彼に対し、「本当に痛むんですぞ」と恨めしそうに呻いた。

「上半身をザックリいかれたんですから」

入院着の襟元をゆったりと開いて包帯の巻かれた上半身を見せた学院長に、シアリエは窓辺に花瓶を飾りながらゴクリと唾を飲む。

「……俺への当てつけだろうな。俺がハイネを斬りつけた時と同じ斬り方だ。学院長より先に襲われた乳母のローザも、同じように斬られていたそうだから」

いわゆる逆袈裟斬りというやつだろう。腰から肩に向かって、斜めに剣を振りあげるようにして斬られたのだと、学院長は巻かれた包帯を見下ろして説明した。

（カフェのオーナーの斬られ方と違うのね……）

彼は確か、真一文字に斬られていた。それはアレスにとって特別な人でないからか。トリルメライの異装をしたり、襲撃方法を統一したり、エレミヤからはこだわりと執念を感じる。それがアレスへの憎しみの深さを表している気がして、シアリエは胃がズンと重くなった。

「犯人は俺に恨みを持ってる奴だ。巻きこんで悪かった」

アレスは目元を伏せ、暗い顔で謝る。しおらしい元生徒を眺め、学院長は入院着のボタンを留め直しながら言う。

「傷は痛みますが、気分はそれほど悪くありませんぞ。わしが陛下にとって大切な存在というのは気持ちがいい。それに、学生時代からチヤホヤされて生意気だった小童が、恨まれているというのも中々面白いですな」

「性格が悪いな」

アレスが頬を引きつらせる。国王を小童扱いする不遜な物言いに、シアリエもぎょっとした。が、同時に、不敬な発言に目を瞑るほどアレスにとって学院長は大切な存在なのだろうと考える。

「何とでも。まあ一つ言うなら、社会が平等でない以上、王族という立場は少なからず恨まれてしまうものなのです。そしてそれでも、民も私も、貴方が王であってほしいと考えていることを忘れないでいただきたい。暴力に屈してはなりませんぞ。たとえ周囲に責められても、王としてどっしり構えているように」

諭すような学院長の言葉を聞いて、シアリエは目を見張る。学生時代に何度か話したことがあるが、ここまで厳しくも優しい人だとは思わなかった。

（これは、陛下を思っているからこその発言よね）

我が夫は、本当に多くの人から愛されている。シアリエがそう感じていると、アレスは学院長の言葉を素直に聞き入れた。

「分かってる」

「よろしい。ただ、警戒してください。わしを襲った者は、まだまだ陛下の大事な者を手にかけるつもりだと言っていました。出張先でわしを襲った時も、多くの手下を引き連れていましたぞ」

「……注意する。ゆっくり休んでくれよ」

しばらく会話を交わしてから、アレスは病室を後にする。それにシアリエも従った。

「思ったよりお元気そうで安心しましたね」

療養所を後にしたシアリエが、アレスに話しかける。

が、返事はない。故意に無視しているのではなく、考えこんでシアリエの声が聞こえていない感じだ。無理もないだろう。病室では憎まれ口を叩いていたアレスだが、自分のせいで大怪我を負った人間を見るのは精神をカンナで削られるような気分に違いない。それが親しい相手ならなおさら。

あてどなく彷徨(さまよ)っているように一歩前を歩くアレスの手を繋ぐ。すると遅れてアレスが反応した。

「どうした？」

花びらみたいに飛んでいってしまいそうだったから繋ぎ止めたとは言えず、シアリエは別の話題を探して目を泳がせる。

「陛下が学院長先生とあんなに気の置けない仲だったとは驚きました」

「あー……。入学する時に、父上が俺を厳しく躾(しつ)けるよう学院長に言ったみたいでな。お陰でクソガキ扱いだ。特別扱いされるより居心地がよかったけどよ」

「ふふ。そうだ、陛下。少しお散歩して帰りませんか？　久しぶりに学院内を見て回りたいです」

「仕事中毒のお前にしては珍しい提案だな。懐かしいのか？　いいぜ。デートするか」

「デ……っ。お、お散歩ですよ」

「俺はお前と出かける時は全部デートだと思ってるからいいんだよ」

「……もう」

アレスが儚く見えたのはシアリエの勘違いだったのだろうかと思うほどに、彼の口は絶好調だ。

歯の浮くような台詞に照れてしまい、シアリエは繋いだ手を離して赤くなった頬を押さえる。

普段なら、一分一秒が惜しいと働くシアリエだ。けれどフィンメル学院はアレスと出会った場所。初めて会話を交わした中庭や、婚約破棄されたシアリエに秘書官になるよう進言してくれた迎賓館、そういった思い出の地を見て回るのも悪くないだろう。きっとアレスの気分転換にもなるはずだと思って提案した。

が、十五分後。通りかかった修練場でアレス共々、生徒に囲まれることになるとは予想していなかった。

せり上がった観覧席が半円形に設けられた修練場は、古代ローマ時代に設計された劇場を思わせる。そこで剣術の稽古に励んでいる生徒たちが、闘牛のような勢いでアレスに突進してきた。

「剣術部の者です！　陛下は在学中、剣術の成績が学院でトップだったとお聞きしました」

「陛下、よろしければ我々にご指導いただけませんか？」

鼻の穴を膨らませ、興奮気味に懇願する生徒たち。憧れのスターを前にしたような様子の彼らとアレスを交互に見ながら、シアリエは後輩たちの勢いに呑まれる。

「陛下って、剣術の成績がよかったんですね」

そういえば彼は乗馬も器用にこなすし、シアリエの元婚約者であるユーインと相対した時の剣さばきも光っていた。以上の点から運動神経がよいことは容易に想像できたが、まさか在学中に学院一の実力を誇っていたとは。神は二物を与えたようだ。

「師匠がよかったんだよ。ハイネは本当に強かったから」

アレスは複雑そうな表情でシアリエに言った。ハイネのことを口にする横顔は痛みに耐えるようでもあったが、同時に誇らしげでもある。

「ぜひ、一戦だけでもよいので手合わせ願います！」

「あぁ？　いや、俺は」

熱心に口説く後輩に、さすがのアレスもたじろぐ。今日は正装ではないとはいえ、先の尖った革靴も、装飾のついたジャケットも、稽古には向いていないから余計にだろう。

（うーん。ここでハイネさんを思い出しちゃったのは、陛下にとって複雑かもしれないけど……でも、身体を動かすのは気分転換になるかもね）

「陛下、私も陛下が剣を振るう姿を拝見したいです」

シアリエはアレスの袖を軽く引っ張って頼む。

「後輩に指導されるのも、よいのではないですか？　私なら、ノクトさんやウィルさんと一緒に」

そう言いかけたシアリエを、すかさず女生徒たちが取り囲む。その速さたるや、数メートル後ろでひっそりと控えていたウィルとノクトが出遅れるほどだった。

「では、シアリエ様は私たちと一緒に観覧いたしましょう」

「ささ、こちらへいらしてくださいな」

「わ、あの……!?」

シアリエとお近づきになりたかった女生徒たちが、今がチャンスと言わんばかりに腕を取り、フィールドが一望できる観覧席に誘導する。

若者たちの勢いに気後れしたのか、ウィルとノクトが焦っているのが視界の端で確認でき、シアリエは申し訳なくなった。きっと護衛しづらいに違いない。

おまけに生徒たちはアレスが修練場にいると聞きつけたようで、十分もせぬ間に観覧席は埋まってしまった。今は立ち見の見物客まで出ている。

「マジかよ……。シアリエ、ジャケット預かってくれ」

最前列で観覧しているシアリエの膝に、アレスの清潔な香りと温もりが移ったジャケットが乗る。

アレスはクラバットを外すと、ワイン色のシャツについたカフスリンクスも取り、袖を捲りあげた。

それから細い割に筋肉がしっかりとついた腰回りに短剣の鞘を装備できる革のベルトを巻く。

「ったく、シアリエの頼みじゃなきゃ聞かねぇぞ」

真剣を手にしたアレスは、面倒くさそうに言う。

「さっさと終わらせる。今フィールドにいる奴は、全員でかかってきていいぜ」

審判を買って出た顧問が試合の開始を告げると、アレスは一転、悪戯っぽい笑みを浮かべる。憎まれ口を叩いていたけれど、身体を動かすのは好きなのだろう。剣を手に一斉にかかってきた生徒十人を、流れるように峰打ちしていく。

「いい太刀筋だな。もっと大胆に打ちこんでこいよ」

舞でも踊っているみたいに美しい剣さばきだが、打撃の一つ一つが重い。前後を挟まれてもアレスは笑みを崩さず、低い姿勢で手前の生徒に足払いをかける。そのまま体勢を崩した生徒の腹を剣の柄で突き、背後の生徒ごと吹き飛ばす。また、力が強いのか、鍔迫り合いでは絶対に押し勝つ。

その圧倒的な強さに、観客は総立ちになる。声援と拍手が蒼穹に吸いこまれていく中、シアリエはアレスの身体能力に驚倒していた。

「すごい……あんなに強いなんて」

格闘技の試合でも見せられているみたいだ。いつの間にか手に汗を握り、興奮してしまっている自分がいる。シアリエは食い入るようにアレスの剣さばきを目で追った。

型自体は綺麗なのに彼の動きはどこかトリッキーで、王族らしくない。シアリエはそこに、うっすらと会ったことのないハイネの息吹を感じた。

そんな時、夢中になっていたシアリエの耳に、天上の調べのように甘い声が滑りこむ。

「パフォーマーだよね。ああやって激励しながら周囲を惹きつけて自身の信者を作りあげ、最後にゴミのように切り捨てるのがアレスのやり口だよ」

子守歌のように優しい声だ。それなのに、アレスの剣術に魅せられて高揚していたシアリエの気持ちは、冷や水を浴びせられたように鎮まる。全神経が敏感になり総毛立った。この声を知っている。凪いだ海のように穏やかで、でもパンドラの箱を開けるように心臓に悪い声を。

「そんな……」

激しい動悸に襲われたシアリエは、紫水晶の瞳を揺らす。途端に喉の渇きを覚えた。

(そんな、どうして彼がここにいるの……？　ここにはお忍びで来たのよ……？)

「エレミヤ……!?」

「振り向かないで」

真後ろに座るエレミヤは、シアリエの冷えきった耳に唇を寄せて囁いた。

「アレスにバレてしまう。もちろん助けを求めてもいいけど、その場合、この場にいる生徒たちの命は保証できないかな」

背後で撃鉄を起こす音がしたことで、シアリエはエレミヤが拳銃を所持していると察した。観覧席には、百人以上の生徒が集まっている。ここにいる全員が人質だと言われては、一見優男でもエレミヤの正体がギャングのボスであると知ってしまった以上、シアリエには冗談に聞こえない。血流がおかしくなってしまったみたいだ。心臓がドドドッと激しく脈を打つ。打ち上げられた魚のように、シアリエは喘ぎ喘ぎ言った。

「こんなにも警備が厳重な中、どうやって……」

「制服を着ていれば、意外と警戒されないものさ」

エレミヤは制服のブレザーのポケットに手を突っこみ、魚のヒレのようにヒラヒラさせる。シアリエはその仕草を、顔は前を向いたまま、目線だけ横にやって確認した。

さすがにトレードマークのおさげは目立つので、今のエレミヤは髪を後頭部で纏めて団子にしている。

両隣の生徒は、立ちあがってアレスと剣術部の部員の試合を観戦していた。戦いに夢中な彼女らは、シアリエとエレミヤの会話に気付かない。何か話していることは分かっているだろうが、男子生徒が王妃に試合について語りかけている図くらいにしか映っていないことだろう。

実際は、殺伐とした会話が繰り広げられていたとしても。

シアリエは観覧席の入口で警備をするウィルとノクトに視線を走らせる。彼らも生徒の正体がエレミヤだとは気付いていない様子だ。助けを求めたいけれど、彼らが駆けつけるより、きっとエレミヤが自分を殺す方が早い。

(どうすれば……落ちついて、私。落ちつくのよ)

とにかく、周囲に異変に気付いてもらうためにも、そしてエレミヤの気を引くためにも会話を続ける他ない。

「その制服は事前に用意していたもの？　それともここの生徒から奪ったの？　後者の場合、生徒は無事でしょうね？」

「さあ、どうだったかなあ。君、本当に面白いね。この状況下でも他人の心配ができるんだ。もしかして王妃の自分は大丈夫だって過信してる？　だとしたら勘違いだよ。僕は簡単に引き金を引ける。それとも、僕の正体を知らないとか？　そんなはずないよね。僕の名前を知ってたってことは、アレスに過去を聞いたってことだろ」

エレミヤがお喋りに乗ってきたことに、シアリエは内心ホッとする。

「貴方がギャングのボスだということは調べがついてるわ。貴方と陛下の過去も、聞いて知ってる」

「へえ？　アレスが過去にしでかしたことを知ってもなお、そばにいるんだ。それって、僕に殺されても構わないってことかな？」

「……エレミヤ、話を聞いて。あれは誤解なの。陛下は貴方のお兄様を殺したわけじゃ」

「黙れ？」

思わず振り返ったシアリエの腰に、冷たい何かが押しつけられる。視線を落とせば、ブレザーのポケットに手を突っこんだままのエレミヤによって、中に入れた銃の銃口を押し当てられていた。

布越しでも分かる、金属の冷ややかな感覚。まるで服の中に氷を入れられたみたいに、全身が冷たくなる。

「何も分かってないな。僕はあいつが兄さんを殺すところをこの目で見たんだ」

「斬られるところを、でしょう？　亡くなったところは確認していないはずだわ」

「一緒だ。兄さんはあの夜死んだ」

「エレミヤ」

「ねえ、僕は黙れって言ったろ？」

エレミヤのアクアマリンの瞳は、完全に瞳孔が開いている。

「そんなに早く死にたいなら、お望み通り殺してあげるよ。君は美人だし僕のタイプだから殺すのは惜しいけど、減らず口を叩くところは気に入らない」

押し当てられた銃口が、肌に食いこむ。エレミヤの目は怒りで血走っていた。本気で撃つつもりだろう。

これまでのエレミヤの傾向からアレスの身近な人間を襲撃する時は上半身を斬りつけるだろうと踏んでいたので、銃を押しつけられても脅しに違いないと高を括っていた部分があった。

けれど、襲撃方法のこだわりを捨てるほど自分は彼を怒らせてしまったみたいだ。

シアリエは腹に力を込める。撃ちこまれる痛みを覚悟して歯を食いしばれば、次の瞬間、フィールドから飛んできた短剣がすごい速さでシアリエの顔の横をすり抜けていった。

「……っ⁉」

短剣の鋭い切っ先が、今の今までエレミヤのいた席に突き刺さる。腰に押し当てられていた銃口の圧迫感が消えたことにシアリエが気付いた時にはもう、エレミヤはとっくに席から飛びのいていた。

突然の出来事に上がる周囲の悲鳴。視界の端で、ウィルとノクトが血相を変えてこちらに向かってくるのが見えた。

（何、何が起きたの⁉）

動転するシアリエの耳に聞こえてくる、地面を蹴る足音。

電光石火、観覧席の手すりを飛び越えたアレスがシアリエの腰を抱きかかえた。彼はそのまま利き手に持った剣の切っ先を、エレミヤに突きつける。

瞬きの間に小脇に抱えられたシアリエは「へ？」と間抜けな声を上げた。上体を捻って仰ぎ見れば、苛烈な紅蓮の炎を宿したアレスの瞳が、エレミヤを睨みつけている。

歯の根が合わないほどの殺気と威圧感だ。フィールドからエレミヤに向かって短剣を投げたのはアレスだったのだろう。お陰でエレミヤの注意がシアリエから逸れ、距離を取ることができた。

それも、アレスに抱えられたからだが。

(陛下が短剣を投げて助けてくれたのね……！　ああ、でもこれで)

アレスとエレミヤが、十年ぶりの邂逅(かいこう)を果たしてしまった。しかも、互いに武器を持った状態で。息をするのも憚(はばか)られるような緊張感が周囲に漂い、シアリエは瞬きを忘れる。

エレミヤは肌が切れそうなくらいの殺気を受けても薄ら笑いを浮かべ、低い位置で団子にしていた髪を解(ほど)き、手早くおさげを結い直した。

できあがるなり、長い髪をピンと指で弾いて風に遊ばせる。エレミヤからは随分と余裕が感じられた。そんな彼に、アレスは凍(い)てついた声で唸る。

「シアリエに手を出すな。エレミヤ」

「ご挨拶だなぁ。久々の再会だっていうのに、親友だった男に投げるのが喜びの言葉でなく短剣？国王様は兄さんと同じように僕のことも殺そうというわけだ？」

エレミヤはペンでも回すように、席に刺さった短剣を抜いて弄ぶ。彼の視線の先では、アレスが

警戒を解かずに剣を向けたままでいる。シアリエは抱えられた状態で、二人の動向を窺った。

ややあって、アレスは剣を下ろす。

「エレミヤ。話がしたい。お前と――」

「ここにはアレスの様子を見に来たんだ」

エレミヤは歌うように言った。

「俺の……？」

「ああ。だって新聞は『アレスのせいで』襲撃事件が起きているとは報じてくれなかったから、お前がどんな気持ちでいるか分からなくて。だから今日はさ、大切な人が自分のせいでどんどん傷ついていく状況に置かれたお前が、どんな面を見せてくれるんだろうってワクワクしていたんだよ。でも、普通で拍子抜けした。乳母も学院長も、お前にとっては取るに足らない存在だったかな。次はもっと身近な存在を手にかけるよ」

笑顔で残酷な言葉を吐くエレミヤに、アレスは表情を強張らせる。シアリエが甲斐甲斐しく世話を焼いたお陰でいつもの不敵さと余裕を取り戻しつつあったのに、エレミヤのナイフのように鋭利な言葉で今までの努力が泡となって消えてしまう。

切り刻まれたアレスの心を必死で縫い合わせたのに、その糸をハサミで乱暴に切られたみたいだ。

アレスの眼光が鋭さを増す。剣の柄を固く握りしめすぎて、手のひらからは血が滲んでいた。

「させねぇ」

「するさ。お前を絶望に叩き落とすためなら何だって」

ジャグリングのように短剣を弄んでいたエレミヤはそれをキャッチすると、アレスに向けて投げ返した。恐ろしい正確性で飛んできた短剣は、アレスの耳にぶら下がったピアスをキンと掠める。国王と生徒の格好をした男のやりとりを遠巻きに見ていた観覧席の生徒たちは、改めてどよめきと悲鳴を上げた。

彼らからしてみれば、今の状況は訳が分からないに違いない。生徒らしき男にアレスがフィールドから短剣を投げてきたと思えば、妻のシアリエを抱えて睨み合っている。しかも、その生徒は不遜な態度でよく分からない話を語り、挙句アレスを攻撃したのだから。

ただ、危険な空気だけは正しく察しているのだろう。我先に席から離れ、アレスとシアリエ、エレミヤの周りにはすっかり人がいなくなっていた。

そのせいで人垣ができ、観客の流れと逆を行くウィルとノクトの道を阻んでいる。

「一体何が起きていますの？」

「陛下とお話ししているのはうちの生徒ではありませんか？　生徒に向かって剣を投げるなんて……」

「バカ。身の程知らずの男が妃殿下にちょっかいでもかけたように見えたからだろ」

「そうだよな？　でも、あの生徒、陛下が自分の兄を殺したみたいに言ってなかった？」

「それより何であの男から、陛下の乳母と学院長の名前が出てくるんだよ」

シアリエたちを遠巻きにする観覧席の生徒たちから、噴水のように疑問が上がる。しかし当の本人たちは互いしか見ていないし、周りの声など雑音くらいにしか聞こえていないようだった。

エレミヤは不愉快そうに口元を歪める。

「反吐が出るな。兄さんのピアスまでして、何のつもりだ。すべてを失って僕の足元に泣いて縋るお前の耳から、それをむしり取ってやるよ」

「これはお前に返そうと」

アレスが言いかけたところで、エレミヤは振り返りもせず、背後に向かって拳銃の弾を放った。

ドンッと鼓膜が破けるほどの音が響き、銃口からは硝煙がユラユラと揺れる。シアリエはアレスに抱えられたまま悲鳴を上げた。

エレミヤの背後には、人垣を割ってウィルとノクトが迫っていたのだ。ウィルが辛うじて、剣を盾代わりにして銃弾を弾いていた。初めから攻撃は防御されると思っていたのか、素早く身を翻したエレミヤは、仲間が銃撃された衝撃で動きの鈍ったノクトから剣を奪い取る。

一連の動作だけで、騎士団の精鋭であるウィルとノクトよりも、エレミヤの方が数段上手だとシアリエは痛感した。

（ダメだ……。このままじゃ二人が殺されてしまう……!!）

そんなのは絶対にダメだ。国を支える礎の彼らを死なせるなんて許されない。それにもし、二人がアレスの前で殺されたら……。

（陛下の心はどうなってしまうのよ……っ!!）

アレスがシアリエをその場に下ろし、エレミヤを止めるために踏みこむ。エレミヤがノクトを斬りつけるべく剣を薙ごうとしたところで――……。

「やめて！」

焦燥が身を焼き、シアリエは喉が切れるほどの声量で怒鳴った。

銃撃に慄き悲鳴を上げていた観客までもが、青空を割るくらいの叫びに静まり返る。自分の声の大きさで気絶しそうだと思うのは、シアリエにとって初めてのことだった。

しかしその甲斐あって、エレミヤは動きをピタリと止める。彼の瞳がギロリとこちらを向いた。

再びエレミヤの殺意が自分に向いたことを感じたが、今のシアリエは恐怖よりも怒りの方が凌駕(りょうが)していた。お陰でどんなに毒々しい視線を浴びても、真っすぐに立っていられる。

「エレミヤ、陛下は貴方の行動によって十分に傷ついてるわ。友人だった貴方が凶行に走った事実にも。だからこれ以上、何もしないで！」

透き通ったアメジストの瞳で、シアリエはエレミヤを見据える。エレミヤはピクリと片眉を揺らした。空色の瞳が、どうしてか暗く淀(よど)んでいるように感じられる。彼は真ん中で分けた前髪をグシャリと握りしめ、苛立ちを隠さずに言った。

「――――腹が立つなぁ。アレスのそばには、支えようとする奴がいる。兄さんを殺したのに、報いを受けてない。でも、そうか、君か」

「え……？」

「君がアレスを支えているわけだ」

当たりだろう？　と首を傾げるエレミヤから禍々(まがまが)しい怨念じみたものが噴きだし、シアリエは後ずさりしそうになる。今まで生きてきた中で一番強い殺気を感じた。距離があるのに、首に手をかけられている感覚が全身を支配する。怒りによって張っていた虚勢が、より強い殺意にあてられ剝がされていくのをシアリエは感じた。

しかし、獲物を品定めするようなエレミヤの視線からシアリエの姿を遮るように、アレスが彼の視界に割って入った。

「シアリエに手を出すな」

「退けよ、アレス」

「エレミヤ、話がしたい」

アレスは狭まった喉の奥から振り絞るように声を発した。しかしエレミヤは取り合わない。

「話すことなんてないさ。僕がお前としたいのは殺し合うことだけだ」

ビリッと、電流が走るような殺気が修練場を満たす。ギャラリーの誰もが、肺と喉を潰されたみたいに何も言えないでいる。エレミヤはふと殺気を解くと、不自然に笑って言った。

「でも、まだだよ。まだ足りない。もっと絶望してくれなきゃ、今のままじゃアレスが死ぬには幸せすぎる」

「この状態で逃げられると思ってるのか⁉」

果敢にもウィルが叫ぶ。エレミヤはスッと目を細めると、彼の間合いに一瞬で入りこんだ。

「退けよ。僕の道を塞ぐ奴は殺す」

ポンと肩に手を置いてエレミヤが通り過ぎると、足払いをかけられたわけでもないのに、ウィルはその場にへたりこんだ。

「ウィル⁉」

腰を抜かした仲間に手を貸すノクトのそばをエレミヤは悠然と通り抜け、観覧席の出入り口へと向かう。できるだけエレミヤと距離を取りたがっていた観客たちは縮みあがり、彼に道を空けた。

「お前の大切な人たちが襲われるのを、震えて待ってなよ。アレス」

「エレミヤ‼」

駆けだしたそうなアレスだったが、シアリエやウィルたちが気になるのか二の足を踏む。もしエレミヤがその気なら、ここにいるギャラリーも平気で巻きこむだろう。そんな残忍さが彼にはあることを、アレスは十分理解しているようだった。

結局出ていったエレミヤを追うことはせず、アレスは拳を握りしめる。そんな彼を横目に、シアリエはウィルに駆け寄った。

「ウィルさん、大丈夫ですか？」

「平気です。シアリエ様、お守りできず申し訳ありません……」

「どうして肩に手を置かれただけでへたりこんだんだ」

謝るウィルに、ノクトが責めるような口調で言う。ウィルはブルリと身を震わせて言った。

「格が違うって、手のひらだけで伝わったからだよ。……陛下、あの男、綺麗な顔をしていますが、手は長年剣を持ち鍛えてきた者のそれです。もしかするとバロッド騎士団長よりも硬い、剣ダコだらけの」

「……ギャングのボスまでのし上がった男だ。生き残るためにいくつもの死線をくぐり抜けてきたんだろう」

アレスは暗い声で呟く。

「もしくは俺に復讐するために、鍛えあげてきたんだろうな」

せっかく、アレスの気持ちが浮上するいいニュースを頼りに学院を訪ねたのに。また彼を暗鬱な気分にさせてしまったことをシアリエは内心嘆く。そっとアレスの背に手を添えると、冷えきったそこは広いのに、行き場を失った子供のように頼りなく感じた。

第四章　それぞれの思惑と、つかの間の平穏

アレスがエレミヤと邂逅を果たした晩、王都イデリオンの港に停泊する真っ黒な船体に、アンシェールの怒号が響き渡った。

財務官長の証である三本のラインが袖口に入った制服でなく私服姿の彼は、人目を忍ぶようにローブについたフードを目深に被(かぶ)っている。しかし怒りで赤く染まった頬が、時折チラチラと覗いていた。

「なんてことをしてくれたんだ！　約束が違うじゃないか！」

アンシェールが怒りに任せて拳で打ちつけたテーブルを挟んだ向かいのソファには、肘掛けにだらしなく足を投げだしたエレミヤがかけている。

こちらも昼間に着用していたフィンメル学院の制服は脱ぎ捨て、シャルワニによく似たトリルメライの異装を身に纏っていた。

アンシェールが拳を打ちつけたことによって零れたテーブル上のウィスキーは、静かに床へと滴り落ちる。その液体が震えるほどの怒声が、彼の口から続いた。

「勝手なことばかりして！　陛下と妃殿下がフィンメル学院に向かうこと、学院長を見舞うことは、警備を担う騎士団と一部の高官にしか知らされていなかったんだぞ！　そんな場所で貴様が陛下た

ちと接触すれば、情報をリークした者がいると言っているようなものではないか！」

「正解だろ。アンタは僕に情報を与えてくれたじゃないか」

エレミヤは退屈そうに呟く。

「それは貴様が、陛下の様子を直接目で確かめたいと言って聞かなかったからだ！　決してあの場で陛下たちには接触しないと約束したから……っ」

「そうだったっけ？」

「すっとぼけるな！　マスメディアで大々的に報じられていた新婚旅行先で妃殿下に接触した時とは訳が違うのだぞ」

「口約束は覚えてないな。今度から約束事は誓約書でも書いてくれないか。『コレ』みたいに」

エレミヤは猫のような身軽さで身体を起こすと、懐から書類を取りだしてちらつかせる。薄っぺらな紙を忌々しそうに睨みつけたアンシェールは歯噛みして言った。

「とにかく、約束は守れ。次はない」

「つれないこと言わずにさ、これからも情報は共有してよ。アンシェールさん？　僕たちは利害が一致した共犯者なんだから」

「私は貴族だ！　ギャング風情が仲間扱いするな！　ひ……っ!?」

部屋の出入り口に控えていたエレミヤのいかつい部下が、頭領に舐めた口を利いたアンシェールをたしなめようと抜剣する。それをエレミヤは気楽そうに止めた。

「こーら。アンシェールさんのお帰りだ。そこを通して」

スキンヘッドの部下は、アンシェールにメンチを切りながらスッと身を引く。さすがの彼も命は惜しいのか、すごすごと去っていった。

扉が閉まり、足音が遠のいていったのを確認してから、スキンヘッドの部下はエレミヤに近付く。

「ボスに対するあの態度は気に入りません」

「お貴族様なんてあんなものだろ。利害が一致しているうちは、僕は気にしないよ。賢いと思いこんでいる猿には好きに喋らせておくといい」

エレミヤは書類を懐に仕舞いながら言う。

「ですが」

「アンシェールの目的は金と腹いせだ。野心家のあいつはトリルメライとの交易を促し、成功させることで利益を呼んでアレスに自分の威光を示そうとしていた。ところがアレスはアンシェールの提案を拒否。代わりに『万国博覧会』なんてものを提案し、元子爵令嬢のシアリエに取り仕切りを任せているんだってさ。それが不愉快でたまらないらしいよ。だからこれは、あの猿にとってアレスとシアリエへの嫌がらせなんだ」

「嫌がらせごときで我らに加担しますか？」

部下の男は、懐疑的な表情で問う。エレミヤは喉で笑いを転がすと、ポンポンと懐に仕舞った書類を衣装の上から叩いた。

「そうだよね。犯罪組織に加担するなんて、浅慮も甚だしい。でも、思い出してよ。僕たちには『コレ』がある。アンシェールも甘い蜜を吸いたくてたまらないだろうさ」

「ですが……」

厳めしい見た目に反して心配性らしいスキンヘッドの部下は、食い下がる。

「あれだけ怒っている様子では、もう情報を提供しないかも」

「その時は眉間に一発ズドンと弾を撃ちこむだけさ。役に立たなきゃ殺すまで」

エレミヤは指で銃の形を作り、子供が蝶の羽をもぐような残酷さをたたえて告げた。

「でも、そうだな。アンシェールが使い物にならなくなる前に、シアリエを手中に収めたいな」

エレミヤは日中に会ったシアリエを思い出す。

柔らかく癖のないミルクティーブラウンの髪と同じように、真っすぐな女だった。一体どれだけの女が、拳銃を押し当てられた状態であそこまで気丈に話せるだろうか。自身を危険にさらしても、アレスの心を守ろうとする健気さと高潔さ、内に秘めた強さも伝わった。

エレミヤは意志の強いシアリエの瞳を思い返すだけで、ゾクゾクとした興奮が背中を駆け上がるのを感じた。

「殺したいほどムカつくけど、いい女だったな」

「ボスが女に興味を持つのは珍しいですね」

「いたぶり甲斐がありそうだったから」

エレミヤは平然とした様子で非道な発言をした。

「それにアレスが随分ご執心で驚いたんだ。助けたんだよ、シアリエのこと。あれは本気であの女に惚れてる」

「シェーンロッドの国王夫妻は恋愛結婚で、仲がよいと有名ですから」

スキンヘッドの男は、テーブルの上に転がったウィスキーのグラスを立てようと手を伸ばす。しかしその手が届く前に、エレミヤの振りあげた長い足がグラスを割る方が早かった。

踵に押し潰されて四方に散る破片に、部下の男がビクリと肩を跳ねさせる。

「僕が復讐を誓って血を吐くような思いをしていた間、アレスは呑気に恋愛に現を抜かしていたと思うと……許せないよね。あの女がいなくなったら、アレスは絶望してくれそうだ」

エレミヤは天使のように整った顔に、笑みを浮かべて言う。部下の男は、目礼だけして黙々と破片を片付けた。


同時刻。シアリエは王宮内の厨房で、ひたすら頭を悩ませていた。そばにアレスの姿はない。

フィンメル学院での騒ぎの後、騎士団総出でエレミヤの大追跡が行われたが、結局捕縛は叶わなかった。

シアリエはというと、混乱の最中、アレスに連れられて馬車で王宮へと引き返すことに。元々はお忍びの見舞いだったはずなのに、帰りの道中は警護に駆りだされた大勢の兵で馬車道が埋まり、大分目立ってしまった。おまけにアレスから無事を確かめるように力いっぱい握られた手は、夕食の時間まで痺れが残っていた始末。

そして彼はというと、王宮に戻るなり高官を招集し、緊急会議に赴いてしまった。さらに公務が終わった後は、自室にこもって書類の整理をしているとキースリーから報告を受けている。

（ドッと疲れた一日だったわね……）

でもこれも、アレスの心労に比べれば大したものではないとシアリエは思う。

シュバリー領での襲撃と、フィンメル学院でのエレミヤとの邂逅。この二つの件を通して、シアリエには分かったことがある。それは、アレスは弱っている時に一人で引きこもる傾向があるということだ。メンタルを落ちつけるためか、状況の整理をするためか、あるいはどちらもか。アレスはとにかく一人で部屋にこもる。そして出てくる頃には、多少不調な様子や不自然さは残っていても、普通に話せる状態のアレスに戻っている。

手負いの獣が、傷を見せないよう隠れているみたいだ。普段から甘えることも駄々をこねることも多々ある彼だが、本当に精神が参っている時や弱っている時は自分から頼ってこない。それがシアリエにとっては少し寂しかったりする。夫婦なのだから、頼ったり、頼られたりしたいのに。

もしかしたら、一人の時間を過ごすことで自然とメンタルが回復するタイプなのかも。そう思いもしたが、シアリエはちょっと考えてから、違うだろうな、という結論に至った。

アレスは確実にストレスを溜め、無茶をしだすタイプだ。睡眠時間を削ったり食事を取らなくなるのがいい証拠である。弱さやストレスを隠すのが上手いので表面上は元気に見えるが、心はすり減っていく一方に違いない。

（王様だから人に弱さを見せないのか、それとも、元からそうやって生きてきたのか……）

どちらにせよ切ない。頼ってほしい。自分はアレスの妻なのだから。

（支え合うのが夫婦でしょう？　それに、心をすり減らし続けて、ポッキリ折れてしまったら？　そうなる前に、頼ってほしい）

とはいえ、アレスと付き合う前の自分……特に前世の自分も、どちらかというとそういうタイプだった。一人で思いつめては仕事を背負いこんで、弱音すら吐けず倒れたこともある。

でもこの世界では、アレスの方から近付いて寄り添ってくれた。支えてくれた。

（だから私もそうするの）

シアリエは胸の前で両手の拳を握り、決意を新たにする。エレミヤとの再会を果たして心乱れているだろう夫に、こちらから歩み寄って支えるのだと。

（陛下は心を閉ざしているわけじゃないもの。自分から頼ることが下手な彼には、私から歩み寄ればいい）

「ということで、何を淹れようかしら」

シアリエは王宮の厨房の棚にズラリと並んだ茶葉の瓶を眺めつつ、腕を組む。ここには秘書課の給湯室に負けず劣らず、世界各国の茶葉が揃っている。クリスタルの瓶に入った茶葉の香りが鼻をくすぐるだけでテンションが上がってしまうのだが、シアリエがここにいるのは楽しむことが理由ではない。アレスの元を訪ねる口実としてナイトティーを用意したいのだ。そしてできれば、彼の精神を落ちつけるようなものがいい。

（もうすぐ日付を跨ぐ時間だし、安眠を誘う飲み物がいいわよね。梅昆布茶とか……？）

社畜時代、短時間で少しでも質のよい睡眠を取ろうと眠る前によく飲んでいたことを思い出す。帰宅するなり玄関先の硬いフローリングの上で寝落ちしていたことも多かったけれど。

（穏やかな香りのカモミールティーもいいかもしれない。ジンジャーとドライアップルをブレンドしたものとか）

最近は自分でブレンドするのにハマっているので、シアリエは色々な組み合わせを試してみることが多い。ラベルにカモミールと書かれた小瓶を手にしたところで、ふと隣に並ぶ茶色い殻が目に入った。カカオ豆ではなく、その外皮のカカオハスク。

カカオ豆はチョコレートの素材に使われるカカオニブと、苦み成分のあるカカオハスクに分けられる。繊維質で粉砕しづらい後者は基本的に廃棄されることが多いものの、お茶として楽しむことができるのが特徴だ。何より、カフェインが含まれていないので夜でも気兼ねなく飲める。

おまけにポリフェノールが含まれているので、リラックス効果が見込めるのも魅力的だ。

「これ、いいかも。カカオティーにしようかしら」

秋だし、ホットがいいだろう。さて、黒糖とジンジャーやシナモンを入れてスパイスティーにするか否か。

「でも陛下は甘党だものね……決めた」

カカオティーはチョコレートのような芳醇（ほうじゅん）な香りが特徴だが、香ばしいほうじ茶みたいな味わいなので、甘党のアレスが肩透かしを食わないようミルクを入れて蜂蜜も加える。一通りの準備を終えたら、シアリエはティーセットを載せたトレイを手にアレスの部屋へと向かった。

彼の部屋の前まで辿りつくと、一つ深呼吸する。

（……何て話しかけようかしら。とりあえずお茶をお出しして、様子を窺うしかないわよね）

意を決し、シアリエは樫（かし）の扉を叩いた。

「陛下、シアリエです。ナイトティーを持ってきたので、入ってもいいですか？」

しかし、返事はない。扉の隙間から明かりが漏れているので、まだ眠ってはいないように思うが……。シアリエははしたないのを承知で扉に耳をつける。すると、バチャンッと水の跳ねる大きな音がした。

「え……？　陛下……？」

けれど、それ以降何も音が聞こえない。衣擦れの音すらしないことに不安を煽られ、シアリエはドアノブに手をかけた。

「陛下？　何かありました？　いらっしゃいますよね？　……開けますよ？」

思いきって扉を開けると、アレスの私室は静かなものだった。暖炉の火さえ燃えていない。広々としたソファには誰も座っていないが、ローテーブルには酒瓶が転がっていた。

（まだ瓶の中に残っているのもあるけど……さっきの音はこれ？　もしかして、お酒を飲んで寝たのかしら）

寝酒の量にしては、ゴロゴロと転がる空瓶の数は可愛くないけれど。

一旦、邪魔なのでローテーブルにティーセットを置きながらそんなことを思う。

実はアレスとシアリエの部屋は、共有の寝室が真ん中にあり、互いの部屋から扉で繋がっている。試しにアレスの部屋から夫婦の寝室に続く扉を開けるものの、天蓋付きのベッドはもぬけの殻だった。では彼は一体どこに……。

そこまで考えて、シアリエは青くなった。

（そうよ。水の音がしたじゃない……！　まさか……！）

「陛下⁉　溺れていませんか⁉」

アレスの部屋に戻ったシアリエは、浴室に続く扉をはね開ける。たちまち立ちこめる湯気と熱気を手で払うと、そこには猫脚のバスタブに身を沈めるアレスがいた。

正確にはそれがアレスなのか、引き上げなければ確証が持てない。乳白色のお湯から飛びだした足の長さからして彼に間違いないだろうが、頭はお湯に沈んでしまっているからだ。

「陛下‼」

シアリエは袖の広がったドレスが濡れるのも構わず、アレスの両脇に手をやって引き上げる。最悪の事態が頭に過り、熱気のこもった浴室で鼻先だけが冷えていった。

（まさか、泥酔したままお風呂に入って溺れたなんて……！　私のバカ！　さっさと様子を見に行けばよかった……！）

きっとエレミヤのことを考えていると苦しくなって、酒の力に頼ったのだろう。そして酔いが覚めないままお風呂に入って溺れたに違いない。こんなことなら一人にすべきじゃなかった！

そこまで妄想して、深い後悔がシアリエを襲う。けれど――――引き上げたアレスから、

「シアリエ？　どうしてここにいる？」

とマイペースな質問をされたので、目を点にしてしまった。

（…………あら……？）

湯船から顔を出したアレスは、目元がほんのり赤いので酔ってはいるだろうが苦しそうな様子はない。シアリエは困惑して口を開く。

「……陛下。酔って溺れたのでは……」

「いや、無心になりたくて湯船に潜ってた」

切れ長の目を丸くして、アレスは答える。シアリエは鳩が豆鉄砲を食ったような顔をして繰り返した。

「無心」

「ああ」

水も滴るいい男のアレスは、濡れて黒っぽくなった前髪を掻きあげて言う。シアリエは腰から下の力が一気に抜け、冷たいタイルの上にへたりこんだ。

（なんて物騒な勘違いをしてるのよ、私は……！）

「……穴があったら入りたい……。いえ、私がもう浴槽に沈みたいです……」

早とちりして勝手に部屋に入った挙句、浴室にまで飛びこんでしまった。羞恥で頭を抱えるシアリエ。その頬に、アレスの濡れた手が触れた。

「何だ、俺が溺れたと思って心配してくれたのか？」

「あ……」

（あ、やっぱり元気ない？）

普段のアレスなら、シアリエが勘違いを起こして浴室に飛びこんできたと知れば嬉々としてからかってきそうなものだが。

微細な反応の違いを感じとり、シアリエは彼を注意深く観察することにした。その間に、アレスは水を吸ったドレスの袖を、タオルのように絞ってくれる。

「濡れちまってる。冷たくないか？」

「……大丈夫です。それより陛下、突然お邪魔して申し訳ありません。ですが飲酒後すぐにお風呂に入るのは危険ですよ」

シアリエの小言を、アレスは素直に聞き入れる。

「そうだな。タオル取ってくれるか。二枚」

「二枚ですか？」

シアリエは綿毛のようにフカフカのタオルを、戸棚から出して彼に渡す。

やはりアレスの様子はおかしい気がする。このまま一緒に風呂に入ろうだとか、裸を見るなだとか、そんなからかいの言葉一つ寄越してこないのは、悪戯っぽい彼らしくなかった。

太陽の匂いがするタオルを一枚手に取ったアレスは、シアリエの袖をそっと包みこんで水気を吸い取る。ポンポンと押さえつけるようにタオルを当てられながら、シアリエは慌てて言った。

「……っ陛下。私じゃなくて、ご自分の身体をお拭きください」

「後でな。……シアリエ、やっぱり着替えてこい。風邪を引くぞ」

（それはこっちの台詞なんですけど……）

この世界には浴室暖房がないので、下半身は湯船に浸かったままとはいえ、むきだしの肩は冷えてきているはずだ。シアリエが彼の濡れた肩口に触れると、案の定氷のように冷たかった。

（……というか、さっきは気が動転していたから意識してなかったけど……）

何というか、色気がすごい。アレスは着やせするタイプなので、彼が脱ぐ度に引き締まった筋肉質な肩や厚い胸板に毎度驚かされるのだが――筋肉の筋に沿って流れる水が、色っぽさに拍車をかけている気がする。

太い首筋に纏わりついた濡れ髪や伏せられた睫毛についた水滴すらも艶めかしいとは、どういう了見だ。

（って……何見惚れているのよ、私……！　今はそれどころじゃないでしょ。目的を忘れたの？）

シアリエが己を戒めていると、アレスから不思議そうに名を呼ばれる。

「シアリエ？」

「あ……えっと、ナイトティーを用意したんです。お風呂から上がったら、酔い覚ましも兼ねて飲まれませんか？」

「いいな。すぐ着替えるから待っててくれ」

「はい。私も自室で着替えてきますね」

これ幸いと、シアリエは頭を冷やすためにも一旦自室に引っこむ。しかし着替えから戻っても、アレスの姿は部屋になかった。その後も十分ほど待ってみたが一向に浴室から姿を現す気配がないので、シアリエは不審に思い、ノックをしてから扉を開ける。

そして飛びこんできた光景に、シアリエはぎょっとした。

「……っ陛下、そのままじゃ風邪を引いてしまいます」

風呂から上がっていたものの、アレスは洗面台に背を向ける形で身体を預け、濡れた髪もそのままにぼんやりと突っ立っていた。バスローブこそゆったりと羽織っているが、裾から覗く足も、袖から見える手も水滴がついている。

昼間にエレミヤから守ってくれた時の俊敏性はどこに行ったのか心配になるほど、アレスは緩慢な動きで顔を上げた。

「シアリエ？　もう着替えたのか」

「……先ほどの会話をしてから、もう二十分以上経っていますよ。陛下」

カカオティーもすっかり冷めきってしまっていることだろう。シアリエが答えると、アレスは「嘘だろ」と小さく呟く。

（陛下がポンコツになってる……）

シアリエを待たせていることを忘れるくらい、考え事に耽っていたということだろう。それは十中八九エレミヤのことに違いなくて。

「……行きましょう、陛下」

シアリエはアレスの、タオルを握ったままの利き手とは逆の手を摑み、部屋へと誘導する。

「タオル、貸してください。ここに座ってくださいね」

そう言って指したのは、暖炉の真向かいに置かれたソファだ。着替えに行く前、使用人に頼んで火を入れてもらっておいたので、ちょうど室内が暖まってきたところである。ソファに座ったアレスの隣に腰かけ、シアリエはタオルを広げた。

「少し屈んでいただけます？」

背を丸めたアレスに礼を言い、シアリエはタオルで髪の水気を拭きとってやる。無言で大人しく従う彼に、シアリエは内心、これは相当参っているな……と思った。

（一人にしなくてよかった）

水分を含んだアッシュグレーの髪は、今はどちらかというと漆黒に近い。艶やかなそれを一束ごとにポンポンとタオルで押さえながら、シアリエはアレスに話しかけた。

「後でカカオティーを淹れ直してきますね。少しお話ししませんか？」

「いや、これを飲む。お前が淹れてくれたのを捨てるのはもったいないねぇ」

アレスは目の前のローテーブルに置かれたティーカップを手に取る。すっかり冷えてしまったカカオティーを飲むなり、彼は「美味い」と頬の筋肉を緩めて呟いた。少しいつもの彼に戻りつつあるだろうか。

常時見られる立場にあるせいか、人と接するうちにアレスは平静という鎧（よろい）を纏うのかもしれないとシアリエは思った。きっと一人きりでぼんやりしていた姿が、今の彼の心情をそのまま表しているに違いない。

「待たせて悪かったな。話って？」

「そうですねぇ……何を話しましょうか」

タオルで水気を拭きとり終えたシアリエは、自分の部屋から持ちこんでローテーブルに置いておいたティーツリーとローズマリーのヘアオイルの瓶の蓋を開ける。飲食中に他の匂いがするのはよくないかと一瞬躊躇（ちゅうちょ）したものの、アレスが気にする様子はないので、とろみのあるそれを手のひらで擦り合わせてから、彼の髪に指で梳（す）くように塗った。

ここまでされるがままのアレスに、やっぱり調子がよくないなと思いながら、同じく持ってきたヘアブラシを手に取る。

ここで、彼はカカオティーをもう一口飲みながら片眉を上げた。

「何だよ。お前が話そうって言ったんだろ？」

「陛下の気が紛れるならと思って」

「――――は」

「本当は、何も話さなくてもいいです。でも、辛い時……さっきみたいに、お酒の力に頼ったり、一人ぼっちでグルグル考えたりして自分を追いこむんじゃなくて、私を呼んでくれませんか」

シアリエはアレスの髪をヘアブラシで丁寧に梳きながら、極力柔らかい声を意識して言う。

「陛下が一人でじっくり考えて、傷ついた心を癒せるのならそれでもいいかと思いました。でも、違うなら……一人で心をすり減らしていくばかりなら、頼ってほしいです。相談してほしいです。たとえどんな些細なことでも」

「……普段から甘えさせてもらってるじゃねぇか」

「私の夫は甘え上手ですからね。ですが、弱音を吐くのは苦手みたいです」

アレスの持つティーカップがわずかに揺れ、カカオティーが波紋を描く。チョコレート色の水面に映った彼の表情は、ひどく弱って見えた。

「陛下。意志が強く、皆を引っ張ってくれる陛下のことは大好きです。でも、弱音を吐く貴方だって、私は愛しいんですよ」

仕上げに、こちらを向いたアレスの前髪を手櫛で梳く。安心させるように微笑みかければ、彼の唇がうっすらと開き、次の瞬間にはティーカップを置いた彼に抱き寄せられた。

背の高いアレスに力いっぱい抱きしめられたシアリエの身体が傾ぐ。一瞬肘掛けに背中を強打するかと思ったが、それは彼の腕によって守られた。

ヘアブラシをソファの座面に置き、シアリエはアレスの広い背中へ腕を回す。国を背負う大きな背中は、小さく震えている。シアリエはようやく、彼の心の柔らかい部分に辿りついた気がした。

いつもは自信たっぷりなアレスの声が、今は小さい。それこそ、窓の外に光る星の瞬きのように、見逃してしまいそうなくらいに頼りなくて。だからポツリポツリと零される本音に、シアリエは精一杯耳を傾ける。

「……苦しい」

「はい」

「守りたかったんだ。エレミヤも、ハイネも」

「そうですね」

「でも何も守れてねぇ……。大切な親友が、知らないところで犯罪者になってたなんて、それを止められなかったなんて、何で、俺は」

「……」

「無力な自分が嫌になる。親友が、俺の一番大事な女を傷つけようとしたなんざ、どうしてこんな未来になった？」

アレスの抱きしめる力が強まり、シアリエの息が詰まる。背骨が悲鳴を上げるのを感じながら、悲痛な夫の声に耳を澄ませた。

「どうしたらよかったんだ。どうしたら救えた？」

アレスの小さな小さな本音は、抱きあっていないと聞きとれないくらいで。でもそれをしっかりと受けとめたシアリエは、胸の軋む思いがした。

もしかしたら結婚式でアレスに、参列したエレミヤを親友だと紹介される未来があったのかもしれないと想像すると、そうならなかった現実が、息ができないくらい苦しい。

あの無邪気なおさげ髪の青年が、騎士団の精鋭として剣を振るう未来があったのかもしれない。アレスの右腕として隣に立つ選択肢があったのかも。

そしたらどれほど心強かっただろうか。どれほど明るい未来だっただろうか。

でも実際は、エレミヤはアレスと袂(たもと)を分かち、犯罪者に身を落としてしまった。そして今、アレスの敵に回り、彼の身近な人々を恐怖に陥れている。

（それでも、勘違いで憎しみの目を向けられたことに対しては嘆かないなんて……陛下はどこまで優しいの）

アレスは自分が傷つけられることは気にしていなくて、ただただ大切な人たちが痛めつけられることを、親友が手を汚すことを恐れている。そんな優しさが、シアリエは胸に刺さって痛い。

「……陛下と別の道を選んだのは、エレミヤ自身です」

シアリエはアレスの肩に頬を預けながら、静かに囁いた。広い肩口が大きく揺れるのを振動で感じとる。

「陛下はご自分を責めてらっしゃいますが、誰もが皆、自ら選んでその場所に立っているんですよ。そこにはそれぞれの責任が伴いますから、貴方一人が責任を感じることはありません」

とはいえ、他人の人生まで救いたいと思うのがアレスの性格だと、シアリエは熟知している。他人のことでも、自分にも何か非があったと考えるはずだと。

案の定、アレスはシアリエのつむじに顔を埋め、くぐもった声で言った。

「だからって、俺に責任がないわけじゃない。そもそも、俺がハイネを斬りつけなければ、エレミヤが勘違いすることもなかった」

「ですが、それでは貴方が殺されていたでしょう。そしたら私は今、心が死んでいたでしょうね。陛下に会えなければ、私は婚約者に捨てられ、仕事のしすぎで過労死していたかもしれません」

シアリエはアレスの背を宥めるように撫でながら囁いた。

「……私だけじゃありません。貴方が十年前に殺されていれば、キースリーさんも、ロロも秘書課でのびのびと働けていなかったでしょうし、移民問題も解決の糸口が見出せなかった。貴方は世界中に影響を与えている、あの時死んではいけなかった存在なんですよ」

アレスは答えない。ただシアリエのつむじに彼が頬を擦り寄せたことで、シルバーのピアスがチャリ、と音を立てた。

「優しすぎます、陛下は」

時に悲しくなるくらいに。

そもそも、ハイネが悪事に加担したことが事の始まりなのだ。いや、もっと原因を追及するなら、彼をそそのかした権力者や、貧困という環境も悪い。だからだろうか、アレスは決してハイネを責めない。優しい彼は、自分ばかり責めている。

そんな優しいところに自分は惹かれたのだけれど、とシアリエは内心苦笑した。傷ついたアレスを抱きしめたまま、そっと囁く。

「貴方が暗殺未遂の件でハイネさんを庇う嘘をつかなければ、エレミヤはきっと先王陛下によって処罰を免れなかったでしょう。未来の王を暗殺しようとするのは言うまでもなく重罪……場合によってはハイネさんの弟であるエレミヤまで処刑になるかもしれない。そう考えたから、庇ったんですよね？　貴方はエレミヤを生かした。その選択に、迷いはありますか？」

「ねえよ」

即答だった。シアリエは言い切った彼に柔らかく微笑む。

「そうでしょう？　その選択でエレミヤは生き残ることができたんです。そして彼は今、貴方の元を離れて人々を傷つけていますが、それは彼が自ら選択したことです。貴方のせいじゃない」

不幸な要因が重なった結果だ。

「私も、秘書課の皆さんも、陛下に救われたんです。どうか貴方の選択と行動で、守れたものも沢山あることを忘れないで」

シアリエの頭上で、アレスが息を呑む気配がする。強張っていた彼の身体から力が抜けていくのを感じつつ、シアリエは呟く。

「でも、そうですね……」

「……何だ？」

「絶対に止めましょうね。エレミヤのこと」

神妙な顔つきでシアリエが言う。すると視界の端でアレスがもぞもぞと動き、顔を上げる気配がした。

目元がうっすらと赤いものの、泣いてはいない彼と目を合わせる。大真面目に言ったシアリエに、アレスはようやく笑顔を見せた。

「お前って本当にいい女だな」

「そうですか？」

「俺には持て余すくらいいい女だ。手放す気なんてサラサラねぇけど」

視界いっぱいにアレスの愛おしげな表情が広がり、口付けられる。しばらく角度を変えて重なる唇を受け入れていると、縋るような色を秘めた紅蓮の瞳がこちらを見つめていることにシアリエは気付いた。

「……俺にできることをする」

「はい」

「ハイネが凶行に走ったのは、貧困が原因だ。だから俺はこの国から貧困をなくす。シェーンロッドを、誰も泣かずに済むような豊かな大国にする」

「なら、私も共に。貴方の隣で、一緒に努力させてください。……陛下？」

アレスが切れ長の目を丸くしたので、シアリエは首を傾げる。すると彼は照れくさそうに言った。

「昔ハイネに、妻にするなら『一緒に突っ走ってくれるような頑張り屋で仕事のできる女がいい』って言ったことがあるんだ。……それって、今のシアリエのことみたいだなって思った」

「……私は、陛下の理想の妻になれていますか？」

そうだったら嬉しい。アレスに寄り添い隣で頑張ることは、シアリエにとって喜びだから。

「……理想以上だ。俺は、人にここまで弱った姿を見せることができたのはシアリエが初めてだから」

「嬉しいです。陛下の特別になれたみたいで」

「もうとっくに特別だろ」

アレスは眉を下げて微笑むと、シアリエの胸元に耳を預けた。

「お前がいない人生なんて考えられない」

乞うような響きを持って告げられた言葉に、シアリエは温かい気持ちに満たされながら囁き返す。

「私もです」

（――――ああ、ようやく）

アレスの心の、むきだしになった柔らかい部分に触れられた。

「アレス様」

普段と違う呼び方に反応し、アレスが耳を傾ける。彼のまだ湿った髪を梳きながら、シアリエは思いを口にした。

「弱いところも見せてくれて、ありがとうございます」

やはり今夜、アレスを一人にしなくてよかった。そのお陰で、誰にも見せずに耐えてきた彼の弱い部分と向き合うことができた。

「お疲れでしょう？　もうお眠りになりますか？」

「……お前の淹れてくれた茶を飲んでから寝る」

微睡（まどろ）みかけていたアレスに告げると、彼はシアリエを抱きあげて膝に横向きに乗せる。

再びティーカップに手を伸ばす彼に、人の厚意を絶対に無下にしないところも好きだなぁと、シアリエは小さく笑った。

「ん……」

とろ火にかけられたような暖かさに浸りつつ、シアリエは覚醒のため身じろごうとする。しかし一ミリでも離れるのは許さないとばかりに、腰に回った何者かの腕が、身体を固定していた。

寝ぼけ眼を擦って瞬きをすると、眼前に広がるのはシミ一つないアレスのご尊顔だ。鋭角的な美貌は瞼が閉じられていることであどけなさを醸しだしている。もう何度も目にしたことがあるのに、彫刻よりも整った寝顔にシアリエは毎回見惚れてしまう。

植わった睫毛の一本一本が、きめの細かい頰に影を作っている。筋の通った鼻も、薄く開いた唇も拍手したくなるくらい均整が取れているものだから、何時間でも眺めていたいとさえ思った。

「そっか、昨日……」

カカオティーを飲んだアレスに寝室まで横抱きにして連れていかれ、そのまま一緒に寝たのだった。熟睡したせいか、夫の肌艶はここ最近で一番いいように見える。

並びのよい歯が覗いている口が可愛らしい。そこから漏れる寝息まで愛しくてシアリエが腕の中で大人しくしていると、ふとアレスの唇が愉快そうに歪んだ。

「……陛下」

「……っく」

「起きてらしたんですね」

シアリエが不満を露にして告げると、ルビーを彷彿とさせる瞳が、長い睫毛の下から顔を出す。

「穴が空くほど熱烈な視線を受けちまえば、そりゃ起きるだろ」

そう言いつつも、アレスは起きあがる気配がまるでない。

シーツの海に寝ころんだままの彼は、シアリエの丸い額に唇を寄せ、チュッと甘い音を立ててキスをする。さらには薄い瞼や鼻の頭、つむじにも軽い口付けを落としていく。最後に下唇を食まれて、シアリエは毒気を抜かれてしまった。

それでも腕の檻から解放する気のないアレスには、苦言の一つも呈したくなる。

「陛下、私はぬいぐるみか抱き枕でしょうか」

「そしたら可愛すぎて寝室から出さねえよ」

アレスの手は悪戯にシアリエの身体の輪郭をなぞっていく。なだらかな腰のラインまで下りたところで、シアリエは制止の声をかけた。

「陛下……っ」

「もう少し」

「ですが、手がくすぐったくて」

シアリエが切羽詰まった声を上げると、意外にもアレスから返ってきた言葉は、真冬の外に放りだされた子供のように弱々しかった。

「今日も無事に、シアリエが俺の腕の中にいるって確認したい。俺を安心させてくれ」

「……っ！」

(そんなこと、言われると……)

振りほどけないじゃないか。

フィンメル学院からの帰り道、アレスには散々怪我がないか確認された。だから彼は、シアリエがかすり傷一つないことを知っているはずだ。それでも、今日の前にいるシアリエの無事を確かめて安心したいと言うなんて。

(ああ、今日は自分から弱いところを見せてくれた)

「……好きなだけどうぞ」

シアリエはアレスの変化に喜び、全身の力を抜いた。

「あ、ですが公務の時間までには解放してくださいね。お仕事に遅れるのはダメです」

「そういうところがお前らしいよな」

情緒の欠片(かけら)もないシアリエに、アレスはくつくつと笑いを転がす。

それに耳を傾けていると、彼は一段低い声で切りだした。一瞬で切り替わった声色に、シアリエも表情を引き締める。

「王宮内、もしくは学院の教師の中に、エレミヤの仲間、あるいは協力者がいると思う」

「………」

「学院長の見舞いにフィンメル学院を訪ねたのはお忍びだった。なのにエレミヤが現れたのは何故だ？　誰かがあいつに情報を流したとしか思えない」

その可能性にはシアリエも行き当たっていた。公務を兼ねた新婚旅行ではあらかじめ行き先が新聞で報じられていたが、今回の見舞いは限られた者しか知らない。ましてエレミヤは貴族の子女が通うフィンメル学院に縁もゆかりもないのだ。

「俺とシアリエの訪問予定をあらかじめ知っていた各官長と学校関係者はジェイドに、当日警護を担当していた騎士団の団員はバロッドに探らせるつもりだ」

「分かりました」

シアリエは頷く。王宮内に裏切り者がいるかもしれないなら、自分も気を引き締めなければいけないと思った。油断は禁物だ。

「それからフィンメル学院の生徒を巻きこんだ事件は、今日の新聞に載る。高官たちと相談した結果、引き続きエレミヤの正体は伏せて、一応不審者が侵入したっていうニュースに留(とど)めることになった。俺たちとエレミヤの会話も、教員を通じて生徒たちを口止めしてある」

「私たちがあの場にいたことは？」

「偶然居合わせたことになっている。それでも……」

アレスはきまりが悪そうに言い淀んだ。

「それでも『万国博覧会』を控えたシェーンロッドは、諸外国から治安を懸念されるだろうな。連続して起きている襲撃事件のニュースも、他国に広まってる」

「……陛下、『万国博覧会』のことなら心配いりませんよ。多少の困難があった方が、仕事が成功した時の達成感は大きいものですから」

アレスにこれ以上の心労は必要ない。シアリエが微笑みかけると、彼はシアリエをさらに抱きしめた。

「これ以上好きにならせるなよ」

「ふふ」

シアリエはアレスの背中に手を回す。しかし漏らした笑い声に反して、その表情は険しいものだった。


朝食後、アレスを公務に送りだしたシアリエは、王妃の執務室に向かう。部屋に着くなり使用人によって机の上に並べられた新聞を隅々まで読み終えると、執務椅子に深くもたれて天井を仰いだ。

「随分と邪推を書かれちゃってまぁ……いえ、本当のことなんだけど」

新聞の見出しには『フィンメル学院襲撃事件、犯人の狙いは王家か?』や『治安悪化でアレス陛下の支持率低下』など、不穏な文字が並んでいる。まるで名探偵のように、今回の襲撃が王家を狙ったものではないかと推理する記事もあり、シアリエは気が滅入ってしまう。

アレスに今以上の心労を与えたくなかったため心配は無用だと豪語したが、中にはこの状況下で『万国博覧会』を開催することに懸念を示す記事もあった。

(もどかしい……。焦りばかりが身を焼くわね)

「費用の工面は見通しが立ってる……。あとはいい返事が来るのを待つことと、財務官長たちへの説明と……」

ブツブツと独り言を零していると、ふと空気の揺らぎを感じる。何者かの気配を察したシアリエは、一人きりの執務室から扉の外へ向かって声をかけた。

「……誰か外にいらっしゃるんですか?」

「ウィルです。ノクトもいます」

護衛二人の名を聞いたシアリエは入室を促す。執務室に入ってきたウィルとノクトの表情は通夜のように暗い。今にも塔の上から身を投げてしまいそうなほど思いつめた様子に、シアリエは柔らかい声を意識して発した。

「どうされたんですか?」

「……改めて謝りたくて。シアリエ様、我々がついていながら、貴女様を危険な目に遭わせてしまい申し訳ありません」

謝罪はフィンメル学院でのことを指しているのだろう。どちらも己の力不足を嘆いている様子だった。

（ウィルさんもノクトさんも強いことは、よく知ってる。でも、エレミヤはこの二人が気付かないほど気配やオーラを消すのが上手く、より強いということだわ）

十年前、アレスは行方をくらませたエレミヤを探すために第一師団の精鋭を使役したらしい。それでも見つけられず、今になって巨大な犯罪組織の頭領まで上りつめた状態で彼は現れた。ウィルもノクトも強いが、エレミヤはくぐり抜けてきた修羅場の数が違うのだろう。ウィルが昨日言っていた通り、格が違うというやつだ。

「気に病まないでください。お二人は私を守ろうと必死に努力してくださったじゃないですか」

シアリエが慰めると、ウィルとノクトはますます恐縮して平謝りしながら言った。

「我々だけの力で守れなければ、護衛の意味がありません。そうだ、解任したければ別の者をバロッド騎士団長に推薦いたします。我々より腕の立つ者を必ず！」

「信用できる者を探します！」

ウィルの言葉に、ノクトが重ねる。しかしシアリエは首を大きく横に振って言った。

「ええ……っ？　いいえ、解任なんてとんでもない。私はお二人を心から信頼してるんですよ？」

シアリエはかつて二人に、元婚約者が寄越した悪党から守ってもらった。その恩と信頼は一ミリも揺らいでいないというのに、ウィルとノクトが責任を感じているなんて、申し訳ないくらいだ。

「顔を上げてください」

「無理です。本当は合わせる顔もないんですよ……。我々を引き続き登用してくださるなら、せめて罪滅ぼしをさせてください」

そう言うノクトに、居たたまれない気持ちになる。しかしこのままでは引きそうにない二人の様子に、シアリエは「それでは」と、昨日エレミヤに襲われた時から考えていたことを口にする。

「私に、護身の術を教えてくれませんか？　危険にさらされた時に、身を守る術を覚えたいです」

すると護衛二人は、一瞬何を言われているのか分からないといった様子でこちらを凝視してきた。しかし意味を理解するなり「まさか自分たちが頼りないから護身術を学びたいのでは？」とでも言いたげに顔色が青を通り越して土気色になったので、シアリエは慌てて付け加える。

「私が危険な目に遭ったら、二人が助けてくださるって信じています。でも、自分一人でも時間稼ぎくらいはできるようになりたくて。……守られているだけは、嫌なんです。私もお二人と一緒に、困難に立ち向かいたい」

シアリエはアメジストの瞳に強い光を宿らせて告げる。ウィルとノクトは、胸を打たれたような顔をして聞き入っていた。そんな二人に、シアリエは茶目っ気を含ませて「それに」と続けた。

「襲ってきた相手に、ただ大人しくやられるのって、癪じゃないですか」

相手が自分の命を狙っていると分かっているのに、何もしないで怯えてばかりいるのはバカらしい。仕事と一緒だ。準備して臨めば緊張も心配も怖くない。……仕事と違って、命の危険はあるだろうが。それでも、危険を回避する確率を上げるためにも、自身を鍛えるのは名案だとシアリエは思った。

（あと、身体を動かすことで鬱々とした気分を晴らしたいって気持ちもある）

「……シアリエ様がお望みなら、それが罪滅ぼしになるなら、我々はお手伝いいたしますが……」

ウィルの答えを聞くと、シアリエは表情を明るくして彼の手を握る。

「ありがとうございます！　早速お願いしてもよろしいですか？」

花が咲くように笑ったシアリエに、ウィルとノクトは赤くなる。彼らから指導の確約を貰えたシアリエは、新聞を見てから鬱屈としていた気分が幾分かマシになるのを感じた。何か行動しているという事実は、心に自信と余裕を与える。

シアリエは動きやすいよう髪をポニーテールに纏め、さらにはカーキ色のシャツと乗馬用の真っ白なキュロットに着替えると、ウィルとノクトに連れられて修練場へ向かった。

広い王宮内には修練場があちこちに点在している。これまで武道と縁のなかったシアリエは、護身術を習うために初めて騎士団メンバーが使用する修練場に足を踏み入れた。

様々な地形や足場で戦うことを想定してか、屋外の修練場はいくつかのフィールドに分けられており、岩場のように障害物の積まれた場所や、青々とした芝生が広がる場所、石畳の敷かれた場所などがある。各フィールドでは騎士団の稽古着に着替えた団員が、武器を手に訓練に励んでいた。

シアリエは興味津々で様子を見守りながら、フィールドを区切るように縦横に延びた通路を歩く。やがて広い修練場の端まで来ると、案内してくれていたウィルとノクトが足を止める。それに付き従っていたシアリエも、必然的に足を止めることとなった。

「ここは……武器庫ですか？」

修練場の奥に、レンガ造りの倉庫のような建物が一棟建っていた。ノクトが心地よい声で答える。

「ええ。まずはシアリエ様でも扱えるような得物を探しましょう。軽いのがいいでしょうか」

武器庫に足を踏み入れると、壁一面に飾られた武具にシアリエは感嘆の息を漏らした。

槍や斧、刀や剣が整然と並んでいる。棚には真鍮の鎧や小手も収納されていた。管理が行き届いているのだろう、どれも錆びることなくピカピカに磨きあげられた状態で鎮座している。

「すごいですね……」

「武器庫はここ以外にも十カ所存在しますよ」

ノクトは楽しそうに言う。シアリエは圧倒されて口を開けた。

(すごい……この部屋だけでも、どこかの舞踏会場かと思うくらい広いのに)

入口近くの壁にかかった短剣を手に取りつつ周囲を見回したシアリエは、ふと武器庫にそぐわないものを発見する。元の位置に短剣を戻してからノクトの肩を叩いたシアリエは、棚を指さした。

「奥にある棚は？　書棚のように見えますけど」

「あー、十年以上前の古い日記ですね。遺書みたいなものですよ」

天井近くまである棚には、全く同じ背表紙の本がぎっしりと並んでいる。何となく前世の会社の資料室に並んだ書類みたいだな、とシアリエは思った。

それより気になるのは、ノクトの揶揄するような言葉だ。

「遺書、ですか？」

「戦争が頻繁に起きていた先々代の陛下の御代に始まった習慣ですよ。騎士団に入隊した者は全員、日記をつけることが義務づけられているんです。もし団員が任務や戦争で命を落とした時、残された家族にそれを届けて、故人を偲ぶ慰めの遺品とするために。だから僕たち騎士団の間では『遺書』って揶揄されています」

「騎士団の皆さんの日記……」

手入れの行き届いた武具とは違い、こちらは埃を被っている。ノクトが揶揄するくらいだ。騎士団のメンバーにとって日記は大切に扱うようなものではないのだろう。仕方なく書かされている報告書みたいな扱いといったところかと推察しながら、シアリエは書棚の輪郭をなぞるように撫でた。

「普通は騎士団専用の書庫で記入し、そこの書棚に保管されているんですけど、量が増えていく一方なので古いものは倉庫行きってわけです」

ノクトの説明を聞いたシアリエは、顎に手をやって尋ねる。

「……すべての団員が日記を書いていると言いましたよね？」

では、ここにはエレミヤの兄であるハイネの日記もあるのではないか。シアリエはそう思った。

「ええ。ウィルの日記はもはやポエムですけど」

「おい、ノクト！　シアリエ様に余計なことを言うな！」

ウィルは頬を赤く染めて憤慨した。ノクトは悪びれることなく言う。

「ポエムなんて書かれたら、誰だって言いたくなるだろう」

「お前が勝手に覗き見ているんだろう。日記は基本、団員本人が死なない限り検められることはないのに！」

「そうなんですか？」

シアリエが聞くと、二人は揃って首を縦に振った。

ウィルとノクト曰く、記入者本人が死亡した場合、そして故人の家族が希望した場合のみ、日記は各師団の師団長が中身を確認し機密事項を黒塗りにした上で渡すらしい。

（なら、騎士団に所属していたハイネさんの日記も、弟のエレミヤに渡されたってこと？　違うわ。

確か陛下のお話では、彼は兄が亡くなった夜に失踪しているから日記を手にしていないはず）

十年前にアレスの暗殺計画に加わったハイネの日記。事件に関することは何も書かれていないかもしれない。でも、もしかしたら。日記には、他人に言えない心情や秘密を書く者も多いだろう。ならばアレスの行動が正当防衛だったと分かるような――ハイネが暗殺計画の実行犯だった証拠が記されていてもおかしくない。

ドクリと、シアリエの心臓が大きく鳴る。興奮から、体内で血液が盛んに流れているような錯覚がした。期待に胸が膨らんでいく。

「シアリエ様、武器はどれになさいます？」

よほどポエムと言われたことが恥ずかしかったのか、ウィルはまだ頬を赤らめたまま当初の目的に戻ろうと尋ねる。けれどシアリエは武器には目もくれず、書棚を熱心に見つめて言った。

「……すみません。訓練より先に、どうしても確認したいことができてしまいました」

十年前に在籍していたハイネの日記を探す。もしかしたらそこに、エレミヤの誤解を解けるような内容が記されているかもしれない。

「え⁉　やっぱりお嫌になりました？」

目を丸くしたのはノクトだ。

「いえ！　鍛えたいのは本当です。ただ――ごめんなさい。急にやることができて。ある方の日記を探したいんです」

シアリエが突然埃を被った日記に興味を示したことに、ウィルもノクトも驚愕する。彼らからすれば、何故王妃がそんなものを探したいのか皆目見当もつかないのだろう。

「こちらは年代順に並んでいるのでしょうか？」

「え、は、はいっ。あの、シアリエ様？　本当に誰かの日記を探す気ですか？」

「ええ。振り回してごめんなさい」

おずおずと問うノクトに、シアリエは謝りながらも日記を探す。

（ハイネさんが暗殺計画を日記に記していたかは分からない。でも、ほんの少しでも希望があるのなら……！）

シアリエの必死の形相に何かを感じとったのか、ウィルとノクトは互いに目を見合わせる。ウィルは書棚に並ぶ古い日記の一つに手をかけて尋ねた。

「シアリエ様、誰の日記をお探しでしょうか？　我々でよければ一緒にお探しします」

「ウィルさん、いいんですか？　ノクトさんも？」

自分より上背のあるウィルとノクトが一緒に探してくれるのはありがたい。高いところにも手が届くし、何より三人で探した方が早く見つかる。

「ではお願いします。探しているのは十年前の日記で、名前は――――」

ハイネ。

そう呟いてから、三人で手分けして日記を探し始めた。

けれど、そう都合のいいことが起きるはずもなく。同名の人物は数名いたが、どの日記もエレミヤの兄のものではなかった。

「――――日記がない」

シアリエは天に見放されたような面持ちで呟いた。

「おかしいですね。騎士団出身の者は例外なく日記を書いているはずですが」

手前の書棚を探していたウィルは、腑(ふ)に落ちない様子で首を捻った。そんな時、埃っぽい武器庫の扉が外側から開かれる。

「武器庫の鍵が返却されていないと思ったら……何をしているのだ。お前たちは。ウィル、ノクト、お前たちはシアリエの警護に当たっていたはずだが。彼女はどうした？」

猛々しい隻眼の騎士団長であるバロッドが、呆れ顔で武器庫に足を踏み入れた。指摘されたウィルとノクトは、背中に定規を当てられたように背筋を伸ばす。

「バロッド騎士団長。お疲れさまです。私ならここに」

奥の方の書棚をひっくり返していたシアリエは、埃まみれになりながらバロッドに挨拶した。彼が扉を開けたことで光が差しこみ、埃がキラキラと舞っている様子がよく分かる。

王妃であるシアリエが埃っぽい場所にいることに、バロッドは口を真一文字に引き結んだ。

「シアリエ……王妃たる君がこんなかび臭い場所にいるのは感心しないな。陛下が心配する」

「すみません。ちょっと探し物をしていて」

指摘されると喉が痒くなって、シアリエは咳(せき)を一つする。手に持っていた日記に目ざとく気付いたバロッドは、シアリエに大股で近付き、耳打ちした。

「ハイネの日記なら、ここにはないぞ。十年前からずっと行方不明だ」

「……！」

日記を持っていただけで目的が分かったらしいバロッドに、シアリエは目を見開く。同時に、知らされた事実に気持ちが沈んだ。

「ハイネがアレス陛下の暗殺に加担した証拠を隠滅する際に、私の脳裏にも日記の存在が過った。故にすぐ奴の日記を探したが、残念ながらどこにもなかった」

「盗まれたということですか?」

「もしくは、ハイネ本人が生前に外に持ちだしたか。確かなのは、紛失し、王宮内にはないということだ」

シアリエは額に手を当て、書棚に力なくもたれた。

(――私としたことが、冷静さを欠いたわ)

当時、エレミヤの命を守るために真実を秘匿しようとしたアレスとバロッドが日記の存在を思い浮かべなかったはずがない。その彼らが、ハイネが暗殺に加担した証拠は残っていないと言った時点で、武器庫内の日記を探すのは無駄足だということだ。

(少し考えれば思い至ることだったのに。私ったら、よほど焦っているのね……)

アレスの弱った一面を見て、何かしたい、力になりたいという気持ちが大きくなりすぎてしまった。今朝見た新聞記事に危機感を抱いて焦燥に駆られたのも、冷静さを欠いた原因の一つだろう。

(私が陛下のためにできることが、現状少ないのももどかしい)

気持ちが先行しすぎると、行動にも無駄が出てしまう。

一応、シアリエは思いついたことをダメ元で聞いてみる。

「――死亡診断書は? 死因が陛下による切創ではなく刺創と書かれていれば、もしかしたら」

「残念ながら、そちらはジェイド殿が診断書をいじった」

ハイネが暗殺者と疑われそうな証拠は、徹底的に消したということだ。

エレミヤを生かすために取った行動が、すべて裏目に出ている。

（せめて日記が見つかれば……もちろん、証拠が書き記されているとは限らないけれど……）

生前のハイネの行動を洗う必要がある。これもうバロッドたちによって十年前に行われているだろうが、切り口を変えればもしかしたら……。

（普段の公務と並行して調査を……でもそうなると王宮から出られないのは痛いわね。こうも手がかりや光明を見出せないと、さすがに落ちこむ……）

「らしくもなく空回りしているようだな、シアリエ。そういう時は剣を持つんだ」

項垂れていたシアリエに、バロッドは壁に立てかけてあった比較的軽そうな剣を差しだす。反射的に受け取ったシアリエは、剣とバロッドを交互に見つめた。

「え？　あの……？」

「どうやら色々と思い悩んでいるようだが、身体を動かせば少しはスッキリするはずだ。怖い顔をしているよ」

指摘されたシアリエは、眉間に寄ったしわを指でほぐす。

「どれ、稽古をつけてやろう。シアリエは細すぎるからな。前々から、筋肉をつけさせた方がいいと思っていたんだ」

「え、え？　あの……っ」

シアリエは助けを求めてウィルとノクトを見る。しかし彼らは諦めろと言わんばかりに首を横に振った。上司には逆らえないらしい。まあ、シアリエは君主の妻だが。

(何でこの流れに……でも)

長い脱線をしてしまったが、そもそも修練場には護身術を習いに来たのだ。シアリエにとってはずっしりと重い剣を持ちながら、くよくよしている暇はないと思い直す。

(落ちこんだって仕方ないでしょう、シアリエ。仕事と一緒よ。今やらなくちゃいけないことは何か、優先順位を決めて、一つずつ片付けていくの)

「では、お願いできますか？　あの、ちなみに、剣を握るのは今日が初めてです」

運動神経はいい方だと思うが、大勢に束でかかられても簡単に捌(さば)いてしまうアレスや飛んできた短剣を避(よ)ける反射神経を持つエレミヤを見てしまっている分、自信がない。それでも、少しでも力をつけたいとシアリエは剣を構えた。

「なに、勝つことだけがすべてじゃない。身を守る方法はいくらでもある。剣だけでなく、銃の扱い方も教えようか」

「いいんですか？　お忙しいでしょう？」

バロッドは騎士団長という身の上だし、アレスから騎士団のメンバーを探るよう密命も受けているはずだ。だからこそシアリエも彼ではなく、四六時中自分の護衛についてくれているウィルとノクトに稽古をつけてくれるよう願い出たというのに。

「何、私にとっても息抜きだ」

バロッドは気楽そうに笑ったので、結局その日は彼に小一時間稽古をつけてもらうことになった。

身体を動かすと、暗鬱な気持ちが浄化されていく。清々(すがすが)しい気分で休憩に入ると、パタパタと足音を立てながら侍女が修練場に顔を出した。

「シアリエ様、急ぎのお手紙をお持ちしました」

「……！　それって……」

「ミハイル・ストリープ様からです」

侍女からペーパーナイフと手紙を受け取ったシアリエは、逸る気持ちで封を開けると中身に目を通し、パッと顔を輝かせる。明るくなったシアリエの表情に、ウィルとノクトは目を瞬いた。バロッドは封筒の差出人欄をしげしげと眺めて呟く。

「ストリープって……ストリープ侯爵か？」

「はい！　これで私もようやく、王妃として活躍できそうです」

「……？　君はいつも十分、王妃としての責務を全うしていると思うが」

「ありがとうございます。バロッド騎士団長、私が以前『布石を打つ』と発言したことは覚えてらっしゃいますか？」

「ああ。シアリエの執務室でそう言っていたな」

「あの時口にした布石が、彼です。ミハイル・ストリープ様こそ『万国博覧会』成功の鍵を握る方なんですよ」

頭に疑問符を浮かべるバロッドに、シアリエはとっておきの秘密基地へ連れていこうとする子供のような笑みを浮かべた。

シアリエだって、ただただエレミヤの襲撃に気を揉み、憂えていたわけではない。しっかりと己のなすべきこと――――『万国博覧会』の成功に向けて準備を続けていた。何せこの一大イベントは今や、立案時よりもずっと大きな意味を持っているのだから。

エレミヤの襲撃による混乱が続き、シェーンロッドは国際社会から治安の悪化を懸念されている。これ以上諸外国から侮られるわけにはいかないのだが、現状エレミヤの尻尾を掴めていないので、シェーンロッドの評判を上げるにはもっと別の大きな話題を提供する他ない。

ネガティブなニュースはそれ以上の『とっておき』の明るい話題で人々の気を散らすのが一番だ。

（エレミヤとカフェで初めて出会い、目的を聞いてからずっと今のような事態を想定していたわ。もちろんすぐに捕まることを期待していたけれど、強大なギャングのボスというからには簡単に捕縛されず、陛下の大切な人を襲い続けるだろうって）

そうなった時――――自国の民や他国の人々がシェーンロッドに不信感や不安を抱いたとしても、それを覆せるほどの武器が必要だと感じたシアリエは、元々予定されている出展者とは別に、ある人物に『万国博覧会』に出展しないかと打診の手紙を送った。とっておきの話題でこの困難な状況を塗り替えられそうな人物にだ。

そしてその『とっておき』を持つ人物が、本日、王宮に足を運んでくれることになっている。

シアリエは会議の間の扉を前にして、深呼吸した。心地のよい緊張感が頭のてっぺんから爪先まで広がって、血の巡りが盛んになっている気がする。

次にシアリエは両手で扉を押し開け、ゆったりとした足取りで会議の間に入る。豪奢（ごうしゃ）なシャンデリアの光を弾く白い円卓の席には、見知った顔が十五人ほどかけていた。

今にも悪態をつきそうなくらい鼻の頭にしわを寄せたアンシェール財務官長に、シアリエを娘のように可愛がってくれる中年の経理官長。それから、シアリエが手紙で呼び寄せた『万国博覧会』の運営委員会のメンバーや事業者が数名と、会場設営の現場責任者。

その中でも目を引くのが、長い髪をリボンで纏めた感じのよい青年、ミハイル・ストリープ侯爵だった。紳士的で見るからに好青年の彼は、以前の禁酒法会議でシアリエの味方になってくれた人物だ。

アレスのような華やかさはないが、スッキリとした目鼻立ちと所作からは育ちのよさが窺える。シアリエは猫のように目を細めた。何を隠そう、禁酒法問題でも大変世話になった彼こそが、シアリエにとっての『とっておき』であり、『万国博覧会』を成功させるキーパーソンなのだ。

「お集まりの皆様、本日はご足労いただきありがとうございます」

恭しく告げたシアリエの言葉に反応し、立ちあがろうとする一同。それを手で制しながら、シアリエは円卓に並んだ椅子の一つに腰かける。その際、すぐ隣の席に腰かけていたストリープ侯爵が、五月の爽やかな風よりも心地よく話しかけてきた。

「お久しぶりです。シアリエ殿……いえ、妃殿下」

「ストリープ侯爵！　遠路はるばる足を運んでくださり、ありがとうございま……す……？」

若きストリープ侯爵は清廉潔白で癖がなく、緊張でピリピリとした空間を和らげてくれていた。が、シアリエがそんな彼に挨拶している途中で尻すぼまりになったのには理由がある。

「モネ……っ？」

ストリープ侯爵の隣に、シアリエの妹である子爵令嬢のモネが、カルガモの雛（ひな）のようにくっついていたからだ。今の今まで背の高い彼に隠れて見えなかったが、相変わらず桜色の髪と可憐な容貌が目を引く妹を眺め、シアリエは面食らう。

「どうしてここに……？」

「お父様の名代で参りました！　シアお姉様、お会いしたかった～！」

甘い花の香りがするモネは、ストリープ侯爵を間に挟んだままシアリエを抱きしめようとする。頬を擦りつけんばかりの勢いで腕を伸ばされたシアリエは、驚いて妹を見下ろした。

「え、お父様はいらっしゃらないの？」

そういえば、会議の間のどこにも父親の姿は見当たらない。シアリエの父親はロセッティ子爵。酒類のバイヤーとして一代で成りあがった下級貴族だ。成金だが酒に精通しており、仕事における知識も豊かなら、人脈も広い。ビジネスパートナーとするならこれ以上ない人物である。実は今日、会議に参加するよう父にも手紙を送っていたのだが……。

「お父様は急な体調不良で欠席なんです。でもでも、モネがいるからいいじゃないですかぁ」

子猫が甘えるような声でモネが言う。シアリエは困ったように微笑んだ。

「う、うーん……？」

（参ったわね。私の計画にはお父様のお力が必要なんだけど……モネに言伝を頼む……？）

「そもそも、どうしてモネが名代に……？」

シアリエの知る妹は天真爛漫で綿毛のようにフワフワしており、家業にはとんと興味がなく、パーティーに積極的に出向いては貴公子から愛でられているイメージが強い。そんなモネが、当主である父の代わりに王宮まで出向いたことに違和感を覚えてしまう。

「それはもちろん、シアお姉様に会いたくってぇ！」

かつて姉の婚約者を奪った妹とは思えない発言だ。その件については水に流したので、シアリエはモネを恨んでいないものの、彼女と接するのは得意ではない。ただ、何故か禁酒法問題以降モネからはとても懐かれていた。

「妃殿下。モネ様は今、ロセッティ子爵の元で家業について勉強中なんだそうです。きっと名代としての役目を果たしてくださいますよ」

ストリープ侯爵に耳打ちされ、シアリエは戸惑いつつも頷く。そのタイミングで、コホンと咳払いが聞こえた。

「身内との再会を喜ぶのは大いに結構ですが、そろそろここが会議の間であることを思い出してほしいですね」

針のように尖った声がシアリエを突く。声の主に目を向けると、ちょうど真向かいにアンシェールが座っていた。ひどく不機嫌そうな彼は、センターパートの髪を掻きあげて言う。

「我々官吏も暇ではありませんのでね。拝見したところ、この部屋にいらっしゃるのは『万国博覧会』の運営委員や出展が決定している事業主の方々だけでないようだ。財務官長である私と王家の経理を預かる経理官長を呼びつけて会議に参加させる理由も知りたいところですな」

相変わらず刺々しい口調のアンシェールに、シアリエは表情を王妃らしく凜としたものに直す。妹の登場は予想外だったが、動揺してばかりいられない。シアリエは目的を早々に打ち明けることにした。

「本日皆様をお呼びたてしたのは、『万国博覧会』についてご提案があるからです」

「提案……？」

アンシェールの眉が、神経質そうに跳ねる。

「ええ。昨今のシェーンロッドが治安の悪化について懸念されていることは皆さんもご存知でしょう。アレス陛下の政治に疑問を抱く声も出ていると聞きます。だからこそ『万国博覧会』でシェーンロッドの威光を示したい。多大な国力と優れた技術力を、世界中に広めたいと思っています。そのために……」

暗雲のように立ちこめているシェーンロッドの暗いニュースを払拭する、明るい話題。それは……。

「私は『万国博覧会』にて、各部門に目玉となるものを用意したいと考えています」

会議の間にざわめきが起きる。互いに目を見合わせる事業者や運営委員会のメンバーたちに向かって、シアリエは続けた。

「万博は美術部門、原料部門、機械部門、製造部門など出品物の部門が分かれていますが……本日お集まりいただいた事業者の方々には、各部門の目玉をご担当いただきたいんです」

「目玉と言われましても……例えばどのように……？」

シアリエから四つ離れた席にかけていた、鉱物に見識のある原料部門の事業者が声を上げる。

「例を挙げるなら、そうですね。酒のバイヤーである父……ロセッティ子爵には『万国博覧会』で農産部門の目玉としてのワインを選んでもらうつもりです。目指すところはワインのブランド化、そのために仲買人組合と一緒にワインの格付けを頼もうかと」

前世の世界では、パリ万博を契機にボルドーワインの格付けが行われた。これをシアリエも真似しようと画策している。……そのために父に招集をかけたのに、生憎欠席で出鼻をくじかれてしまった。

「別に捻ったことはしなくてもいいんです。我が国は印刷産業も優れていますから、アピールしたい出品物を宣伝するだけでもいい」

そういったものは、来場客の心を躍らせるはずだ。スーパーのチラシの『広告の品』と同じ。目玉を提示すれば、それを目当てに足を運ぼうとする者も大勢いるに違いない。

「では、事業者リストに載っていない方がこの場にいらっしゃるのは何故ですか？」

アンシェールは手元のリストを確認してから、シアリエの隣にかけるストリープ侯爵を一瞥して問う。内心、この質問を待っていたシアリエは、肺に溜まった息を吐きだして心を落ちつけてから言葉を紡いだ。

「ストリープ侯爵は予定されていた出展者ではありません。ですが『万国博覧会』最大の目玉として、私は彼が治める領内で有名な水力紡績機を、会場に展示したいと考えています」

高波のようなどよめきが、会議の間を満たす。ただ一人、ストリープ侯爵だけは麗らかな午後の日差しを楽しむような笑みを浮かべていた。

「妃殿下にお手紙でお誘いを受けた時は、とても驚きました」

水力紡績機はその名の通り、水の力を用いる。会場予定地は海外の来客が訪問しやすいよう王都イデリオンの海浜地区ロウェナに決まっているが、出展者を募っていた当時は場所が未定だったので、彼を最初に誘えなかったのだ。だが、今なら。

「水力紡績機って……今話題の動力に水車を用いているっていう……従来の人力を用いた紡績機よ

り太くて強い糸を大量生産できる機械ですか？」

「それのお陰で、最近では家内生産から工場生産へシフトしているって聞きましたよ！」

会議の間にいるメンバーは頬を紅潮させて興奮気味に語る。彼らの反応を見るだけでも、ストリープ領で発達した水力紡績機は『万国博覧会』で最も注目される出展品になり得るとシアリエは確信を得た。

「紡績機の機械化による大量生産は、シェーンロッドの綿工業の確立に大きく寄与することでしょう。大量供給が可能な綿布は輸出され、世界中に広まっていきます。シェーンロッドの産業技術が優れているという名声と共に」

（そして私はこれで、シェーンロッドと陛下の評判を回復させる……！）

運営委員会のメンバーから、拍手が湧き起こる。それを心地よく受けながら、シアリエは組んだ手を円卓に乗せ、真正面に座るアンシェールとその隣に座る経理官長に向き直った。

「国庫を管理する財務官長と経理官長をお呼びたてしたのは、水力紡績機の枠を増やすことによる『万国博覧会』での予算の見直しをお願いしたいからです」

「予算はすでに決まっています。これを変えろだなんて！」

にべもなくアンシェールは切り捨てる。経理官長はオロオロとした様子でシアリエを見た。日々の経費を管理する経理官長にとっても、予算の見直しはすんなり頷けることではないだろうと、シアリエも想像がついている。けれど、ここは強気で行くことにした。

「無理を承知でお願いします」

「あの、僕は会場設営の現場責任者です。実は妃殿下から事前に手紙で相談を受けておりまして、使用する資材を変更すれば予算は大幅に削れるかと」

「ハリボテのようなパビリオンでも造るつもりか⁉　そんな粗末なものを設営すれば、シェーンロッドの格が下がる！」

現場責任者の男性に向かって、アンシェールは声を荒らげる。

「変更も調整も受けつけません。水力紡績機という目玉を作るのも賛成いたしかねます」

「万博には工業や伝統工芸など、多岐に亘るパビリオンが設置される予定です。周辺諸国の方々に目的も決めずダラダラ見てもらうよりは、ここだけは見てほしいというものを絞った方がいいかと。何より、水力紡績機を見れば、どの国の方々もシェーンロッドの工業力に慄くはずです」

シアリエは席を立つと、円卓をなぞるように歩き、アンシェールと経理官長の肩の隙間を縫って、卓上に書類を置く。そこには、王妃用の公費の詳細な内訳が書かれていた。

「予算の調整が難しいなら、向こう十年の王妃用に宛てがわれた公費を減らし、万博の費用に充ててください」

贅沢品に興味のないシアリエは、歴代王妃同様に割り振られた公費にはほとんど手をつけていない。アレスに嘆かれないよう、せいぜいみすぼらしく見えない程度のドレスやアクセサリーを揃えただけだ。

経理官長は書類にざっと目を走らせる。頭の中でそろばんを弾いているのだろう。彼は見積もりを終えると、場を取りなそうとした。

「アンシェール殿。これだけの金額をつぎこめるなら、水力紡績機を追加の目玉品として出展してもよいのではないですか？　何より、そうすることで多大な利益が見込めますし」

「ご自身に割り当てられた予算を削ってでもなさりたいと？　なるほど、妃殿下が万博にかける思いは生半可なものではないようですな。ですがもし今後陛下のご寵愛が別の方に移り、その方が王妃の座につかれた場合は？　その金をも削る気ですか？」

アンシェールは鼻で笑う。嘲笑まじりにつらつらと語られた言葉に、シアリエは侮辱を受けたのだと正しく理解した。

「アンシェール財務官長、今の発言は不敬ですぞ」

「シアお姉様が陛下に捨てられるとでもおっしゃりたいのですか⁉」

同席していた経理官長がたしなめ、モネが肩を怒らせる。他にも会議の参加者から憤慨する声が次々に上がり、アンシェールは不愉快そうに口をへの字に曲げた。

無礼な発言をされたシアリエは一瞬固まってしまい反応が遅れたが、侮辱された怒りが沸々と湧いてくる。しかし同時にアレスが自分以外の相手に心奪われる未来を想像してしまい、表情を歪めた。

会議の間には大勢の人間がいる。皆『万国博覧会』の関係者だ。取り仕切りを任されている自分が貶められて弱っている姿をさらすわけにはいかない。何とか表情筋を保たなくては。

笑え、そして嫌みの一つくらい吹っかけて黙らせなくては王妃としての威厳が失われてしまう。

けれど仕事はできても、シアリエは人の上に立って振る舞うことには慣れていない。とっさに言葉が出てこず、どうしようかと思っていると――……。

「ねえよ」

乱暴に観音扉が開き、黒い影が革靴を小気味よく鳴らして大股で近寄ってくる。その足音が止まると、ふわりと嗅ぎ慣れた優しい香りが後ろからシアリエを包みこんだ。

（あ……）

「そんなこと、万に一つも起こるわけがねぇ」

獣の唸りよりも低い声が、シアリエの耳殻をくすぐる。怒りに染まったアレスの横顔は怖いはずなのに、安心感が全身を薬のように巡っていく。

「俺の妻は生涯シアリエだけだ。こいつ以外に愛する存在ができるはずがない」

チャリ、とシルバーのピアスが揺れる。アレスの登場に、会議の間にいたシアリエ以外の者が立ちあがって礼の姿勢をとった。シアリエへの抱擁を解き、彼らに座るよう促したアレスは、アンシェールを流氷よりも冷たい目で見下ろす。

「アンシェール。外まで筒抜けだったぞ。お前の発言は目に余る」

「は……っ」

「仕事のことならいくらでも意見を述べていい。だが、個人的に俺の妻を貶めようとしているなら」

「滅相もありません！　他意はありませんでした」

「そうか。なら」

アレスは肺が凍るほど冷たく言い放つ。

「随分と浅慮なことだな。これが我が国の財務官長か？」

アンシェールの顔色が紙のように白くなる。呼吸する権利すらアレスに奪われてしまったかのごとく、彼は息を止めた。断頭台に立たされた罪人のような面持ちのアンシェールに、アレスは容赦のないプレッシャーを浴びせ続ける。

その凄みに、会議の間にいる何人かがブルリと身を震わせた。

アンシェールがアレスの地雷を踏み抜いたことは明らかだ。シアリエはアンシェールに上手く言い返せなかったことを情けなく思いつつも、彼が自分だけを生涯愛すると宣言してくれたことは嬉しく思った。彼はいつだって、絡まったチェーンを外すようにシアリエの不安を解きほぐしてくれる。

(でも、これはやりすぎだけどね)

会議の間にいる人々はアレスの怒りにあてられ、もれなく蒼白だ。シアリエは「ええと」と場の空気を切り替えるように口火を切った。

「では、水力紡績機を目玉の一つとして取り入れる方向でよろしいでしょうか」

「経費が工面できるのであれば、経理課としては異論ありません。予算の見直しは引き続き協議するということにいたしましょう」

経理官長の返答を聞き、その後は準備や計画について話を詰めてから解散となった。アンシェールは扉を乱暴に開け、いの一番に出ていく。ぞろぞろと人が去っていくと、会議の間に残ったのはシアリエとアレス、ストリープ侯爵とモネの四人のみになる。

卓上の書類を持ちあげ角をトントンと整えながら、シアリエは突如乱入した夫に声をかけた。

「陛下、助太刀ありがとうございます。でも、どうしてこちらに?」

「ジェイドから、お前が今日客人を招いて会議の間で話し合いを行うって報告を受けてたんでな。進捗が気になって顔を出したんだよ。それに……その中にはストリープ侯爵もいるって聞いたから」

「へ？」

（何でストリープ侯爵を気にするの？　仲がよかったかしら？）

そんな疑問が浮かぶシアリエを余所に、アレスはストリープ侯爵に腕組みした状態で話しかける。

「ストリープ侯爵、よく来てくれたな。『万国博覧会』の参加に感謝する。十分に働いてくれ」

笑顔だし、気さくな物言いに聞こえる。が、普段のアレスをよく知るシアリエは、妙なよそよそしさを感じた。

しかし色気の塊のようなアレスが微笑みを浮かべるだけで、ストリープ侯爵の隣で帰り支度をしていたモネは、ミーハー丸出しの黄色い悲鳴を上げる。

「きゃあああっ。相変わらずかっこいいですね！　陛下！」

「も、モネ様……」

紅潮した頰を押さえて興奮気味に言うモネに、ストリープ侯爵は苦笑して言った。その横顔は伏し目がちで、哀愁にも似た切なさを孕んでいるように見える。

「過分なお言葉、感謝いたします、陛下。お忙しい中、こうして顔を見せてご挨拶くださるなんて光栄です」

「お前が来るなら、顔を出すに決まってるだろ」

アレスは引き続き笑顔で言う。けれどシアリエには貼りつけたような笑みに見えた。

（まあ……『万国博覧会』は国の一大イベントだし、出展者は丁重に扱わなきゃだけど）

「へ、陛下、ちょっとこちらへ」

シアリエはアレスの腕を取り、窓際へと連れていった。訝しそうにこちらを見るストリープ侯爵とモネに愛想笑いを浮かべてから、声量を絞ってアレスに話しかける。

「何だか、ストリープ侯爵に対する態度が不自然じゃないですか？」

シアリエの勘違いならばそれでいい。けれど、アレスのかの侯爵に対する口調は、上澄みを取り払えば、刺々しささえ感じられる気がしたのだ。

「そりゃそうだろ。ストリープ侯爵は、禁酒法の件でお前が頼った外部の人間なんだ。牽制しとかねぇとな」

「……へ」

アレスの思わぬ発言に、シアリエは狐につままれたような顔をした。

「シアリエを妻にできた今が幸せなんだよ。エレミヤのお陰で、それが当たり前じゃないって気付かされた。だから、俺からシアリエを奪う可能性があるものには敏感なんだ。ストリープ侯爵からは、さっきからひしひしと切なげな視線を感じるしな。お前、懸想されてるんじゃねぇの」

アレスの声はどことなく余裕がない。シアリエは腹の底から愛しさとおかしさがこみ上げ、噴きだしてしまった。

「あはは……っ。それは杞憂ですよ。ストリープ侯爵が恋心を抱いているのは私ではなく、私の妹に対してです。そして私も、想いを寄せている相手はアレス陛下だけです」

「———は？」

シアリエはこちらを見下ろすアレスの肩に手をやり、モネとストリープ侯爵の方に身体を向ける。ヤキモチ焼きな夫の視線の先では、ストリープ侯爵が慈しむような表情でモネの話に耳を傾けていた。

「お分かりいただけました？　ストリープ侯爵が切なげだったのはおそらく、モネが陛下のことをかっこいいと言ったからでしょうね」

「はあ……っ？　マジかよ……。姉から婚約者を奪ったことのある女だぞ？」

甘い蜜で蝶を誘う花のように男性を惹きつけるモネだが、アレスは過去にシアリエを傷つけた彼女のことをよく思っていない。彼が代わりに憤ってくれているからこそ、シアリエはモネに対してそこまでマイナスな感情を抱かずにいられるのかもしれないと感じた。

だから、妹を呼ぶ声も優しくなる。

「モネ、こっちへ」

「なあに？　シアお姉様」

シアリエに手招きされたモネは、桜色の髪を揺らし、甘い声で近寄ってくる。大好きな飼い主に擦り寄る犬のようにペタリと抱きついてきた妹に、シアリエは興味を押し殺せず尋ねた。

「ええと、こういうことを聞いてもいいか迷うんだけど」

「何でも聞いてください！　モネが答えられることなら、何でもシアお姉様の質問には答えたいです」

「そ、それなら……えっと、ストリープ侯爵とモネは付き合っているの？」

かつて姉であるシアリエの婚約者を横取りしたくらい恋愛脳の妹だ。てっきりイエスという回答が返ってくるとばかり思っていたシアリエだったが、

「うーん。とっても誠実でいい人だとは思うんですけどぉ……モネ、今はお父様のお仕事を手伝う方が楽しいんです」

モネの返事は、予想に反するものだった。そのせいで、シアリエは間抜けな声を漏らしてしまう。

「へ」

「シアお姉様みたいにお仕事ができる女性になりたいんです！　お姉様はモネの目標！」

「あ、ありがとう……？」

（嘘でしょ……。私から婚約者を奪ったモネに、今はこうして憧れられているなんて）

シアリエの頬に自身の頬を擦り寄せて甘えるモネを見下ろし、シアリエはしみじみと思った。

（でも、これならストリープ侯爵はとっても頑張らないとモネを落とせないかも。頑張ってください、侯爵！）

しかしモネが仕事において自分を目標としてくれているのは何とも面映ゆい。そして嬉しいものだなと思う。

「ストリープ侯爵。本日は本当にご足労ありがとうございました。『万国博覧会』の会場は、建設工事中です。八割方完成していますので、ご希望でしたら展示会場の見学も可能ですよ」

「水力紡績機と、水車の完成を待ってからにします。川の近くのエリアに展示なさるんですよね？楽しみだなぁ」

そう答えるストリープ侯爵は、非の打ち所がない好青年だ。尖ったところが一つもなくて、凪いだ海のように優しい。彼に妹が振り向いてくれればいいな、とシアリエはこっそり願うのだった。

『万国博覧会』の目玉についての情報は、マスメディアを通じて瞬く間に拡散された。最近は暗いニュース一色だったため、飛びこんできた明るい話題に国民は食いつく。開催初日にはパフォーマンスの一環として各国の猛者や腕自慢も参加する剣術大会も開くと大々的に宣言すれば、それもまた国民の関心を引き、一週間は『万国博覧会』の話題で持ちきりとなった。

「評判は上々みたいよ。絢爛豪華な『万国博覧会』はアレス陛下の権勢あればこそ。大成功間違いなしだろうって、民は皆喜んでいるみたい。どの新聞も好意的に取りあげてくれているしね」

秋晴れで過ごしやすい気候だったため庭園のガゼボで昼食を取ることを使用人に勧められたシアリエは、白い丸テーブルを挟んだ向かいの席にかけたキースリーから国民の反応を教えてもらう。

フカフカのパンを半分に千切り、バターとジャムをたっぷりと塗る彼が教えてくれた情報に、シアリエは狙い通りの展開になったとホッと息を吐きだした。

「よかったです」

「アンタの手腕を称える声も多いわ」

「それは……私は別に……。万博のような大々的な催しが開けるのは、陛下がシェーンロッドを先進国として引っ張ってくれているからですし」

かつてのシアリエは、仕事の出来を褒められるのが自己肯定感を高められるようで何より好きだった。けれど今は、自分よりもアレスを褒められた方が嬉しいと思う。彼のために行動できることが、自分にとっての喜びだと、自信を持って言える。

「そこは素直に喜んでおきなさいよ。謙虚なんだから……で？　アタシを昼食に誘ってよかったわけ？　ちゃっかりお相伴にあずかったけど、独占欲の塊みたいな陛下と食事を取らなくてよかった？」

キースリーは外見だけなら道行く女性が裸足で逃げだすほど妖艶な美女だが、女装をしているだけで恋愛対象は女である。それを知っているアレスに嫉妬されるのでは、と心配されたシアリエは、

「陛下は今日、王太后様と昼食を共になさっているんです」

と眉をハの字に下げて答えた。

「王太后様と？」

「はい……。あのお二人、今は少し揉めていまして。その――豊穣祭のことで」

シアリエが頬を掻きながら零すと、事情を察したキースリーは遠い目をして言った。

「ああ、もうそんな季節ね……」

問題は次から次へと湧いて出てくる。せめてもの救いは、モネが主体となって準備中のワインの格付けも注目されているということくらいか。実家の家族が活躍してくれるのは喜ばしい。

しかし、それとは対照的に――結婚して新しく家族となったアレスと王太后に、シアリエは悩まされている真っ最中だった。

空が高く、王宮内の木々は温かな色彩に染まっている。季節は豊穣の秋だ。そして豊穣といえば、国教であるティゼニア教の唯一神、ティゼニア神が司るものの一つであるため、シェーンロッドでは田畑の実りを祝って秋に行われる豊穣祭が、お茶の文化と同じくらい大切にされていた。ちなみに王都で開かれるこの祭りの取り仕切りは、代々王太后が行っている。

祭り当日の朝は、王宮内もどこか浮かれモードだった。王都には行商人が集まり、広場に露店が軒を連ねている。

換気のために開け放った窓からは王都の人々の浮かれた声が風に乗って届くほどで、王宮にこもるシアリエにも活気が伝わってきた。

（そういえば昔、元婚約者のユーインに無理やり参加させられたことがあったわね）

豊穣祭では王都の広場にもみの木に似た大木が運びこまれ、闇の中で淡い光を放つ塗料が塗られた丸いオーナメントが飾られるのだが、それに意中の相手の好きなところと自分の名前を書くのが習わしとなっている。

その文化を知った時は、クリスマスと七夕をかけ合わせたみたいなイベントだな、と思ったものだ。しかしユーインに好きなところを書くよう強要された時は、そこそこの苦痛を感じた。何とか彼のよいところを捻りだして書きあげたけれど、それに目を通した彼に「こんな貧相な内容を書くな」とオーナメントを投げつけられたことなんて黒歴史でしかない。

（いえ、今となってはどうでもいい思い出よね。今日も私は引きこもり生活だし。それより……）

祭りで王都が活気づくのは素直に嬉しいけれど、シアリエの表情は晴れやかとは言い難い。というのも、ただいま目の前で、夫と義母が舌戦を繰り広げているからだ。

「呆れました。まだ母が祭りの開催宣言に顔を出すのに納得していないのですか？」

「母上、祭り中は多くの人間が王都に出入りします。人の流れに乗じてエレミヤが襲撃を仕掛けてくるかもしれません。どうか今年だけは人前に顔を出すのをお控えください」

プイとそっぽを向く王太后を、アレスは苛立ちを滲ませて説得する。かれこれ一週間はこんな調子で、母子の言い合いに口を挟むのも野暮だろうかとシアリエは頭を悩ませていた。

アレスの鋭角的な美貌は母親譲りだ。アッシュグレーの髪も切れ長の瞳も、高い鼻梁もそっくりな二人がバチバチと火花を散らしていると、華やかな容姿のせいか凄みがある。大階段の踊り場で堂々とケンカする二人を、離れた玄関ホールで騎士団のメンバーが隊列を組みオロオロと見守っていた。どうやら彼らは本日王太后の護衛を任されているらしい。アレスと王太后の会話の内容までは聞こえていないようだが、一様に胃が痛そうな顔をしていてシアリエの同情を誘う。

（どうしよ……。そろそろ仲裁に入った方がいいわよね）

口を挟んだ瞬間、狼のように唸る二人から噛みつかれそうだけれど、覚悟を決めるしかないのか。

今にも爆発寸前といった様子のアレスは、それでも額を押さえながら辛抱強く説得する。

「母上、どうかお聞き入れください。シアリエが危険な目に遭ったんですよ！　シュバリー領では騎士団のメンバーも重傷を負いました。そんな襲撃犯は、俺の大切な存在を壊すと宣言しているんです。分かりませんか？　貴女も危険なんです！」

「だからこそです」

王太后は手に持っていた扇をピシャリと閉じて言い放った。

「敵に恐れている素振りなど、決して見せたくないわ。貴方もシアリエも堂々としていなさい。でなければ、何が起きているのだろうかと民が不安がります。いつも通りに行動するのです」

王太后の毅然とした態度に、アレスはグッと言葉を詰まらせる。シアリエは一歩前に出た。

「王太后様……本当に広場で開催宣言をなさるのですか？」

「ああ、シアリエ。親子ゲンカを見せてしまって恥ずかしいわね。大丈夫よ。決して無茶はしないわ」

「ですが、心配で」

「安心なさい。少し挨拶をしたらすぐに引っこむわ」

王太后は両手を広げてシアリエを抱き寄せる。アレスはもどかしそうに舌を打ったが、やがて諦めたように頭を掻いた。

「一度言ったら絶対に引きませんよね……。警備を増員します」

「あら。母をよく理解していますね、アレス」

王太后はコロッとご機嫌になって言った。

「万全の警備体制を敷いてくれると期待していますよ。ああ、それよりも、貴方は貴方で『準備』をなさいな」

「言われなくてもそっちの準備は順調です。……シアリエ、公務は夕方で終わるよな？　夜は予定を空けといてくれ」

王太后に押し負けたアレスは、シアリエの肩に手を置く。今日一日のスケジュールを思い浮かべたシアリエは、よく分からないまま義母の腕の中でコクリと首を縦に振った。

アレスと王太后の言う準備が何のことを指しているのかは、黄昏(たそがれ)時になって分かった。

無事に開催宣言を終えた王太后は、すぐに王宮へと戻り、豊穣祭はつつがなく進行している。王妃の執務室のバルコニーからは王都が一望できるのだが、紫と橙(だいだい)のコントラストが美しい夕暮れの中、広場に設置された大木がガス灯の明かりに照らされ幻想的に浮かび上がっていた。今頃ツリーの下にはカップルが集まり、自分たちの用意したオーナメントを飾っていることだろう。

そんなことを考えていると、ロロとジェイドを始めとする秘書課のメンバーがやってきた。

「シア、タンデッツチモ！」

「こんばんは、ロロ。……メルクグ語で『空中庭園に行こう』ですか？　ですが、私この後陛下と用事が……」

「その陛下が来てほしいって言ってるんだよ、シアリエ」

ジェイドは背中で手を組み、ニコニコと言う。シアリエは目をパチクリとさせた。

「皆さんは、お迎えってことですか……？　わ、ロロ、待って、押さないでください」

シアリエは立ちあがるなりロロに背中を押され、ジェイドに先導されながら空中庭園へと足を運ぶ。花壇に季節の花々が咲き誇る場所に何の用だと思いながら辿りつくと、目の前に広がった光景に驚嘆することとなった。

「わあ……っ」

ガス灯やキャンドルの明かりで照らしだされた空中庭園には、小さな祭り会場ができあがっていた。前世でよく知るクリスマスマーケットや蚤(のみ)の市に雰囲気が近い。秋の木々を思わせる布で屋根が覆われた露店には、アクセサリーや煌びやかな工芸品、花やカフスボタン、食器類やインクなどがズラリと並んでいた。

食べ物の屋台も充実していて、そこかしこからソーセージや肉の焼ける香ばしい匂いが漂っては鼻腔(びこう)をくすぐる。紅茶を淹れてくれる店もあるのかと感心していると、後ろから肩に大きな手が回り引き寄せられた。一瞬だけ強く香った大好きなアレスの香水に、シアリエは笑みを零す。

「陛下……！　こちらは？」

「規模は小さくなっちまうが、豊穣祭を王宮内で再現してみた。どうだ？　楽しめそうか？」

そう言ってシアリエの顔を覗きこむアレスの顔は、サプライズが成功した子供のように楽しげだ。

なるほど、アレスと王太后の言っていた準備とは、このことだったのだろう。ご丁寧に、空中庭園の中心部にはもみの木を想起させる大木までどっかりと設置されている。蓄光塗料が塗られているのか、淡い輝きを放つオーナメントまで飾られているので再現率はとても高い。

「中々王宮の外に出られないシアリエや他の奴らにも、祭り気分を味わってほしくて用意したんだ。あ、露店は当番制なんだってよ」

不用意に外部の者を入れないためか、よくよく見ると露店で接客しているのは顔見知りの使用人たちだった。時計台の近くには、射的ゲームに興じているキースリーと彼の娘の姿がある。他にも文官たちや非番の使用人の姿が見受けられた。誰も皆、楽しげに笑いあっている。

「……実は私、これまで豊穣祭には、あまりいい思い出がなかったんです」

笑顔が溢れる空間を眺めながら、シアリエは呟く。隣で「は？」とたじろぐアレスを横目で見やってから、一番星が輝く空の下でフワリと笑った。

「でも、今日から大好きなイベントになりました。陛下のお陰ですね」

アレスが中心となって行動し、皆が心からの笑みを浮かべている。その空間にいられることが嬉しい。シアリエにバレないようこっそり準備するのは大変だっただろうに。

(忙しくて余裕がないはずなのに、私や大切な人を気遣うことを忘れない人)

結婚前から優しかった彼だが、夫婦になってもこうして大事に扱ってくれることに心がポカポカと温かくなる。シアリエが目尻を下げて微笑みかけると、幸せそうなアレスに指で目元を撫でられた。

「祭り、楽しもうぜ。ティースタンドで俺がお茶を淹れてやる。飲むだろ？」

「え、陛下がですか？　それは楽しみです」

幸せいっぱいの空間で手を繋ぎながら、シアリエはアレスと共に祭りを楽しむ。前世の記憶を合わせてもイベントを堪能するのは本当に久しぶりで、頬の筋肉は緩みっぱなしだった。

存分に食べて飲んで、遊んで。王都の空を埋めつくすほどの花火も空中庭園という特等席で楽しみ、祭りも終わりを迎える。楽しい時間はあっという間だ。

手すり壁に手を置いて、眼下に見える街から一つ、また一つと明かりが消えていくのを線香花火が落ちる時に似た気持ちでシアリエは見下ろす。と、背後から聞こえてきた声に振り返った。

「陛下、こちらの木も片付けますか？」

「あー明日でいい。王都の広場の木も、一晩中置いているしな」

使用人に空中庭園のツリーを片付けるか問われたアレスは、煌々と光るそれの枝先を弄びながら答える。テントや飾りつけの片付けに回るため去っていく使用人を見送ってから、シアリエは彼の元に歩み寄った。隣に並んで、もみの木によく似た立派な大木を眺める。淡く光るオーナメントは、蛍の光のように美しく神秘的だ。

「こちらのツリーは庭師の方々が運びこんでくださったんですか？　彼らがオーナメントも飾りつけてくれたとか？　とても気合いが入ってますよね。……あれ」

シアリエはオーナメントにインクで文字が書かれていることに気付く。隣ではアレスが、尻がこそばゆそうな顔をしていた。

「すごい。想い人の好きなところを書くところまで忠実に再現されてるじゃないですか！」

「……おう」

「官吏や使用人の方々が書いてくださったんですか？　読んでも問題ありませんよね？」

アレスの肩が大きく揺れる。けれどオーナメントを見つめていたことで夫の挙動に気付いていないシアリエは、笹に飾られた短冊や神社で吊るされている絵馬に目を通す感覚で無邪気に読みあげた。

「えーと……『シアリエのひたむきで努力を惜しまないところが可愛い。アレス』……え？」

一旦、思考が停止する。フリーズしていると、照れ隠しなのか、隣から不機嫌な声がかかった。

「…………何だよ。俺が書いたら悪いか」

「いえ、あの、えっと、嬉しいですけど……」

シアリエは頬を染めて目を泳がせる。

（吃驚した……、まさか陛下が私に宛てて書いてるなんて……）

別におかしくはないのだが、予期していなかったため不意打ちでドキドキしてしまった。夜風は涼しいはずなのに、顔が火照って熱い。しかし手でパタパタと顔を扇いだシアリエは、隣のオーナメントを見て零れ落ちそうなくらい目を見開いた。

『俺の手に収まるサイズの、シアリエの丸い後頭部が可愛い。アレス』

思ってもみなかった自分の好きなところを挙げられ、シアリエは発作的に自身の後頭部を手で押さえる。形なんて意識したことがなかった。が、そういえばアレスはよくシアリエを撫でていることを思い出す。何せベッドで三十分妻の髪を撫でる彼だ。後頭部の形を気に入っていてもおかしくない。

(っていうか、まさか……)

「これ、もしかして全部……陛下が書いたんですか……!?」

巨大なツリーに飾られた大量のオーナメントに次々視線をやり、シアリエは圧倒されて呟く。アレスから返ってきたのは、むず痒そうな肯定の言葉だった。

「……ああ。いいだろ、別に」

(嘘でしょう?　五十個くらいあるのよ?　これ……!)

まるで木になった果実をもぐように、シアリエは次々とオーナメントを手に取る。そのどれにも、アレスからの溢れんばかりの愛情が記されていた。

『見た目は儚いのに意外と負けん気が強いところがいい』

『笑顔が守ってやりたいくらい好き』

『俺のお茶の好みを把握してくれてるところが愛しい』

『薄紫の瞳の色が、春の夜明けの紫雲みたいで綺麗だ』

「そんなとこまで……?」

元婚約者と比べるのは失礼だと承知している。それでも、自分の好きなところを書くように強要してきた元婚約者と違い、頼まれたわけでもないのにシアリエの好きなところを山ほど書いてくれるアレスと結婚できて幸せだと実感してしまう。

（今回は私も、陛下の好きなところを書いてみたかったな、なんて思うくらい浮かれてる）

グッと奥歯に力を入れていないと、顔から順に身体が蕩けてしまいそうだ。それくらい、気持ちは幸せで緩みきってしまっている。

「……引いたか？　俺の愛が重くて」

撤収作業でまだ人が残っているため浮かれきった表情は見せまいと黙りこんでいたシアリエの顔を覗きこみ、アレスが尋ねる。無言が彼を不安にさせたのだろうと反省したシアリエは、急いで弁解した。

「ちが、違います……！　すごく、嬉しくて……にやけちゃいそうで……」

ああ、せっかくこらえていたのに。幸せで溶けて、頬が下がっているかもしれない。そんな心配から、シアリエは両手で頬を包み、ムニムニと押しあげる。

「……これ、全部書くの大変だったんじゃないですか？」

「あー……まあ、時間は食ったな。お前の好きなところを書ききる前にオーナメントが尽きたけど」

「えっ!?」

アレスの言葉に、シアリエは素っ頓狂な声を上げた。

（まだあるの？　私の好きなところ……！）

星々のようにキラキラと輝くオーナメントを隅々まで眺め、これは宝石や高いアクセサリーよりもずっと価値があるものだとシアリエは思う。普段からマメに愛情を口にするアレスだが、それが形になるとより深く想いを感じられて、甘い痺れがシアリエの指先から全身に伝わった。

「このオーナメント、私が全部貰ってもいいですか？」

「あ？　構わねぇが……いるのか？　ただの飾りだぞ？」

「ただの飾りじゃありませんよ……！　陛下からのラブレターですから、私の宝物にします。そうだ、来年は私も陛下の好きなところをオーナメントに書かせてくださいね」

シアリエはオーナメントの一つを両手でそっと包むように握りしめてはにかむ。妻の言葉を聞いたアレスは、切れ長の目を優しく細めて唇を寄せてきた。

「あんまり可愛いこと言うなよ」

明るいツリーの下、二人の影がピタリと重なる。夜風で冷えた唇はひやりとしているのに、触れたそばから熱を発しているような気がした。

「……っん。陛下、人が……」

「見せつけておけばいいだろ」

「よくありません、よ。んむっ」

キスを止めようとしないアレスの肩を押し、距離を取らせる。それが不服だったのか、最後に下唇を食まれてしまい、焦った声が出た。

「シアリエが悪い。可愛いこと言って俺を煽っただろ」

「ええ？　私のせいなんですか？　理不尽……」

解放されたシアリエは、息も絶え絶えに恨みがましい声を出す。

「もう、ほら、撤収作業を手伝いますよ」

顔の火照りが引いてから使用人たちに交じって片付けを手伝っていると、空中庭園の出口に近い廊下から、市街の警備を担当していた警備兵の声が複数聞こえてきた。くたびれた様子の彼らは、

シアリエとアレスがまさか撤収作業に加わっているとは思っていないようで、壁を一枚隔てて談笑している。

「大きな事故が起きなくてよかったよな」

「豊穣祭はいつも広場に人が殺到して、ドミノ倒しが起きて危険だもんなー。でも今回は酔っ払いがあちこちから現れて皆が怖がって散り散りになったから、事故が起きなくてラッキーだったな」

「酔っ払いにしちゃタチが悪かったけどね」

「目が虚ろだったし、涎もすごかったよな。何言ってるか分からなかった」

「豊穣祭で羽目を外しすぎたんだろう。あれはあれで、追い払うのが怖かったわ。見ろよ、この歯形！　噛まれたんだぜ」

大きな窓から廊下に差しこむ月光が、警備兵の腕についた痛々しい歯形を照らす。それを窓からそっと盗み見たシアリエは、痛々しく血の滲んだ腕に顔をしかめた。

「興奮して叫びだす奴もいたし、やっぱり祭りの警備は大変だよなぁ。ま、俺らはそのためにいるんだし、アレス陛下のためならいくらでも身体を張って頑張るけどさ！」

そんな言葉を残して、集団は遠ざかっていく。小さくなっていく足音を耳にしながら、シアリエはアレスに話しかけた。

「――――あの様子ですと、エレミヤの襲撃はなかったみたいですね」

「ああ。母上も無事だし、大きな事件も起きなくてよかった」

「酔っ払いは多かったみたいですけどね」

「そいつらにだけは禁酒法が必要かもな」

そんな軽口を叩いて、シアリエとアレスは笑いあう。何事もなく終わった豊穣祭に、二人して安心したのは言うまでもない。

フィンメル学院での一件以来、イデリオンは以前にも増して警備の数を増やしている。さすがのエレミヤも、こんなに兵が市街を警邏（けいら）している中、のこのこシアリエとアレスの元に現れる余裕はないだろう。

つかの間の癒しを楽しんだシアリエとアレスは、無事に豊穣祭を終えられたことに安堵した。これが、嵐の前の静けさだということに気付かずに。

第五章　たとえば絶望が訪れるとして

豊穣祭を終えて十日。シアリエがストリープ侯爵や『万国博覧会』の運営委員を王宮に呼び寄せ、水力紡績機をイベントの目玉にすると提案してから、ずっとそのことが腹に据えかねていた男――アンシェールは暗闇に乗じて行動を起こす。

彼は人目を忍び、エレミヤ率いるギャング『碧落の帳』のアジトである船を訪れていた。煤（すす）よりも黒い闇がのさばる深夜、フードを目深に被って現れた来客を、エレミヤは諸手（もろて）を挙げて歓迎する。

「やあ、久しぶり！　また来てくれると思ってたよ。アンシェールさん？」

アリの巣穴に水を流しこむような無邪気さと残酷さを兼ね備えたエレミヤの出迎えにも反応せず、アンシェールは船室に入るなりソファにどっかり座りこむ。エレミヤの側近であるスキンヘッドの男は礼を欠いた行動に腰のガンホルダーへ手を伸ばしたが、エレミヤはそれを目線で制すと、トレードマークのおさげを尻尾のようにユラユラ揺らし、向かいのソファにかけた。

「スーレイ、アンシェールさんにお茶を用意して。……ご機嫌斜めみたいだね。何かあった？」

前半はスキンヘッドの部下に向けて、後半はアンシェールに向けてエレミヤが言う。スーレイがお茶の準備のために部屋を出ていくと、アンシェールはローテーブルに両手の拳を叩きつけた。

「何故私が辛酸を嘗（な）めねばならぬのだ。あんな小生意気な王妃と、私の素晴らしさを理解しない王のために！　何故私が……っ」

「わあ、ご立腹だ」

　煮え湯を飲まされたように怒るアンシェールの手は、ブルブルと震えている。エレミヤがニコニコと続きを待っていると、高慢な役人の典型みたいな男は低い声で呟いた。

「あの女は『万国博覧会』での目玉として水力紡績機を来場客に披露するつもりだ」

「へえ？」

「それだけじゃない。各部門に目玉を打ち出して、集客数を上げるつもりだ。このままでは万博はあの小娘の目論見（もくろみ）通り成功を収め、ますます勢いづかせてしまう。陛下もだ！　万博が成功すれば、世界中がシェーンロッドの繁栄と統治力を称えるだろう。私を重用しないあの陛下の実力を、世界が認めるなんて虫唾（むしず）が走る！」

「すごいな、シアリエは商才もあるんだね。マーケティング能力が優れてる」

　素直に感心した声を上げ拍手するエレミヤを、アンシェールが睨みつける。充血した目にこもるのは国王夫妻への憎しみだ。それをひしひしと感じとったエレミヤは薄ら笑いを浮かべる。

「それで？　僕にそんな話をして、どうしてほしいの？」

「下級貴族出身のくせに思いあがった生意気な王妃を地獄に送れ」

「ははっ。まるでアンタの方がギャングのボスみたいだね。んー、参ったな。協力してあげたいところだけど、僕は前回、アンシェールさんに勝手なことをして怒られてるからさ。また叱られたくないし、力になるのは難しいかも」

「陛下を恨んでいるのは貴様も一緒だろう！　手を組む時に『殺したいほど憎んでいる』と言って

いたこと、よく覚えているぞ。だから陛下や陛下の周りの人間の情報を流すよう私に頼ってきたんだろう。王妃を手にかければ、陛下は苦しむ。貴様にとってもメリットはあるはずだ！」

「――――そうだね、僕はアレスが嫌いだ」

静かに呟いたエレミヤの鋭利な声色に、アンシェールは凍りつく。肺の酸素を奪うような威圧感に襲われて彼が何も言えないでいると、エレミヤは天使よりも慈悲深い笑みを浮かべて言った。

「僕たちには利害関係があるからね。手を貸すよ。でも警備の目が厳しいだろう？　さすがの僕も情報がないと手が出せないな。シアリエは王宮の外に出る予定はある？」

「それは……王妃は豊穣祭にも出席しなかったし、何より、予定されているイベントの情報を漏らせば、私に疑いの目が向いてしまう。それは避けねばならない」

「あははっ。詰みじゃないか」

エレミヤはソファの背に深くもたれ、天井を仰いで笑った。アンシェールは食い下がる。

「ほ、方法はまだある。あの王妃が王宮から出てくるように仕向ければいい」

「例えば？」

「……あの女が今注力しているのは『万国博覧会』だ。建設中のパビリオン、特に目玉の水力紡績機が何者かに破壊されたら、あの女の性格なら自分の目で被害状況を確認したがるはずだ。損害の金額がどれほどなのか確かめる必要があるとそそのかせば、きっと……」

「なるほどね。でも何者かが破壊したとなると、アレスが警戒してシアリエを外に出さないと思うな。見え透いた罠(わな)にあの男が乗るはずがない」

「……っなら、どうすればよいのだ。本当に手詰まりなのか？」

「いいや?」

爪を噛んで貧乏ゆすりを始めるアンシェールに、エレミヤは愉快そうに呟く。

「万博のパビリオンや目玉を傷つけたのが、人災ではなく自然災害なら話は別だろう。それならばアレスもそこまで警戒しないはずだ」

「自然災害……?」

「いやあ、アンシェールさんは運がいい! 毎年シェーンロッドの秋は、台風が多くて助かったね」

エレミヤはことさら明るい表情で話す。アンシェールは「まさか……?」と半ば呆れと疑心のこもった眼差し(まなざ)を彼に向けた。

「そんな偶然に頼れと言うのか……? いつ発生するかも分からない台風に?」

「偶然なんて僕は期待しないし、発生ならもうしてる。『碧落の帳』は世界中あちこちの海に船を出して商売をしているから、独自のネットワークが発達していてね……夕刻に入った情報では、アリアドナの熱帯地方で台風が発生したそうだ。季節によって取りやすい進路があるけど……今回はドンピシャだよ。おそらく二日後にはシェーンロッドの東側の海上を通過する。つまり、王都イデリオンは暴風域に含まれるはずだ」

普段から海上で生活を送ることが多いエレミヤは、天候を読むことに長(た)けている。彼の隠れた才能を見せつけられたアンシェールは、ゴクリと唾を飲みこんだ。

「では……」

「ヒントをありがとう、アンシェールさん。これで僕たちの計画は何もかも上手くいくよ。シアリエが死ねば、アレスは打ちのめされて再起不能になる。そして……」

エレミヤはゆったりとしたトリルメライの衣装の懐から、書類をちらつかせた。

「僕たちの計画は成功を収め、シェーンロッドは混迷の時を迎える。――――あ、そうそう。アンシェールさんの口利きで僕の船を台風に備えてどこかのドックに入れてよ。僕の船が吹き飛ぶのが今は一番心配」

エレミヤが軽口を言うそばから、嵐の到来はまだまだのはずなのに、船内の窓を縦に割る雷が遠くで鳴った。立ちこめる暗雲はいずれシェーンロッドの王都を覆う。その時を想像し、エレミヤは舌なめずりするのだった。

アンシェールがエレミヤの元を訪ねた二日後。エレミヤの読み通り、大型の台風がイデリオンを直撃した。

王妃の執務室の窓ガラスが、風に押されてカタカタと揺れる。握っていたペンを置いたシアリエは背後を振り返り、室内から鉛色の空を睨みつけた。

「……ノクトさん、ウィルさん」

「風が吹き始めた頃合いで『万国博覧会』の会場の工事は中断されました。水力紡績機で利用する川は台風に備えて土嚢(どのう)を積みあげたようですし、資材もロープや杭(くい)で固定したようです。万全の対策が講じられていますから安心してください」

名を呼ぶだけで、ウィルは聞きたかった情報を滑らかな口調で説明してくれる。王宮に引きこもっているシアリエにとって、護衛を務めてくれているウィルとノクトはもはや目であり耳だ。

彼らが見聞きした情報を、シアリエは安全な場所で知らされるだけ。自由に行動できないのは息が詰まるけれど、そうすることでアレスが安心するなら、できるだけ彼の意向に沿いたいと思っていた。そもそも、アレスがシアリエを王宮に留めたがるのは身を案じてくれているからだ。決して彼の我儘ではない。

そう理解していたからこそ、シアリエは大人しく王宮にこもってきたのだが――……。

（こういう時、じっと待っているだけは歯痒いわね……）

シアリエの性格上、事が起きた時に何もせずじっとしているのは苦手だ。それが自分に深く関わる物事ならなおさら。

（私が、この自然災害の中でできること……。この台風が過ぎ去った後にすべきことは……）

風圧に押し負けそうになりながら、シアリエは窓を開けてバルコニーに出る。たちまち長いミルクティーブラウンが風に煽られ、リボンのようにたなびいた。細い肩が雨を被って冷たくなる。

ウィルから「風が強くなってきたので危ないですよ」と制止の声がかかるものの、シアリエは雨で濡れた手すりに手を置き、眼下に広がる光景に目を凝らした。

真下に見える王宮の広場では、騎士団が忙しなく行き交い、アレスの命に耳を傾けている。

「王宮図書館と大聖堂の他に、離宮を避難所として解放する。雨風がひどくなる前に河川付近に住む住民を避難誘導しろ」

「避難所へ災害用の備蓄品を運べ！　急ぐんだ！」

針のような雨が降る中、アレスとバロッドの声が交錯する。命じられた騎士団員たちは、馬車に荷を積み、次々に出発した。

「そこに佇んでいては、お風邪を召されるのでは？」

シアリエがハッとして振り返ると、執務室の入口にアンシェールが立っていた。シアリエが呆けている間に、ノクトが代わりに応対してくれたらしい。

「アンシェール財務官長……どうされました？」

バルコニーから執務室に引っこみつつ、シアリエが問う。流れでソファにかけるよう勧めたが、アンシェールには丁寧な口調で断られた。

「台風後のお話がしたくて参りました。今回の台風は勢力も強そうですし、万博会場も無傷というわけにはいかないでしょう。嵐が止み次第、被害状況の確認に参りませんか。被害総額を把握したい。修繕が必要な場合は、その見積もりもしなくては」

「……そうですね……」

アンシェールの言うことは、シアリエも台風後真っ先にすべきこととして気になっていた事柄だ。けれどノクトとウィルは、その辺の双子も顔負けの調子で息を揃えて言う。

「現場の報告を待って算出すればよいのでは？　シアリエ様が現地に赴く必要はないかと存じます」

「妃殿下は万博の責任者だ。災害が起きた時くらい現場に顔を出さずしてどうする」

アンシェールは眉を吊りあげて言った。ノクトはピリついた声で反論する。

「シアリエ様が不用意に外にお出かけにならない理由を、財務官長殿はご存知のはずです」

確かに、アンシェールはシアリエがエレミヤの襲撃を回避するために引きこもっていることを知っているはずだが……。

「私は知っているとも。だが下々の者は知らない。ならば、有事の際まで引きこもる妃殿下を、民はどう思うであろうな。無責任だと感じるのではないか？」

「財務官長殿！」

ウィルが敵意をむきだし、アンシェールをたしなめる。怒りで上がった彼の肩に手を置いたシアリエは、一歩前に出た。

「……それについては陛下とご相談する時間をください」

「シアリエ様！」

ウィルとノクトの非難めいた目玉がこちらを向く。シアリエは二人を安心させるように微笑んで言った。

「心配しないでください。ちゃんと陛下とお話ししますから」


時速の速い台風らしく、幸い明け方近くに雨脚は弱まった。夫婦の寝室の窓も数時間前までは風でガタガタとひっきりなしに揺れていたが、今は静かなものだ。シアリエが窓の外を覗くと、夜中に鞭のごとくしなっていた木々の枝が折れ、バルコニーに散乱していた。

縹色の空が明るくなれば、きっと王都の惨状が浮かび上がってくるだろう。シアリエが暗い気持ちで振り返ると、ちょうど部屋を訪ねたバロッドから、アレスが報告を受けているところだった。ほどなくバロッドが去ると、扉を閉めてベッドに膝をかけながらアレスが言う。

「桟橋が落ちて川の向こうの世帯が孤立しているそうだ。夜が明けたら騎士団を救助に向かわせるように言った。避難世帯の人数の把握も急がないとな」

一晩中代わる代わるやってくる臣下の報告を聞いていたアレスの顔には疲れが見える。彼はシアリエを手招くと、自分の腕の中に仕舞いこみ、空いた方の手で掛け布団を引き上げた。

「少し寝ようぜ。仮眠を取ったら王都の被害状況を確認してくる。夕方には戻れると思うが……」

「分かりました。お気をつけて。……あの……」

「何だ？」

シアリエはアレスに抱き寄せられて横になったまま、口を引き結ぶ。起きたら忙殺されるだろう彼に、余計な心配や負担はかけたくない。けれど、今回ばかりはダメもとで申し出たかった。

「……万博の会場の被害状況を、直接この目で確認したいです」

それはつまり、王宮から出たいということ。しかも今回はアレス抜きでだ。台風対策はしっかり行われたと報告は受けているが、それでも無傷ということはないだろう。浸水しているパビリオンや、倒壊した機材もあるかもしれない。そういったものを自分の目で確認し、被害総額を算出して運営委員会や財務官長、経理官長たちと対応策を練りたいのだと、シアリエは訴える。

「シアリエ、それは」

「お願いします。今回の万博に、賭けているんです」

「外は危ない。状況把握なら、別の者を遣わせるからここにいてくれ」

「……ですが、私は『万国博覧会』の責任者です。……無責任ではいたくありません」

日中アンシェールに言われた言葉が、指に刺さった棘(とげ)のように引っかかっている。

シアリエはアレスのシャツの胸元をギュウッと握りしめた。力を込めすぎて、爪が白く染まる。

（悔しいけれど、アンシェール財務官長の言うことは一理ある。エレミヤの件を知らない人たちか

らしたら、私の行動は不可解で無責任に思われかねない）

本当はこれまでも立ちあわなければいけなかったことや、現地で確認すべきことが山ほどあった。しかし理由が理由だけに断念し、運営委員会や事業者たちに迷惑をかけ続けてきた。だから自然災害の時くらいは率先して被害状況を確認し、参加者を安心させたいとシアリエは思っている。

大事な時だ。共に『万国博覧会』成功という目標に向かって走る仲間の信用を失うわけにはいかない。

「ならせめて、俺も一緒に行く」

「陛下は陛下のなすべきことがおありでしょう？　そちらを優先してください。私は大丈夫ですから。これでも最近は、ウィルさんとノクトさんから、護身術を習っているんですよ？」

シアリエは茶目っ気たっぷりに言う。アレスは不貞腐れたように「報告を受けてる」と呟いた。

「陛下」

「嫌だ」

「お願い」

アレスの鼻の頭にしわが寄り、華やかな容貌に凄みが加わる。手負いの獣のような呻き声を上げた彼は、渋々な様子で吐露した。

「お前を外に出したくないのは俺のエゴだ。だから、無理に止めることはできない。でも、行ってほしくないんだよ」

「ごめんなさい」

シアリエは居たたまれなくなって目を伏せる。アレスは一ミリの隙間も許さないと言わんばかりに抱く力を強めると、シアリエの肩口に頭を預けた。その口調は、完全に拗ねている。

「どうしても行く気か？」

「今回だけはどうか許してください」

シアリエは頑として譲らなかった。折れたのはアレスだ。

「……警備はつける。沢山だ。それが嫌ならここにいろ」

「っありがとうございます！　分かりました。私の警備に人を割くのは心苦しいですが、陛下のおっしゃる通りにします」

やっとお許しが出て、シアリエは明るい気持ちで顔を上げる。すると不安げに揺れた紅蓮の双眸が、切なげにこちらを見ていた。

「絶対に帰ってこい。俺のところに」

「お約束します」

「……怖がってくれれば、守りやすいのに」

不満まじりの声でアレスが言った。シアリエが怖気づく気弱な性格だったら、外敵を一切寄せつけない堅牢な籠に閉じこめて、シアリエ自身が傷つかないよう真綿を敷きつめて大事に囲うのに、と彼の心の声が聞こえてくるようだ。

「ですが、有事の際に立ちあがる私の方が、らしいでしょう？」

「そうだな。それでこそ俺の惚れたシアリエだ」

いまだ不服そうではあるものの、アレスは困ったように笑う。そんな彼を安心させるように、シアリエは微笑み返した。

善は急げだ。シアリエはアレスの説得に成功するなり、目くらましのため、あえて王家の紋章を刻印していないありふれたデザインの馬車を中庭に複数用意してもらった。

草木に朝露が滴るような時間にもかかわらず、中庭では準備のために人が激しく行き交っている。『万国博覧会』の会場には、シアリエの他に秘書官のキースリー、ノクトとウィルを始めとする騎士や警備兵が十名、それから経理官長と経理課のメンバーが三名と、財務官長のアンシェールが赴くことになった。事前に一報を入れているため、運営委員会のメンバーや現場の作業員とは現地で落ちあう予定だ。

とにかく、今は一刻も早く台風の被害状況が知りたい。動きやすいよう髪を高い位置で一つに束ね、ロングブーツとパンツスタイルに着替えたシアリエは逸る気持ちを隠せずにいる。が、意外な人物の邪魔が入り、出発が遅れていた。

「ユーユー？　いい子だから聞き分けてちょうだい」

「やだ」

「もう〜っ」

王宮の中庭に、キースリーの弱りきった声が響き渡る。準備を済ませたシアリエの視線の先には、今日はしっかり男の格好をしている彼と、父親の足にしがみつく幼子の姿があった。コアラのようにくっついているのは、シュバリー領での襲撃事件以降、一時的に王宮に住むことになったキースリーの娘のユユだ。

「遊びに行くんじゃないのよ。仕事なの。どうしたのよ、ユユ。これまでパパが仕事に行くからって、ぐずったことなかったじゃない」

普段女装をしているキースリーから『パパ』という言葉が出ると、シアリエはつい倒錯感に襲われてしまう。両脇に立つウィルとノクトも同じ考えのようで「パパかぁ……」と遠い目をしていた。

だが今は、キースリーの性別を再認識している場合ではないだろう。シアリエはユユのそばまで歩み寄ると、彼女と同じ目線になるべくしゃがんで尋ねる。

「ユユさん、お父さんにお仕事に行ってほしくないんですか？」

「だって、王宮の外に出たら危ないってパパが言ってたもん。だからユユも王宮に呼ばれて、ここで暮らしてるんだよ」

ユユの言葉を受け、キースリーはやれやれと肩を竦めた。

「まさか王宮に住むために説明した理由が、自分の行動を制限する羽目になるとは思わなかったわ」

「どうしても行くなら、ユユも行く！」

「ダ・メ・よ。大人しく秘書官長やロロと遊んでもらってなさい」

（……二人は二人で仕事があるのでは……？）

突っこみたい気持ちを抑え、シアリエは親子の会話を見守る。しかし首を縦に振ってくれない父親に対し我慢の限界が来たのか、ユユは瞳に大粒の涙を浮かべた。グラグラと揺れる瞳は、涙腺の決壊が近い。

「まあまあ。子供にばかり我慢を強いるのはよくありませんよ」

「いっそロロ殿に交代してもらってはいかがですか？　キースリー殿」

宥めたのはウィル、提案したのはノクトだ。しかしキースリーは眦を吊りあげ、騎士の二人に向かって般若のような睨みをきかせる。

「ああんっ!?　これはアタシの仕事よ!?　人に譲るわけないでしょ、バカ！」

「えっ？　我々に当たり強くないですか？」

「おい、ノクト。我々って一括りにするなよ。言われてるのはお前だけだ」

怯えるノクトに対し、辛辣に言ったのはウィルだった。ノクトは頬を引きつらせる。

「ウィルは冷たくないか!?　まさかまだ日記のことポエムって言ったの根に持ってるのか!?」

（わあ……収拾がつかない）

あちこちでケンカが勃発している。シアリエは頬を掻きながら、出発までまだかかりそうだなと肩を落とす。しかし永遠に続くと思われた言い合いに口を挟んだのは、アンシェールだった。

シアリエやキースリーとは別の馬車に乗る予定の彼は、火がついたように泣くユユを高い位置から見下ろす。

「仕事の邪魔だ、キースリー。貴様の娘のせいで出発が遅れている。妃殿下は何としても被災した会場の状況を視察しなくてはならないのだ。さっさと言うことを聞かせろ」

アンシェールの高圧的な態度に、ユユは身を縮める。シアリエはしゃがんでその背を撫でてやった。

「何よ、感じ悪っ」

アンシェールが馬車に乗りこみ、こちらの声が届かなくなるまで待ってから、キースリーは悪態をついた。

「っていうか、はりきりすぎじゃない？　アンシェール財務官長って、万博にそんな乗り気だったかしら？」

「あれ？　そういえば……」

喉に魚の小骨が刺さったような違和感が、シアリエを襲う。そういえば、これまでのアンシェールは、シアリエが取り仕切りを任されている『万国博覧会』の開催に対して積極的ではなかったはずだ。そもそもこの一大イベントが開催されることになった理由は、アンシェールが勧めるトリルメライとの交易をアレスが拒否したせいだったし、シアリエが展示品に目玉を作ることにも彼は難色を示していたはずだ。

（心境の変化でもあったのかしら……。これまでのアンシェール財務官長の傾向を考えれば、私にお飾りの王妃のように何もせずじっとしていろ、くらい思ってそうだけど）

それなのに今回は、台風による会場の被害状況を直接確認するよう勧めるなんて。

不可解な気持ちを抱くものの、シアリエはさっさとアンシェールから興味を失くしたキースリーの発言に意識を持っていかれる。

「それにしても参ったわ。アタシが王宮の外は危険って言ったせいもあるけど、ユユったら、最近のシェーンロッドを取り巻く不穏な空気を肌で感じてるみたいなのよ。父親のアタシがどっしり構えていないからかもね。反省。妻には先立たれて他に身内もいないし、この子にはアタシだけなんだから、しっかりしなきゃ」

今はシアリエにしがみついて泣いているユユを見下ろし、キースリーは気落ちした様子で呟く。

シアリエはしゃくりあげるユユを宥めすかしながら、娘想いの彼を励ました。

「キースリーさんは立派な父親ですよ。ユユさんがこうして不安に駆られているのは、お父さんのことが大好きで心配だからです。とても心優しい子に成長されているのは、キースリーさんが愛情を持ってお育てになったからですね」

「シアリエ～……。ありがとう……。ユユ、パパのところにおいで」

キースリーは力づけられたように礼を述べる。シアリエがユユとの抱擁を解くと、彼は娘に小指を差しだした。

「ほら、ユユ。パパは絶対に無事に帰ってくるから。約束しましょ？」

「約束ー……？」

いまだ鼻をグズグズさせながら、ユユは父親の顔と差しだされた小指を交互に見つめる。

「針千本飲むやつ？」

「……そうそう」

想像したらぞっとしたのか、キースリーは苦い顔をして娘の小さな小指と自身のそれを絡める。

ユユは交わされた約束にようやく安心を得たのか、ウサギのように真っ赤な目に浮かぶ涙を拭い、シアリエにもう一度抱きついた。

「ユユさん？」

「働き者の王妃様、パパをよろしくお願いします」

「……はい。任されました」

シアリエは母性をくすぐられながら、ユユを抱きしめ返す。

大分時間を食ってしまったが、やっと出発だ。少女からの可愛らしいお願いに気を取られていたシアリエは、キースリーの発言によって覚えた小さな違和感を見落とす。

それが一時間後、自分を大いに苦しめることになるとは、この時は分かっていなかった。

台風の爪痕は、王都の至るところに残っていた。整然と敷きつめられていた石畳は剝がれ、道の両脇に植わった木は進路を塞ぐようにポッキリと折れて横たわっている。海辺の近くは液状化しているところもあり、車輪がはまって抜けだせず立ち往生する馬車も散見された。集合アパートが立ち並ぶ地区では、桶を持った者たちが玄関に侵入した泥水を掻きだしている。

(結構な被害ね……怪我人が少ないといいんだけど……。王宮に戻ったら支援の手立てを陛下と考えなくちゃ)

シアリエは馬車の車窓から街を眺めて物思いに耽る。隣にはノクトが、向かいにはキースリーとウィルが座席にかけていた。

『万国博覧会』は海外からの来場者や参加者の利便性を考えて、港のあるロウェナ地区に会場が設けられている。ベイエリアに近付くと、見慣れない背の高い建物が次々視界に飛びこんできて、シアリエは落ちこんでいた気分が高揚するのを感じた。

まるでちょっとしたテーマパークだ。建設中だろう、水晶のように美しいガラス張りの巨大なパビリオンを中心として、洒落た外観の建物が規則的に並んでいる。

その近くには、コロッセオによく似た巨大な闘技場が佇んでいた。

「あれは剣術大会の会場ですね」

シアリエの視線の先に気付いたノクトが言う。

「万博の初日にも余興として開催されると聞きました。これまでにも色々な剣術大会が開かれていて、我々も過去にいくつか参加したことがあるんですよ」

「どの大会も、ずっとこの闘技場が使用されているんですか？」

「そうですね。一般人が参加できる大会は。騎士団だけの大会は王宮の修練場で行われますけど」

（……じゃあきっとあそこが、エレミヤのお兄さんであるハイネさんが、アレスに見出された場所なのね……）

きっとあの場所から、すべてが始まったのだと思うと色々考えてしまう。シアリエが雨で洗われた闘技場を眺めていると、前方に高低差のある川が現れる。

ここまで来ると、川の流れる音や工事の音が大きく、車内の会話が聞きとりづらくなった。

「シアリエ、あれが水力紡績機を展示するパビリオンじゃない？　ほら、水車」

キースリーが窓の向こうを指さす。シアリエが顔を覗かせると、台風で吹き飛ばされないよう麻布とロープで守られた大きな水車が、車窓から確認できた。

（よかった……！　パッと見だけど、大きく壊れてはなさそう……！）

とはいえ、橋のかかった川は台風の影響で濁流が流れている。ちょうど橋に差しかかったシアリエは、支柱に流木が溜まっているのを視認した。

「運営委員会のメンバーたちは、中央広場で待ってるそうよ。橋を渡ってからもう少し距離があるわね」

キースリーが説明した。

馬に乗った警備兵に囲まれながら、アンシェールと経理官長らを乗せた馬車を先頭に、シアリエの乗る馬車、それから経理課のメンバーの乗る馬車が一列になって橋を渡る。すると後ろの馬車から、工事の音に交じって太い悲鳴が上がった。

「え……？」

「何、車輪でもはまった？」

シアリエの声に重ねて、キースリーが声を上げる。すると次の瞬間、屋根の上に何かがドッと降り立つ音と衝撃が走った。猿や犬よりももっと重い何かが、確実に馬車の屋根に落ちてきたのを感じる。重みでバウンドする馬車に驚く間もなく、天井から鈍い音を立てて降ってきたのは――……。

「ノクトさん……っ‼」

シアリエは金切り声を上げる。触れあうほど近くに座っていたノクトが、天井を貫いた剣によって肩を突き刺されていた。

馬車の屋根にいる何者かが、上から白刃を突き立ててきたのだろう。シアリエは針山の内側にでもいるような気分を味わった。

「ぐあ……っ！」

ノクトの肩を串刺しにしていた剣が、ズッと引き抜かれる。激しく出血する傷口を押さえる彼とシアリエたちの頭上で、無邪気な声がした。

「あれ？　野太い呻き声ってことは……シアリエじゃない？　仕留め損ねた？　スーレイ〜、そっちにシアリエいる？」

「ちょっとこの声……あいつの声じゃない……っ」

頭上から聞こえてきた声に、キースリーが慄く。ウィルはシアリエとキースリーの肩を押さえ、狭い車内でしゃがませた。

「っ、お二人とも、上体を低くしてください！　ノクト！　意識はあるだろうな⁉」

「ああ……っ」

ノクトが苦しげな息を吐きだして上体を屈めた直後、再び屋根を貫いて天井から剣が生えてくる。今度はそれがズズズッと縦にスライドされ、切れこみから陽が差しこんだ。次いで大きな音と共に、天井の板が力任せに外される。すっかり大穴の空いた頭上から垂れ下がってきたのは、見慣れてしまったプラチナブロンドのおさげだった。

「あ、やっぱりこっちにいるじゃん。ヤッホー、シアリエ。殺しに来たよ」

屋根の上、アクアマリンの瞳を細めて猫のように笑うのはエレミヤだった。

「……っ振り落とせ！」

ウィルは御者に向かって怒鳴りつける。しかし、エレミヤの行動の方が早かった。御者台に飛び移った彼は、御者を容赦なく斬り捨てる。導き手を失った馬車は石橋の欄干に衝突して止まった。ウィルに覆いかぶさられて衝撃を緩和されたシアリエは、次にキースリーから手を引かれる。

「出るわよ！」

ウィルを先頭に、停止した馬車から四人で転がり出る。橋の上から周りを見回したシアリエは、視界に飛びこんできた景色に絶句した。

前後の馬車は、自分たちの馬車と同様に橋の上で止まっていた。特に後ろの馬車は悲惨な状態で、横転した車内から飛びだした経理官は気を失っている。足首まで隠れるローブで制服を隠しながら同行していた警備兵たちも、乗っていた馬ごと倒され呻いていた。そして彼らを囲むのは、馬上で得物を手にした、大勢の柄の悪い男たち。

（そんな……こんな人が行き交う場所で……？）

まだ完成前の会場だから客はいないとはいえ、ここには工事業者も沢山出入りしている。そんな人通りの多い場所にもかかわらず、エレミヤは大勢の部下を引き連れて襲撃してきた。

「いやあ、数の暴力って大事だよ。警備の目が多くとも、それをしのぐ人数を投入すれば制圧できるからさ」

シャルワニによく似た異装に身を包んだエレミヤは、馬車から軽快に飛びおりて言う。シアリエは絶望が空から降ってきたような心地でその動作を見つめた。

「さて、僕たちは簡単にこの場にいる全員を始末できるわけだけど、どうする？　シアリエ。君が僕に大人しく殺されてくれるなら、これ以上の被害は出さないであげてもいい」

残酷な甘い誘惑が、蜘蛛の糸のようにシアリエの前に垂らされる。ドッと心臓に圧力をかけられている気がして、冷や汗が噴きだした。

王宮から出るべきではなかった。己の行動のせいで、今多くの仲間が危険な目に遭っているのだと思うと、心が押し潰されそうだ。

（皆さんを巻きこむわけにはいかない。私、私が――――）

「バカなこと考えてたら張り倒すわよ、シアリエ。アタシら全員、官吏なんだから。仕事をするために自分の意思でここに来たんだからね」

心を読んだだろうキースリーが、白魚のような手でパンッとシアリエの両頬を挟んでくる。

「悪党の言うことが信じられるか。シアリエ様には手を出させないぞ！」

肩口を血で真っ赤に染めたノクトが叫ぶ。次々に同意の声が上がり、シアリエは泣きそうになった。エレミヤはそれをつまらなそうに聞くと、ゆらりと剣を構える。

「あっそ。じゃあ皆殺しでいいや。皆～かかれ～」

エレミヤの気だるげな号令を聞くなり、彼の部下たちが一斉に襲いかかる。警護についていた兵士たちは、剣を手に立ちあがり応戦した。

あちこちで鍔迫り合いが起こり、剣が交錯する音が響く。時折誰かが川に落ちる音もして、シアリエは肩を震わせた。

「無事な馬で逃げましょう。シアリエ様、早く！」

「あ……っ」

ウィルに手を引かれ、シアリエは駆けだす。しかし、繋いだ手はすぐに離れることとなった。まるで縁を断ち切るみたいに、エレミヤの振りおろした剣がウィルの手首を斬りつける。骨が見えるほど裂けた傷口から血が溢れ、石橋をしとどに濡らした。

「ウィルさん‼」

「ぐあああっ！」

シアリエの悲鳴とウィルの呻き声が重なる。エレミヤは血の付いた剣を眺めながら首を傾げた。

「骨は完全に断てなかったかぁ。あ、君は邪魔ね」

エレミヤの隙を突こうと背後から斬りかかった兵士を、エレミヤは後ろを見もせずに斬り捨て、橋の下に投げ入れる。泥の色をした水しぶきが上がり、濁流に呑みこまれた兵士に届かないと理解しつつもシアリエは手を伸ばす。しかしその手はキースリーに引っ張られた。

「シアリエ、こっち！」

「あーいいね、アレスのお気に入りが二人揃って逃げるのか。キースリー・ゾアもこの際始末しようか」

エレミヤの情け容赦のない言葉が降りかかる。シアリエは血相を変えて叫んだ。

「エレミヤ、もうやめてよ！　誰も傷つけないで！　……っああ」

キースリーの上半身に狙いを定めたエレミヤの白刃が迫る。エレミヤのこだわり通りなら、腰から肩に斜めに斬りあげるつもりだろう。鮮血を噴きだすキースリーの姿が容易に想像できてしまい、シアリエは震えた。

幼いユユと彼の約束が脳裏に過る。無事に帰さなくては。

「……っやめて！　彼には子供がいるの！　キースリーさんが死んでしまったら、幼い娘さんは天涯孤独になる‼」

シアリエは喉が擦りきれそうな大声で叫んだ。そんな未来は嫌だという気持ちを込めて。

すると、どうしたことか。飛び交う矢よりも速かったエレミヤの剣が、ピタリと止まる。

「――――え……？」

（動きが、鈍った……？）

それは一瞬の揺らぎだった。けれど確かに、シアリエはエレミヤの瞳の奥に動揺を感じとる。そしてその際に生じた隙を見逃さなかったのはノクトだ。

刺された右肩とは逆の手で剣を持った彼は、エレミヤの背を斬りつける。しかし即座に反応したエレミヤが足を斜めに引いたことで、深手は負わせられなかった。それでも着ていた服は裂け、エレミヤの背からは血が滲む。痛みに顔を歪めた彼は懐へと左手を伸ばした。そこから出てくるものに想像がついたシアリエは、無我夢中で飛びつく。

「シアリエ⁉」

「シアリエ様⁉」

キースリーとノクトの声が重なる。エレミヤは意表をつかれたように呟いた。

「何してるんだ、君」

エレミヤの懐から出てきたのは、拳銃だった。これでノクトを撃ち殺そうとしたのだろう。そう察したシアリエは、撃鉄が起きないよう自分の指を挟みこむ。以前修練場でバロッドから銃の扱い方を習った時に、弾を発射できないようにする方法として教えてもらった知識だ。

「……っい……」

ギチッと肉が挟まれ、鋭い痛みが走りシアリエは片目を瞑った。指が裂けたことで、真っ赤な血が手首を滴っていく。

「撃たせない……！　貴方には、誰も……！」

「このまま無理やり撃鉄を起こしてやろうか。骨が砕けるよ」

エレミヤが挑発する。しかしシアリエは引かなかった。

「そしたら手のひらごと、銃口を覆うわ」

手のひらに大きな風穴が空いても構わないという意思を込めて、シアリエは断言する。

「これ以上ここにいる誰かが傷つくより、エレミヤが誰かを殺めるよりマシよ」

「……いいな。君は僕を本当に驚かせる」

拳銃の発射を阻止されたエレミヤは、楽しそうに訴えた。

「……スーレイ、予定変更だ。シアリエはアジトに連れて帰る」

エレミヤが呼びかけると、警備兵を二人斬りつけたスキンヘッドの男が返事を寄越し、馬を用意する。

「ここは引こう。皆、勇敢なお妃様に感謝するといいよ。……シアリエ」

エレミヤは興奮でギラついた瞳でシアリエを射貫く(いぬ)と、右手の剣を逆手に持ち換え、柄の部分で彼女の鳩尾(みぞおち)を殴った。

「……っぐ……!?」

息が詰まるほどの衝撃に、膝から下の力が抜ける。指に引っかかったままの拳銃は、重力に負けてカシャンッと地面に落ちた。意識が遠のく寸前、キースリーたちの焦る声が響く。

「シアリエ!!」

(やだ……っ。ここで意識を失うわけにはいかないのに……!)

心配そうなアレスの姿が浮かぶ。けれどそこで、シアリエの意識はブツリと途切れた。

「諦めが悪くて癖になるな、君は。もっと絶望を味わわせてあげるから、僕のアジトにおいで」

倒れこむシアリエの腰を支え、エレミヤは蜂蜜のように甘い声で囁く。遠くで憤然としているアンシェールを無視し、エレミヤは意識を失ったシアリエを片手で抱えた。彼女を取り返そうとする血だらけのウィルとノクトをかわし、颯爽(さっそう)と馬に跨(また)がる。

「お前たちは果敢な王妃と僕の気まぐれに生かされたんだよ。道を空けろ」

足元に群がる兵たちを蹴散らし、エレミヤは馬を駆る。手綱を握る彼の胸に背を預けたシアリエは、振動でも目を覚まさなかった。

波と水しぶきの音がする。子守歌のような音だったが、人差し指と鳩尾がズキズキ痛むせいでとてもじゃないが浸っていられない。段々と鮮明になる痛みによって目を覚ましたシアリエは、重い瞼を二度瞬いた。どうやら自分は今、清潔なシーツの上に横たわっているようだ。

泥に浸かったように重い身体は、同時に揺られているみたいな感覚もして気持ち悪い。束ねていたはずの髪は解けたのか、シーツの海に無造作に散らばっていた。

「ここ、は……？　う……っ」

寝かされていたベッドから上体を起こすと、鳩尾がより強い痛みを訴える。それ以上に痛むのが指で、こちらは傷口に心臓が移動したかのごとくドクドクと脈打っていた。酸化した血がこびりついた指は赤黒く染まり、シーツにも大きな血痕が残っている。

「そっか、私……エレミヤに襲われて、それで……」

気絶する前の出来事を思い出し、シアリエは呻く。確か天使のように無邪気で、悪魔のように残酷な男は、アジトに連れていくと言っていなかったか。

「じゃあ、ここが『碧落の帳』のアジト……？」

痛みに耐えながら周囲の状況を確認すれば、燭台の炎とシャンデリアの明かりで照らされた木目調の部屋が視界に広がった。海図や双眼鏡、コンパスが雑然と置かれた机や、脱ぎ捨てられた服がかかったソファ。その向こうの丸窓からは、波の高い海が見える。

「まさか、ここって……船の中？」

「そ、僕の私室だよ。起きたんだね、シアリエ」

上半身が裸のエレミヤが、扉からひょっこりと顔を出す。全く気配を感じなかったため、シアリエは飛びあがった。

「船酔いするタイプ？　昨日までの台風の影響でまだ波が高いんだ。吐きたいなら手を貸そうか？　口に指突っこむ？」

背中の傷の治療で部屋を離れていたのだろう、シアリエの返事も待たずにつらつらと言葉を並べたてるエレミヤの上半身には、真新しい包帯が巻かれていた。それ以外にも、鋼のような肉体には古傷が散見される。絵画として描かれていてもおかしくないほど美しい男だが、肢体はしっかりとギャングのボスらしかった。

「……貴方のアジト、船だったのね」

「シェーンロッドで活動する分にはね」

手に持っていた救急箱をベッドに置いたエレミヤは、クローゼットからゆったりとしたシャツを取りだし、袖を通す。見たところ丸腰だ。けれどそれこそ、シアリエを逃がすはずがないという自信の表れのように感じられた。

シアリエは緊張した面持ちで問う。

「キースリーさんたちは無事なの？」

「君をさらってすぐに引いたからね。追ってこられないよう部下が痛めつけはしたかもしれないけど、生きてはいるんじゃない。君、ブレないな。やっぱり他の人間の安否が優先なの？」

「大事なことでしょう」

「ふうん。ねえ、質問は終わり？　手を出してよ。手当てしてあげる」

「は……？」

ギシッと音を立ててベッドに乗りあげたエレミヤは、シアリエの血まみれの手を取る。救急箱から取りだした消毒液を遠慮なくぶっかけられたシアリエは、ひどい困惑に襲われて叫んだ。

「いだ……っ！　待って……どういう風の吹き回しなの？　手当てなんて……」

「なに、手当てを受けず化膿（かのう）してもいいいんだ？」

「そうじゃないけど……貴方、万博の会場には私を殺しに来たのよね？　それなのに手をかけず、アジトまで誘拐してきて……挙句、手当てって、どういうつもりなの？」

とてもじゃないが理解が追いつかない。エレミヤの中で何がどうなって、今の行動に結びついたというのだ。しかも気のせいでなければ、今の彼からはこれまでのような殺気が感じられない。

(何か魂胆があるの？　そのために私を油断させようとしている……？)

不可解な行動の真意を探ろうとするシアリエを、エレミヤはせせら笑う。

「僕の行動が不満？　ひどくされたいならそれでもいいけど」

「い……っ」

エレミヤはシアリエの指を握る手に力を込める。止まっていた血がたちまち傷口から溢れ、シアリエは痛みに呻いた。脂汗を滲ませて悶絶（もんぜつ）すれば、エレミヤはまるで王子のように恭しく傷口に口付ける。鮮血で染まった彼の唇があまりにも凄絶な美しさで、でもおぞましくも感じられ、シアリエは総毛立った。口元を拭った彼は、おもむろに呟く。

「君を殺さなかった理由か。それは君が他人のために、絶対に勝てない僕に果敢に挑んできたからだよ」

戸惑いの渦中にいるシアリエに、エレミヤは恍惚とした表情で「初めてだったんだ」と続けた。

「僕に挑んでくるのは三種類の奴しかいない。僕に追いつめられた窮鼠か、僕を捕まえる使命を負った狗か、僕に勝てるかもしれないという実力と希望を持っているバカ。でも」

シアリエを映したエレミヤのアクアマリンのような瞳が、爛々と輝く。

「でも君はどれとも違う。なのに挑んできた。君は暴力の前では圧倒的に弱者で、手折られるのを待つしかない存在だ。だから周囲も、君を逃がそうとしていた。だけど君は絶対に僕に勝てないと分かっていながら、他人の命を救うために立ちはだかった」

「それは……」

「気高いと思った。殺すのが惜しいって。君みたいな人間が、アレスじゃなくて兄さんのそばにいれば……」

エレミヤの声が沈んでいく。シアリエは今の殺気がない彼なら、自分の声が届くかもしれないと一縷の望みを抱いた。

「私は、良心に従って行動しただけよ。……でもエレミヤ、貴方にもあるでしょう？　良心が。だから私に手当てを施してくれるし、あの時……キースリーさんを手にかけなかったのよね？」

シアリエは橋の上で襲撃を受けた時のことを思い出す。あの時、キースリーを殺すつもりだった

エレミヤは、不自然に動きを止めた。確実に一瞬躊躇ったのだ。あんなにも平然と人を斬って捨てる彼が。それはきっと……。

「……あの時、エレミヤにはキースリーさんを殺すことができた。でもそうしなかったのは、彼の娘さんが天涯孤独になる姿を想像したからでしょう？　ハイネさんを失った自分と同じ目に遭う誰かのことを想像して躊躇った。貴方には人の心が残っているのよ。だから」

シアリエは手当てを受けている方とは逆の手で、エレミヤの手を包みこむ。

「エレミヤ、お願い。思いとどまって。もうこれ以上、誰も傷つけないで」

アレスのためだけでなく、エレミヤのためにも、もう誰にも手を出さないでほしい。祈るような気持ちでシアリエが訴えると、フッと彼が笑う気配がした。頭上から降ってくるエレミヤの声は、ことさらに優しい。まるで泣いている赤子を慰める母のように柔らかく、エレミヤは囁いた。

「その『人の心』ってやつが、僕を復讐に駆りたてるんだ」

「……っエレミヤ」

「僕だけが兄さんの死を悼んでいる。だから兄さんのためにアレスに復讐しなきゃいけない」

「エレミヤ、聞いて。陛下は貴方のお兄さんをわざと斬りつけたわけじゃないわ」

「わざとじゃなかったら殺していいのか？　調べたから知ってるよ、あのバカは兄さんを刺客と間違えて斬りつけたって」

それはアレスが後から用意した嘘であって、ハイネは本当に刺客だった。けれどヒートアップし始めたエレミヤは、シアリエに口を挟む隙を与えてくれない。

「兄さんはあの晩、誕生日のサプライズを知らず護衛として離宮に呼ばれていたんだ。だから警護のためにアレスのそばにいただけなのに！　あんまりだ！　あいつ、アレスは保身ばかりで周りが見えてないから、味方の兄さんを誤って殺してしまうんだろ‼」

一瞬で沸点に達したエレミヤが、空いた手でシアリエの背後にある枕を殴りつける。破けた箇所から羽毛が飛び散り、ヒラヒラと視界を舞った。

血が上った彼は何をしでかすか分からないため、シアリエは大いに不安を覚える。けれど、誤解を解くためなら怖気づいている暇はないと己を奮い立たせた。肩で息をする彼に、シアリエは平静を心がけてゆっくりと言葉を紡ぐ。

「……お兄さんは逆袈裟で斬られたって聞いたわ。真正面から、上半身を腰から肩にかけて斜めに」

「ああ」

「ではどうして陛下の護衛だったハイネさんが、暗殺者に襲撃を受けた状態で、陛下と向かい合っていたのかしら」

「……は？」

「護衛の立場なら、陛下の背中を守ったり、彼を背に庇うのが普通じゃない？　どうしてハイネさんの上半身はがら空きで、しかも陛下と向かい合っていたのかしら」

「……何が言いたい」

獣が低く唸るような声で、エレミヤは食いしばった歯の隙間から声を上げた。シアリエは、たとえ彼が傷ついていても真実を告げなくてはと気負う。

「分からない？　貴方のお兄さんは、あの時陛下を……っ」

ハイネは暗殺者として大上段に剣を振りあげ、アレスに襲いかかったからこそ、上半身ががら空きだった。しかしシアリエが伝えきる前に、エレミヤは自身の予想が真実だと決めつける。

「暗闇の中だ。襲撃を受けたアレスが混乱してめちゃくちゃに剣を振り回したんだろ」

「っ貴方の中での陛下は、窮地に陥ると取り乱すように見えた？　違うでしょ？　あの日、本当は……っハイネさんが陛下を殺そうとしたのよ！」

「ありえないことを言うな！」

「ぐ、あ……っ」

大きな片手で首をへし折ろうと言わんばかりに掴みかかられたシアリエは、顔を真っ赤にして喘ぐ。強い力で気道を塞がれ、あまりの苦しさに目の前がチカチカと明滅する。霞む視界に映るエレミヤの目は、完全に血走っていた。

「アレスにそう吹きこまれたのか？　自分の失敗を人のせいにしようだなんて、最低な男だな。あいつは」

「ちが……っ」

「ねえ、可愛いシアリエ。これ以上僕を不機嫌にさせないで。君のこと、本当に気に入ったんだ。君は優しいから自分の身を犠牲にしてまで他人を守るし、庇おうとする。でもアレスは、純粋で無垢な君に嘘をついてるみたいだね。ねえ、洗脳されないで」

「そんなこと、されてな……っ」

「ならどうして、被害者の兄さんがアレスを殺そうとしただなんて世迷言を吐くんだ？」

「ぐ、う……っ」

親指を喉仏に押しこまれ、シアリエは視界が白んでいく。脳に酸素が行き渡らず、意識が朦朧としだしたところで、唐突にエレミヤの手から解放された。急に酸素が肺に流れこみ、シアリエは背を丸めて激しく咳きこむ。その様子を冷眼で見下ろしたエレミヤは「そうだ」と表情に似合わぬ明るい声で提案した。

「手当てが終わったら、君に僕のとっておきを見せてあげるよ。アレスのためなら諦めない君の心を打ち砕きたくて、絶望を味わわせてあげたくてここに連れてきたこと、忘れるところだった」

「貴方の、とっておき……？」

「うん。おいで」

いまだ咳きこむシアリエの指に包帯を巻き終えたエレミヤは、たちまちピクニックに行く子供のようにウキウキした様子で言った。

怪我した手をそのまま恋人同士のごとく繋がれたシアリエは、彼の強すぎる握力のせいで振りほどくことも叶わず、誘導されて部屋を出る。

すると扉のすぐ外にはスキンヘッドがトレードマークのエレミヤの部下、スーレイが控えていた。おそらく会話が漏れ聞こえていたのだろう。彼は至極渋い表情をしている。

「ボス……」

「退け、スーレイ。シアリエに僕らのとっておきを見せてあげるんだ。あの部屋に連れていく」

「しかし、それはまだ……！　『万国博覧会』まで時間があるのに、ここでシェーンロッドの王妃に我々の計画をバラしては『碧落の帳』にとって不利になるのではありませんか？」

「何もできないさ。そのためにシアリエの心を折りに行くんだから。お前は黙ってろ」

「ですが……っ」

食い下がろうとするスーレイを押しのけ、エレミヤは船の奥へとズンズン進んでいく。左右の扉をいくつも無視し、階段を下りていく彼に連れられながら、シアリエは不安に駆られる。逃げだしたくとも、すれ違う柄の悪い船員から牽制の視線を受けては、断念せざるを得なかった。

何より、シアリエの手を砕くような力で握ったエレミヤの拘束から逃れられる気がしない。やがて最下層までやってきたシアリエは、エレミヤの部下と思(おぼ)しき男たちが二人で守っている扉の前に辿りつく。エレミヤが「開けろ」と告げると、男たちは鉄の扉を押し開けた。

「さあどうぞ、シアリエ。気に入ってくれると嬉しいんだけど」

蜂蜜を思わせる甘い声で、エレミヤがエスコートする。シアリエが足を踏み入れた部屋は、まさしく地獄を絵に描いたような場所だった。

（ここ……牢屋……？）

薄暗い部屋の中は、乾いた呻き声で満たされ、鼻を突く独特な臭気が立ちこめている。手前には作業机があり、男たちが黙々と秤(はかり)に黒い塊を載せたり、漏斗で濾(こ)したりしていた。

けれどシアリエが最も注目したのは、奥にある牢屋だ。そこには無造作に何人もの人間が詰めこまれ、涎を垂らしながらうわ言のような言葉を呻いている。座りこんで宙を見ている者もいれば、鉄格子から手を出して何かを求める仕草をする者もいた。

共通しているのは、土の下から這(は)い出てきたゾンビのようにひどい顔色で、まともに言葉を紡げないということ。そして作業机で作られた『何か』を与えられると、目の色を変えるということだ。

異様な光景を目にしたシアリエは、慄きながらエレミヤに尋ねる。

「これは、何……？　あの人たちは、囚人なの？　何を与えているの？」

「あっは！　牢の中にいるのは囚人じゃなくて実験用のモルモットだよ。手前の作業机で作られている麻薬を試すためのね」

「麻薬ですって……⁉」

「本物を見るのは初めて？　トリルメライで採れる阿片に手を加えて、従来の麻薬よりも十倍近くの効果が得られるものを作ったんだ」

シアリエは前世でも耳にした阿片という単語に反応する。アレスがトリルメライとの交易を拒否した理由の阿片。それを原料にした麻薬を『碧落の帳』が作っているということか。

おぞましい事実を突きつけられ、シアリエは胃が浮いたような気持ちの悪さを味わう。蒼白になるシアリエの顔を覗きこみながら、エレミヤは悪戯っ子よろしく目を細めて言った。

「これが結構人気でさぁ、小規模だったんだけど豊穣祭で試しにバラまいたら、リピーターが大勢ついてくれて。中毒性が高いんだろうね。皆喜んで麻薬を欲しているというよりは、ないと精神の安定が保てないから渇望しているって言った方が正しい感じ……そうそう！　陰から見てたんだけど、麻薬を摂取したらおかしくなって警備兵に噛みついた奴がいたなぁ。あれは傑作だった」

シアリエは豊穣祭で警備兵たちから漏れ聞こえた会話を思い出す。彼らのうちの一人が確か、酔っ払いと思しき民に噛みつかれていなかっただろうか。

（そうよ。彼らは言ってたわ。タチの悪い酔っ払いがあちこちから現れたって……それってもしかして）

涎をダラダラと垂らし、虚ろな目でこちらを見つめる麻薬中毒者を、シアリエはぞっとしながら見つめ返す。

（……ただの酔っ払いじゃなくて、麻薬によって錯乱していた人たちってこと……？）

シアリエは背中に氷を放りこまれたように震えあがった。この世の終わりを想起させる凄惨な光景から、思わず目を逸らす。

「………っ」

そんな、ありえない。違う、あってはならない。頭の中で警鐘が鳴り響く。

どうか悪い冗談であってほしいと思った。けれど、目の前で無邪気におさげを揺らす男は、巨大ギャングのボスなのだ。薬物の売買を取り仕切っていても何も不思議はない。それを実行できるだけの権力も実力も、この男にはあるのだから。

「なんてむごいことを……！　誰かの人生を台無しにするような真似、許されるわけがないわ！」

「そう、許されないよね。だから兄さんの人生をめちゃくちゃにしたアレスも許されない」

エレミヤは断罪する。

「そのために私刑に処すことにしたんだ。僕らは異国の者の出入りが激しくなる『万国博覧会』に乗じて、製造した危険薬物をシェーンロッドに蔓延させる。アレスが治める国を、内側から腐敗させるのが、僕の描いたシナリオだ」

ヒュッとシアリエが息を呑む。喉がカラカラになり、胸には鉛よりも重たい絶望が詰めこまれた。

「そんなの……その計画のために、この牢の中にいる人たちは犠牲に……？」

断崖絶壁に追いこまれたようなシアリエを存分に眺めてから、エレミヤは囁く。

「本当に優しいね、シアリエ。安心してよ、こいつらはならず者だから」

「そういう問題じゃない……っ。ひどい……」

シアリエは唇を噛みしめて俯く。その様子を見下ろしたエレミヤは、満足げに言った。

「うん、ちゃんと絶望したね。さ、ここは長くいるような場所じゃないし、僕の部屋に戻ろうか」

踵を返したエレミヤは、シアリエの手を引いて来た道を戻る。しばし放心していたシアリエだったが、身の毛がよだつ牢を振り返りながら、抗議の声を上げた。

「……っ陛下の大切な人々を傷つけるだけでなく、薬物を蔓延させてシェーンロッドを内側から崩壊させるなんて……正気なの？」

「楽しそうだろう？」

「バカなこと言わないで‼　こんな、こんなこと……！」

怒りで目の前が赤く染まる。廃人のようになってしまった牢屋の中の人々を思うと、心が苦しい。あれが未来のシェーンロッドの縮図だとしたら、どうすれば……。

空が落ちてきたみたいな絶望だ。負の感情に覆われて、地に組み伏せられたかのよう。

半ば引きずられるようにして部屋の前まで戻ってくると、苦い顔をしたスーレイに出迎えられる。

牢屋から部屋を往復する間に、大勢の船員を見た。しかしこの船にいるのは、巨大な犯罪組織『碧落の帳』のごく一部に過ぎないのだろう。きっともっと多くの構成員と、外部にも協力者が……。

「――――協力者が、いるわよね。シェーンロッド内に」

以前から疑っていた可能性を、シアリエは口にする。エレミヤは表情を変えなかったが、スーレイは口角に力が入り奇妙な表情を浮かべた。

「私と陛下がフィンメル学院に見舞いに行くことも、私が今日万博会場に足を運ぶことも貴方は知っていた。それに、この船。台風の間はどうしていたの？　どこかのドックにでも格納していないと、被害を受けたはずよ。……誰かが手を貸したんじゃない？」

「アンタには関係のないことだ」

スーレイが口を挟む。しかしそれこそが肯定を示していた。エレミヤは心底おかしそうに笑う。

「いいよ、スーレイ。派手に立ち回ったからね、潮時だ」

「しかしボス……っ」

「シアリエ、協力者はいるよ。君とアレスのすぐ近くにね。身近な人間に裏切られた気分はどう？」

シアリエは拳を握りしめる。力を込めすぎたせいで、巻いた包帯から血が滲んだ。その反応に気をよくしたエレミヤは、扉を開けてシアリエを室内のソファに誘う。

二人掛けのソファにシアリエと共にかけたエレミヤは、ミルクティーブラウンの髪を指に巻きつけて弄びながら続きの言葉を発する。まるで恋人に行うような仕草だった。

「万博で大勢の客が押し寄せるのを利用し、大量の麻薬を売りさばくことで多大な利益を得る。それが『碧落の帳』としての目的だけど、この利益はさ、全部は享受できないんだ。シェーンロッドで暗躍するための情報提供はもちろん、環境や準備を整えてくれた協力者に、利益の一割を差しだす契約を結んでいるから。これはその契約書だ」

エレミヤは懐から、秘密の恋文でも取りだすかのように書類を出してシアリエにちらつかせた。

「僕は潜伏先としてトリルメライを好んでいるんだけど、以前さ、その人が使者としてかの国を訪ねてきたことがあったんだ。シェーンロッドの人間をスパイとして欲していた僕は、好機と睨んで接触した。そしたらさ、運のいいことにその人、君たちを随分恨んでいるみたいで笑っちゃったよ」

「私と陛下を……？」

自分たちの身近に裏切り者がいるとすれば、情報を共有していた高官や騎士団長クラスの誰かだ。

シアリエは自分に恨みを抱いていそうな人物を頭の中で探す。

「何でもアレスが、せっかくその人が提案したトリルメライとの交易を断ったみたい。阿片の輸入量が増えれば、薬物中毒者が増えるって懸念したそうだけど……そこでその人のプライドを折っちゃったのはよくなかったね。僕が素性と過去をバラし、シェーンロッドで麻薬を売りさばく計画を持ちかけると、嬉々として乗ってきたよ。この契約書がある限り、彼は僕に味方してくれる。といっても、最近の彼の目的は金銭より、薬物を蔓延させるきっかけを作ったアレスの失政を糾弾することみたいだ。彼は自分がトリルメライの交易を否定された理由を逆手に取り、この国を薬物中毒者だらけにしてアレスの統治力が低いせいだと責めたいのさ。自分のプライドを傷つけた報いとしてね」

「その人物って……まさか……」

シアリエはエレミヤの発した言葉をパズルのピースに見立てて真実にはめこんでいく。トリルメライの交易をアレスに促し、断られた人物。それは――……。

「アンシェール財務官長……？」

「ああ、一応名前は伏せたけど分かっちゃうか。そ、この契約書はその人とのもの」

言い当てたシアリエの頭を、エレミヤは恋人を慈しむかのような手つきで撫でる。つむじに唇を寄せてきた彼の胸板を押しのけ、シアリエは信じがたい気持ちで言葉を吐きだした。

「でも、あの人は今日、万博の会場で私と同じく襲撃を受けたはずよ」

（だけど、そういえば彼は襲撃を受けたのに、一切怪我をしてなかった。それに、今まで私にお飾りの王妃でいることを望んでいた彼が、何故か被害状況の確認のために王宮の外に出るよう不自然にけしかけてきたことも、エレミヤの協力者だというなら辻褄（つじつま）が合う）

シアリエは両手で口元を押さえる。エレミヤは憐れむように言った。

「あんな男のことで傷ついてかわいそうだね、シアリエ。あいつ、本当に勝手なんだよ。僕がアレスを恨んで襲撃を繰り返しているのを黙認しておきながら、フィンメル学院で暴れた時は高官しか知らない情報をバラしたことが露見したら困るって怒鳴るし、そのくせシアリエが活躍しだしたら今度は殺せって言いだしたんだ。アンシェールさんって意外と悪趣味だからさ。今日は目の前でシアリエが僕に殺されるところを見たかったみたい。予定を変更して僕がシアリエをさらっちゃったから、今頃ブチ切れてるかもね」

「ボス……！　話しすぎです……！」

扉の前に待機していたスーレイが苦言を呈す。エレミヤは部下に向けて、コバエを追っ払うような動きをした。

「構わないだろ。シアリエをここから出さなければ、この綺麗な目玉が見た情報も、可愛い耳が聞いた秘密も漏れることはない。それに僕の中では、シアリエが手に入った時点でアンシェールさんはもう用済みだ。この国で暗躍する土壌は十分に整った。それに彼が捕まれば契約も意味をなさない。『碧落の帳』は麻薬によるすべての利益を得られる」

エレミヤはシアリエの目元を撫で、耳をくすぐる。シアリエはその手を弾き、震える声で叫んだ。

「貴方の思う通りにはさせないわ……！　麻薬をシェーンロッドに蔓延させる計画も、アンシェール財務官長が裏切り者だってことも、陛下に伝えて止める……！」

「あははっ。どうやって伝えるんだよ。まさかここから逃げるつもり？」

エレミヤは弾かれて赤くなった手の甲を、楽しげに見下ろしながら挑発した。彼は再びシアリエに手を伸ばすと、乱暴に肩を摑みソファに押し倒す。

すかさずスーレイが扉の前に仁王立ちし、シアリエの逃げ道を塞いだ。

「君を生かすも殺すも僕次第。生殺与奪すら自分で選べないシアリエに、何ができるの？」

シアリエはグッと歯嚙みする。悔しさに任せて嚙んだ奥歯が嫌な音を立てた。

「どんな手を使っても、ここから脱出するわ」

「だからどうやって？　こんなことされても、ほら……」

シアリエの視界いっぱいに、エレミヤの秀麗な顔が迫る。とっさに顔を反らそうとしたが、顎を砕くような力で摑まれ、唇を奪われてしまった。

「ん……っ、う……」

「ろくに抵抗もできないのに」

吐息が唇に触れる距離で、エレミヤは小馬鹿にしたように笑う。全身を覆う無力感と悔しさから、シアリエは顔を歪めた。その表情を満足げに見つめた彼の唇が下がっていくのに、本能的な恐怖を覚えてしまう。

「待って、エレミヤ。やめて……」

「ねえシアリエ」

シアリエの首筋に強く吸いついたエレミヤは、三日月のように目を細めて悪魔の囁きを口にした。

「選択肢をあげようか。僕は好きな子には優しいから、選ばせてあげる」

「何……？」

「君を殺すのがもったいなくてさらったけど、それだけじゃアレスを苦しめるには不十分だ。あいつは君が生きている限り希望を持ち続けて探すだろうし、かといって僕も君を殺すのは惜しい。そうなると、やっぱり君が、自身の意思でアレスの元を去るのが一番いいんだよね」

「は……？」

　シアリエはエレミヤの放った言葉を咀嚼しようと必死に頭を回す。自分の意思で最愛の夫の元を去る？　そんな選択肢はありえない。

　シアリエがそう言い放つ気配を察したのだろう。エレミヤはシアリエが言葉を発する前に心を揺さぶろうと条件を提示してくる。

「君がアレスと別れて僕を選んでくれるなら、今後シェーンロッドやアレスの大切な人、何よりアレスに手を出すことはしない。さっきの麻薬も、これ以上シェーンロッドにバラまかないと約束するよ」

「…………っ⁉」

　たったそれだけですべてが丸く収まるのだと提示され、シアリエは狼狽(ろうばい)する。焦りで冷静さを欠いた頭は、それでも無条件にはエレミヤの言葉を信じなかった。

「なん……どうして急にそんな提案を？　貴方は陛下を苦しめたがっていたのに、私が陛下と別れて貴方を選ぶだけでいいなんておかしいわ」

「はは、君、自分の価値をまるで分かってないんだな」

　エレミヤはシアリエの鎖骨をトンッと指で押して笑った。

「アレスの最大の弱味はシアリエ、君だ。君がアレスの心の支え。そんなシアリエを取りあげることが、あいつを一番絶望させられる」

「……提案に応じなければ？」

「そうだな、そろそろアレスの周りの人間を傷つけることにも飽きてきたからね。次は本人を殺そうかな。どうする？　断ればアレスを殺すし、君はこのまま監禁して愛でてあげようね。でも君がアレスを捨てて僕を選ぶなら、あいつの命は助かるよ」

「……信じられない」

「ひどいなぁ。シェーンロッドのティゼニア神に誓うよ。兄さんも、熱心にティゼニア教を信仰していたからね。僕はアレスとは違う。兄さんのことも、兄さんが信じていたものも裏切らない」

エレミヤは歌うように言うと、今度はシアリエの鎖骨へと唇を落とす。吸いつかれる前に手を差し入れたシアリエは、動揺に襲われながらも押し返した。

頭が痛い。皮膚の裂けた指先よりも、殴られた鳩尾よりも、この船で見聞きしたことの方が遥かに苦しく頭を悩ませている。味方が一人もいない孤立した場所で突きつけられた問題の多さに心労で倒れてしまいそうだ。何もかもを解決する方法として提示された条件には、心が追いつかない。

（嫌だって叫びたい。バカげてる、そんな条件を呑むことはできないって。でも……）

「……考える時間をくれないかしら」

やがて苦渋に満ちた声でシアリエが呟いたのは、そんな言葉だった。エレミヤはシアリエのこめかみに口付けながら、一等優しく囁く。

「もちろん。僕は優しいから、猶予をあげるよ。ただし一晩だ。アレスに別れを告げる時間が必要だろうからね。でもその猶予の期限を過ぎたら、交渉は決裂。分かってるよね？」

「……っ分かってるから、一旦帰して」

シアリエは押し殺すような声で言った。今この時、エレミヤの温情でしか王宮に戻る手立てがないことが悔しくてたまらない。今日、襲撃を受けて沢山の犠牲が出た。凶悪な麻薬という悪夢を突きつけられ、襲撃で弱っていた心をへし折られた。屈しない。屈してはならない。そう思うのに、目の前で薄ら笑いを浮かべる見た目だけは天使のような男に勝つ未来が想像できない。

（ウィルさんとノクトさんでさえ、エレミヤに簡単にやられてしまった……。彼に陛下を殺されたくない……）

愛しい人を守りたい。

苦しむシアリエの手を取り、エレミヤが立ちあがる。しかしそれを止めたのはスーレイだった。

「ボス‼　その女をシェーンロッドの王の元に帰すのは賛成しかねます！　気に入ったのならこのままここで飼い殺しにすればいいでしょう。我々『碧落の帳』にとっては、シェーンロッドに麻薬を蔓延させて富を得ることこそが目的だとお忘れですか……っ⁉」

「僕にとって麻薬は目的ではなく手段だ。アレスを絶望に陥れるためのな。『碧落の帳』のボスであることも、復讐に必要だったからその座に収まったに過ぎない」

「そんな……！」

「今日はやけに突っかかるな、スーレイ。僕に歯向かうのか？　お前ごときが？」

「――――いえ……」

エレミヤから全身が麻痺（まひ）するほどの怒気を浴びせられたスーレイは、スキンヘッドに冷や汗を滲ませる。エレミヤはシアリエを紳士のように扉の外へエスコートした。

「じゃあ行こうか、シアリエ。僕を選んでくれると期待しているよ」

身体が鉛を詰めこまれたように重苦しい。息はどうやってしていたっけ。

毒のような言葉を吐かれたシアリエは、希望の持てない未来について思いを馳せた。


「目隠しを取ってあげるだけだから、じっとして。またキスされると思って怯えてる？」

エレミヤのからかうような声が耳元を掠める。彼によって一旦解放されることが決まったシアリエはすぐさま布で視界を覆われ、船を降りることになった。

その後はエレミヤに手を引かれて馬車に乗せられ、賑やかな場所まで戻ってきたようだったが
——……。

布が取り払われるなり視界に飛びこんできたのは、エレミヤの輝くプラチナブロンドだ。目に痛い輝きから視線を逸らすと、車窓から見えるのは王都の外れにある飲み屋街。

「悪いけど王宮までは送れないから自力で戻って。明日の夜明け、ベリンガム地区に使いをやるから、アレスを捨てて僕を選ぶならそいつに僕の元まで連れてきてもらって。もし来なければ……」

エレミヤはそれ以上語らなかった。シアリエは振り返らずに降車する。

細い路地を抜け、大通りに身を溶けこませる彼女の後ろ姿を睨みつけながら、同乗していたスーレイは疲れた様子で言った。

「戻ってこないに決まっています。　船を拠点にしていることも彼女にバレました。　直に港は包囲されますよ」

「そうだな。万博の初日まで、シェーンロッドの騎士団の手が及ばない海域を漂うことになるだろうね。シアリエが戻らなくても構わないよ。その時の結末はどこで迎えるか、もう決めてあるんだ」

シアリエが去っていった道をぼんやりと眺めながら、姿勢悪く座席に腰かけたエレミヤは言った。

「僕とアレスが初めて会った場所。そこが、あいつの終着駅だ」

解放されて十分もせぬ間に、シアリエは隊を引き連れて市中を捜索していたバロッドに保護された。アレスの指示で方々探し回っていたのだろう。行方不明の王妃を見つけた瞬間の彼ときたら、隻眼をこれでもかとかっぴらいて詰め寄ってきた。

「シアリエ⁉　襲撃を受けたキースリー殿から、誘拐されたと聞いたが……逃げだしてきたのか？　一人でどうやって⁉　騎士団総出で捜索していたんだ――ああ、よかった。陛下に連絡を……！　怪我は？　その手の包帯は何だね？」

「さらわれてエレミヤのアジトの船にいましたが、私は平気です。あの、襲撃を受けた皆さんは」

「川に落ちた数名は捜索中だ。ウィルとノクトは重傷を負っているが、生きている。キースリー殿も無事だ。ああ、あとアンシェール財務官長も……」

「っアンシェール財務官長はエレミヤの仲間です」

シアリエは裏切り者の名前を耳にするなり、バロッドに真実を告げた。詳細な説明を受けた彼は目を丸くしたが、それ以外はさほど驚いた様子もなく頷く。

「そうか……。元々疑っていた高官の中の一人だったが……君がさらわれる前に尻尾を摑めなくてすまなかった。すぐ陛下に報告し、捕縛しよう。その前に、君を陛下の元に連れていかなくてはな。シアリエが誘拐されたと知り、大層心配なさっておいでだから」

「あ……」

シアリエは気落ちする。心配するアレスを押しきって視察へ向かったというのに誘拐されてしまうなんて、一体彼にどれほどの心痛を与えてしまったのだろう。

(ちゃんと謝らなくちゃ)

先に伝令の馬を走らせたバロッドは、目立たぬよう部下のローブをシアリエに着せると、自分と同じ馬に乗せて王宮へと引き返す。

「あの……っ」

「何だね？」

可愛がっている姪を相手にするような穏やかな口調で、バロッドは言う。シアリエは自分で切りだしておきながら、何から報告すべきか迷った。

『碧落の帳』で見聞きしたこと、これから自分が取るべき行動。脳が疲れすぎていて、判断がつかない。

「ひどい目に遭ったのだろう。馬上は揺れるだろうが、少しでも休むといい。言いたいことは陛下に言ってくれれば、私はあの方から報告を聞く」

バロッドから気遣うような言葉が降ってきて、シアリエは肩の力を抜く。アレスに会いたい。彼の顔を見れば少しは安心できる気がする。でも……。

『君がアレスを捨てて僕を選ぶなら、あいつの命は助かるよ』

エレミヤの悪魔のような囁きが、耳にこびりついて離れない。

（どうしたらいいの……）

安定しない馬上だというのに、極度のストレスと疲労からか、シアリエは後ろから抱えこむように乗ったバロッドの胸に背を預けて、意識を失ってしまった。

次に目を覚ました時にはもう王宮の門前で、彫刻が見事なそれを通過した瞬間、アレスに出迎えられた。愛する夫の姿を認めて、シアリエはようやく全身に酸素が行き渡ったような心地がする。しかし同時に、迫られている選択肢を思い出すと胸が苦しくなった。

「陛下、ただいま戻り……」

「怪我は？」

アレスはシアリエを隅々まで確認しながら硬い声で問いかける。紅蓮の瞳が、包帯の巻かれた指を見て歪んだ。そしてシアリエは、彼の違和感にすぐに気付く。

（……あれ……もっと血相を変えて出迎えられると思ったけど、何か……。心配してくださっているけど……淡々としている？）

しかしシアリエがそう思ったのは一瞬だけだった。

「陛下、あの……きゃっ」

腰に手を添えられ、馬から下ろされる。そこからアレスに片腕で抱きあげられたシアリエは、地面に一切足をつけることなく中央宮殿に連れていかれた。

「へ、陛下、あの、ご心配をおかけしました。でも私、歩けますよ」

アレスからの返事はない。大股で進む彼を止める者もおらず、ただバロッドだけが数歩後ろからついてきて、状況とアンシェールの裏切りを報告した。

「アンシェールを捕縛してエレミヤの情報を吐かせろ。俺はしばらくシアリエとこもる」

「承知しました」

命を受けたバロッドはどこかへと消えていく。二人きりになったシアリエは、アレスの張りつめた様子に不安を覚えた。

やがて夫婦の寝室に辿りつくと、アレスは無言でソファに腰かける。彼の発する雰囲気から怒っているのかと推測してみるものの、すぐに違うと結論づけた。

(違う……淡々として怒っているように見えるのはおそらく、逆巻く炎のような感情を無理やり押し殺しているからだわ……。きっと、すごく心配してくれてた)

アレスの腕から解放されることなく、膝の上に横向きで抱っこされた現在の状況が、彼の心情を物語っている。一秒たりとも離れたくないと言われているみたいだ。

まるでコアラのように離れないアレスに、シアリエは身を預ける。それくらいひどく心配をかけてしまったのだと思うと、胸が軋んだ。今はとにかく謝りたい。謝って、それから……。

「陛下、あの……すみませんでした。我儘を聞いてくださったのに、こんな結果になって」

アレスから返事はない。ただ、代わりに抱きしめられる力が強くなり、シアリエは胸が苦しくなった。

「陛下……」

「指、怪我してるな」

「あ……。これは、えっと」

シアリエは今さらながらそっと手の包帯を隠す。そんな些細な動きさえ腕から抜けだそうとしているように感じられたのか、アレスはギュウギュウとシアリエをより強く抱きしめる。

「お前のことは俺が守りたいんだ。本当は片時も離れず、そばで守りたい。でもそれができなくて、みすみす危険な目に遭わせた事実が、死ぬほど悔しい。痛い思いさせてごめんな」

「……っそんな、私が陛下の忠告を聞かずに出ていって、勝手に怪我をしたのに……！」

謝ってもらう必要なんてない。そう告げるシアリエのつむじに、アレスの声が落ちてくる。

「シアリエが誘拐されたって聞いて、今度こそお前のことを失ったかと思った。お前は俺の命より大切な存在だから、気が気じゃなくて、今も……まだ怖ぇよ」

シアリエはアレスがわずかに震えていることに気付く。誰よりも気高く強い彼が喪失の恐怖に怯える姿を目の当たりにし、胸をナイフで裂かれたような痛みを覚える。

(どうしよう、私……。何が正解なの……？)

「シアリエ、どうやって逃げてきた？」

不意に投げかけられた質問に、シアリエはギクリと肩を揺らす。

「エレミヤが理由もなくお前を解放するとは思えない。どうして逃げられた？」

「……それ、は……」

胸が引き裂かれるような選択肢を、ここで提示するべきだろうか。シアリエがさらわれたことで動揺し、心配をかけてしまった彼に、エレミヤから悪魔のような選択肢を与えられたのだと打ち明けてもいいのだろうか。挙句、その提案に乗るか迷っていると白状しても。

「首元のキスマークと、関係があるのか？」

「……っ」

そういえば、エレミヤに首筋に吸いつかれたのだった。船の中で見聞きしたことで頭がいっぱいだったシアリエは、目ざといアレスへの返答に窮する。

「エレミヤに何をされた？　ん？」

まず麻薬のことを報告しなくては。それからキスされたことも言うべきだ。本当は泣いて縋って、大声で謝りたいし、助けを求めたい。でもそれをすればきっと、眼前の誇り高い夫はすべてを一人で背負い何とかしようとするだろうこともシアリエは十分理解していた。

「エレミヤは……依存性の高い麻薬を使って、シェーンロッドを内側から崩壊させるつもりです」

「何……？」

「万博によって人の往来が激しくなるのを利用して、阿片を原料にした麻薬をバラまくつもりらしくて、アンシェール財務官長はそれによって得る利益を分けてもらうのを条件に、エレミヤに協力していたみたいです。それから……」

シアリエは煩悶し、言葉を切る。アレスは抱擁を解くと、シアリエの両肩に手をやり、険しい表情で続きを促した。

「それから、どうした？」

シアリエは口を開いては何も発さずに閉じる。言うべきかどうか、この瞬間でもまだ悩んでいたけれど、隠し事を許さないアレスの瞳に見つめられては、エレミヤが出してきた条件を黙っているわけにはいかないと思った。

「——もし、私が陛下と別れて、エレミヤを選んだら、今後一切シェーンロッドにも……貴方にも手を出さない、と……言われました」

シアリエは尻すぼみになりながら言った。顔を上げられない。ただ、アレスの表情を見なくても、室内の空気が凍りついたことだけは分かった。

「——断ったんだろ？」

「えっと」

「もちろん断ったよな？」

「っいえ、猶予を一晩やると言われて解放されました。もし要求を呑むなら、明日の夜明けにベリンガム地区に来いと……。どうすべきか、分からなくて……。っ陛下？」

肩に加わった力の強さに痛みを覚え、シアリエは顔を上げる。アメジストの双眸に映ったのは、ひどく憤ったアレスだった。

「何を迷う必要がある？」

「陛下……」

「ノーだろ、答えは。それしかないに決まってる」

「それは……でも……」

シアリエは視線を彷徨わせる。煮えきらない態度にアレスは業を煮やして声を荒らげた。

「俺から離れたいのか？」

「そんなこと、あるはずない！　……ないけど……っ」

見せつけられてしまった。エレミヤの圧倒的な実力と、恐ろしい麻薬の計画を。気力を削がれ、抗う気持ちを折られた上で垂らされた、何もかもがそれですべて丸く収まるという糸は、地獄の中で見出した一縷の希望にすら見えてしまった。

シアリエは両手で顔を覆い、涙を滲ませる。

「私一人が我慢して済むなら……貴方が殺されてしまうくらいなら、離れ離れの方がマシかもしれないとも、思ってしまって……」

「俺はお前と離れるくらいなら、死んだ方がマシだ」

アレスは瞳に苛烈な怒りをみなぎらせて断言する。

「そんなこと言わないでください。貴方がエレミヤに殺されてしまったら、私は耐えられない」

「っお前一人に何もかも背負わす方が無理なんだよ！　シアリエが一人で不幸になる選択肢なんて、選ばせるはずねぇだろ！」

アレスは強い口調で言った。シアリエは紫水晶の瞳を涙でしとどに濡らす。

（バカなことを言ってしまった……）

それでも今日はもう限界だった。ストレスが頂点にまで達し、涙腺のコントロールさえ上手くできない。

「守られてくれ、頼むから。結婚式で幸せにするって誓ったのに、泣かせてごめんな」

悲痛な声を落としたアレスに、震える瞼、泣いて熱を持った頬、嗚咽を押し殺す唇へと口付けられる。再び彼に強く抱きしめられながら、シアリエは不甲斐なくて死んでしまいそうだと思った。

「今夜はずっと寝室にいろ。王宮からは出さない」

「陛下……っ」

「悪かった、本当に。……ウィル、ノクト。いるだろ。入ってこい」

扉の向こうから、ウィルとノクトが静々と入ってくる。泣き腫らした目でシアリエは護衛二人の無事を確認した。

「ウィルさん、ノクトさん……っ？」

「エレミヤに襲われたこいつらには、俺の過去の因縁について話した。知る権利があるからな。俺はアンシェールの尋問に向かう。ウィルもノクトも、今日はここで休め。シアリエも怪我人のお前たちを置いては出ていかないだろ」

まるで人質扱いだ。アレスに抗議の声を上げようとしたが、自分が彼にこんなことを言わせているのかもしれないと思うと、シアリエは気が塞ぐ。

「愛してる。いい子にしててくれ」

勝手に出ていかないよう、人質とも言える見張りのウィルとノクトを置いていきながら、アレスはシアリエのこめかみにキスを落とす。彼が部屋を去ると、痛いくらいの沈黙が室内を満たした。

「――――ウィルさん、ノクトさん……お怪我の具合はいかがですか？」

シアリエは瞼を擦ると、無理やり微笑みを作って言った。ウィルとノクトは、暗い顔で互いに目を見合わす。ソファに座るシアリエの前で膝を折り、ウィルは包帯の巻かれた腕を見せて言った。

「……我々は戦線を離脱します。この腕の怪我では、貴女を満足にお守りできない」

「あ……静養なさるのですね。お大事になさってください。復帰をお待ちしております」

「いえ、我々はシアリエ様の護衛に復帰することはありません」

ノクトは強張った表情で言う。シアリエは当惑して問うた。

「どういうことですか？　治らないほどの怪我なんですか？」

「いえ……完治の見込みはありますが……。ですがこの先ずっと、シアリエ様の護衛には別の者がつきます。貴女を守るに相応しい者が」

「……っ何を言ってるんですか。私の護衛は、ウィルさんとノクトさんしかあり得ません！」

ノクトの発言を聞いたシアリエは、思わず立ちあがって叫んだ。

「何度危険な目に遭っても、私をいつも助けてくれるのは貴方たちです。そりゃ、私が嫌で護衛を外れたいというなら仕方ありませんが……」

「シアリエ様のことが嫌だなんて、思うはずがありません！」

ウィルがすかさず否定する。ノクトも同意した。

「でも今の我々では、貴女を満足に守れないんです」

「守られたいなんて思ってません！　私は一緒に戦いたいんです！」

シアリエはカッとなって叫んだ。らしくもなく憤る彼女にウィルとノクトは驚倒した様子だったが、シアリエ自身も口にして初めて、自分の本心を自覚した。

（そうよ、私、今もちゃんと、陛下と『一緒』に困難に立ち向かいたいって思ってる……！）

目が覚める思いだった。容易い道を選びそうになった己を、シアリエは恥じる。たとえ困難な道だろうと、アレスとなら進みたい。

エレミヤに絶望を味わわされた今もまだ、そう思っていることに気付く。

「……護衛ができなくとも、まだ我々と共に戦いたいと思ってくれますか？」

まるで雲間から光が差しこんだかのように、黒髪の隙間から覗く双眼を輝かせてノクトが聞く。希望を捨てきれない様子で、ウィルも尋ねた。

「もし、もしそう思ってくださるなら……。我々も本当は同じ気持ちです。だから、できることをお命じください。不甲斐ないと、力が及ばなかったと尻尾を巻いて逃げる男で終わりたくない」

シアリエは胸がいっぱいになった。やはりウィルとノクトが自分の護衛でよかったと再認識する。

「では……十年前に騎士団に在籍していた、ハイネさんの足跡を調べてくれませんか？」

「ハイネって……シアリエ様が以前日記を探していた方ですよね」

ウィルは記憶を手繰り寄せながら言った。

「陛下からお聞きしました。エレミヤの兄だと」

おそらくアレス暗殺未遂の経緯を深く掘り下げる中で、ハイネをそそのかしたピルケ伯爵と出会った経緯などは、アレスやバロッドらによって十年前に調べられたはずだ。そうではなく、彼の普段の行動履歴が知りたい。何が好きで、どんな場所に出向いていたか。そこに着眼点を変えれば、日記の在りかが摑める気がする。

「確かエレミヤは、ハイネさんが熱心なティゼニア教の信者だと言っていました……その辺の切り口から探っていけば、エレミヤを止める希望が見出せるかもしれません。その報告を持って、私の元に戻ってきてくれませんか」

「お安い御用です」

ウィルは凛々しい表情で言った。ノクトはやっと笑顔を見せ、茶目っ気たっぷりに言う。

「剣は振るえなくとも、幸い足は元気ですからね。必ず貴女の元に望む情報を持って馳せ参じます」

頼もしい言葉を得て、シアリエもようやく心からの笑みを浮かべた。


自身の気持ちを見つめ直したお陰でアレスの元を離れる選択肢はもうなかったけれど、彼の宣言通り、夜が明けるまでシアリエは寝室から出ることを許されなかった。

エレミヤとの約束の時間までウィルとノクトとハイネについて調べる計画を立てていたシアリエは、刻限を過ぎて朝日が昇った頃に彼らを送りだす。

騎士というものはタフだ。怪我人なのだから少しは休むようにと勧めたものの、彼らは颯爽と王宮を飛びだして行ってしまった。

一人になったシアリエは、寝室のベッドではなく自室のソファで少し横になる。二時間ほど眠ってから湯浴みをし、朝食の席へ向かおうと廊下を歩いていると、向かい側からアレスが大股でこちらに歩いてきていた。

（よかった……！　陛下に昨日の愚かな考えを謝って、それから……）

困難な道でも、アレスと共に乗り越えたいと言わなくては。昨日は気が動転していたが、一晩経って冷静になった今なら、自分の考えがいかに浅はかだったか俯瞰できる。

かといって、昨日の今日なので気まずさは拭えない。何と声をかけようか迷うシアリエだったが、アレスの両隣に並ぶバロッドとジェイドの剣幕にそれどころではない空気を察した。

（……え……？　何……？）

温厚を絵に描いたようなジェイドが、銀縁眼鏡の奥の目を三角にして唸る。

「今度こそお諫めせねばなりません。危険な犯罪者と一騎打ちなど、国王のすることではない！」

「だろうな」

アレスは聞く耳を持たない。

「国王じゃなく、親友としてエレミヤと戦う。好きな女を守るために」

「っおはようございます。何かあったんですか？」

シアリエはアレスたちに小走りで駆け寄りながら質問した。

「シアリエ……。いや、それが……」

ジェイドは大いに焦った様子でアレスを見やる。肝心の夫は自分と目を合わせようともしないので、少し傷つきながらシアリエはバロッドにアプローチすることにした。

「バロッド騎士団長、教えていただけます？」

「……陛下から報告を受けて、ベリンガム地区に君を迎えに来ていたエレミヤの部下を捕縛した。その者は、あらかじめ捕まることを予期していたようでな……陛下にエレミヤからの伝言を託してきたのだ。『万国博覧会』の余興である剣術大会に、エレミヤがエントリーすると。計画を止めたいなら陛下と一騎打ちをさせろというのが、エレミヤの要望らしい」

「エレミヤがそんなことを……!?」

バロッドから事の経緯を聞いたシアリエは絶句する。

「どうやらエレミヤは、シアリエが約束の場所に来ないと踏んで、別の方法に切り替えたようだ。陛下が勝利すれば『碧落の帳』は解体し、自分は捕縛されてもよいと」

「そう、なんですか……。でも……」

まさか剣術大会での一騎打ちを望むとは思わなかった。とはいえ会場はアレスとエレミヤの因縁が始まった場所でもある。復讐に駆られたエレミヤが決着の舞台として選んでもおかしくない。

「受けたりはしないですよね……？　そんな危険な話……」

シアリエは縋るような声でアレスに答えを求める。けれどいつも慈しむように見下ろしてくる目と、今は一切視線が絡まなかった。

「あいつと決着をつけるにはこれ以上ない場所だ」

「何言って……ダメに決まってるじゃないですか。もし陛下がひどい目に遭ったら……！」

昨晩、シアリエの独りよがりな考えを止めたのはアレスなのに。今度は彼がそうしようとするなんてバカげている。

「一人で背負いこもうとした私を諫めてくださったのは陛下でしょう？　昨日の私みたいに血迷わないでください」

「血迷う……そうかもな。だが受けると決めた。もう嫌なんだよ。俺のせいでお前が傷つくのは」

「っ傷ついたって平気です！」

シアリエは指の傷に障るのも気にせず、拳を固く握りしめる。

（陛下の気持ちは痛いほど分かる。昨日の私も『自分を危険にさらして陛下が助かるなら』って考えが過ったから。でも……）

「私たちは夫婦なんですから……。貴方のことで傷ついても、私は構いません」

「……っ強がるなよ！」

「強がってるんじゃなくて私はっ、陛下と二人でなら強くいられるって思ったんです！」

ミルクティーブラウンの髪を振り乱して、シアリエは思いの丈を叫ぶ。一瞬、悲痛な感情をぶつけられたことでアレスの心がぐらついたように見えた。が、それでも彼の決意は固かった。

「……俺はあいつと戦う」

「陛下……！」

国王夫妻による廊下での言い合いに、通りがかった使用人たちが何事かと目を白黒させる。見かねたジェイドが熱くなった二人を一度引き離すため、近くの空き部屋に入るようアレスに勧めた。廊下に立つシアリエにはジェイドが、部屋に入ったアレスにはバロッドがつく。

「シアリエ、一度冷静になろう。どこに行くつもりだった？　送っていくよ」

ジェイドに背を摩られたシアリエは、平静を取り戻そうと呼吸を落ちつける。すると扉の向こうから、アレスとバロッドの会話が聞こえてきた。その場から遠ざけようとするジェイドだったが、シアリエは足が縫いとめられたように動けなくなる。

「何度止められても俺はエレミヤと戦う。明日の新聞で俺が剣術大会に参加すると表明すれば、エレミヤもきっと気付くだろ」

「我々騎士団にお任せくださいと申し上げているのに。シアリエの証言によりエレミヤのアジトが船だと判明したので、港を騎士団総出で捜索中なのですよ」

やれやれと肩を竦めるバロッドの姿が、容易に想像できる声だった。

「それには感謝してる。でも、エレミヤを止める手立てがあるなら、乗らない手はないだろ。シアリエを守りたいんだ」

アレスの言葉を聞いて、シアリエは扉にそっと手を合わせる。扉一枚挟んだ向こうにいる彼の決意に満ちた声を聞いて、胸が引き絞られるように切なくなった。

「フィンメル学院の卒業パーティーでシアリエに再会した時は正直、恋情よりも執着の方が強かったと思う。婚約者がいるからと諦めていた女が虐げられている姿を見て、自分なら傷つけさせないのに、自分なら大切に扱うのにって思いが沸々とこみ上げて、ああ、自分の手元に置いてしまおうと思った。けど、俺の秘書官になったシアリエと過ごす日々は、学生時代に押し殺したはずの恋心を肥大させていって、思い出の中でキラキラ輝いていた姿よりも、目の前のシアリエのことをもっと好きになっていった。幸せにしたいって思った。たとえ今、あいつを笑顔にできていなくても……」

アレスの声に力がこもる。

「未来で、隣で笑ってくれるように俺も戦う。言っておくが、やられる気はサラサラねえよ。俺は欲張りだからな、愛する女も大切な親友も救ってみせる」

自暴自棄になってエレミヤとの一騎打ちを選んだわけではないのだと知って、シアリエは安堵と供に彼の想いの強さを感じとり、膝から崩れ落ちる。彼の本音を知ってもなお、戦わないでほしいというのが本音だったけれど、もう決断したアレスを止めることはできないのだと察した。

「それは王ではなく、男としてすべきことですよ。呆れましたな。ただの男のエゴを通したいと言われては、止められません」

扉の向こうにいるバロッドもアレスが絶対に引かないと悟ったのか、とうとう折れる。

「ただしトーナメント方式の剣術大会には、騎士団の猛者も数名エントリーさせます。もし貴方と当たる前に彼らのうちの誰かがエレミヤを倒しても、文句は言わないでくださいね」

「頼もしいな」

アレスが笑う気配がする。こうして、アレスがエレミヤと対峙する決戦の時が決まってしまった。


「ちょっとシアリエ～？　湿っぽい顔しちゃって、キノコでも栽培するつもり？」

アレスとはバラバラの時間に取った朝食後、王妃の執務室で仕事に励んでいたシアリエは、一気に押し寄せてきた来訪者に驚く。

部屋にやってきたのはキースリー、ロロ、ジェイド、そしてバロッドだった。

「キースリーさん、ご無事で何よりです……！」

まずは昨日、襲撃された時から会っていなかったキースリーに声をかける。無事とは聞いていたものの、元気そうな女装姿を見てシアリエは胸を撫でおろす。

「アンタのお陰でね。ユユもお礼を言ってたわ。それで？　皆から色々と聞いたわよ、陛下もぶっ飛んでるけど、自分一人が犠牲になってエレミヤを止めようとするなんて、アンタもおバカさんね」

「ハイナークローシェンド」

「ロロ……『君たちは独りよがりが過ぎるよ』ですか？　返す言葉もありませんね……」

執務机の前まで来たキースリーによってツン、と額を押されたシアリエは、珍しく肩を怒らせたロロの異国語に反応する。

「昨日は目の前で大切な人たちが傷ついて、おまけに麻薬という脅威を見せつけられて、冷静な判断ができていませんでした。私がエレミヤの手中に落ちたって、何の解決にもならないですよね」

「目が覚めたようでよかった、シアリエ」

「ご心配をおかけしました、バロッド騎士団長。……結局陛下は心変わりなさらず、のようですね」

シアリエが言うと、バロッドはこめかみを揉んで答えた。

「あの方は柔軟な発想の持ち主だが、一度決めたら頑固だから」

「イノシシみたいよねぇ」

バロッドの言葉に、キースリーがうんうんと深く頷いて言った。ジェイドは苦笑いを浮かべつつ告げる。

「君も陛下も、お互いを想うあまりに、自分を蔑ろにする。どちらもなまじ実力があるから厄介だね。……シアリエ、私たちにとっても、エレミヤのことは乗り越えたい過去なんだ。ずっと後悔を抱えて生きてきた。幼かったエレミヤの泣き声が耳にこびりついて離れないくらいに。……私たちにできることは何もないのかな？」

期待と諦めの混ざった問いかけに、シアリエは黙りこむ。アレスとエレミヤが戦えば、嫌でも今回の件に決着はつく。アレスが負けるなんて想像もしたくないが、もしそうなった場合、シェーンロッドは国の導き手を失い混迷の時を迎えるばかりか、麻薬の蔓延により腐敗してしまう。

（――そんなことはさせない。だから私も戦う、私のやり方で）

「――私たちには、私たちの戦い方、向き合い方があると思っていて」

やがて、シアリエは噛みしめるようにポツリポツリと話し始めた。

「……皆さんの手を貸していただけますか？　私、私は……」

これまで、大概の仕事は自分一人の力で賄えると思っていた。けれど禁酒法問題で、人の助けを借りることを知った。そして、それがどれほど大きな力なのか。

「私も陛下も、未熟で……っ。一人では何もかもを守れません。だから皆さんの力を貸してください……！」

「当たり前だ」

その場にいた、シアリエ以外の全員の声が重なる。力強い言葉に、シアリエは胸に熱いものがこみ上げた。瞳を潤ませるシアリエに、キースリーが生き生きとした顔で問いかける。

「言ってちょうだい、シアリエ。アタシたちはどうしたらいい？」

「っシェーンロッドに麻薬が蔓延するのを止めます。そのために麻薬取締法と関税法を設けたいので、草案作りに協力してください。今からでは『万国博覧会』が始まる当日までに施行することはできないでしょう。それでも、未来のシェーンロッドで麻薬が蔓延しないためには必要な法律です。それからバロッド騎士団長は『万国博覧会』開会当日の警備について、お願いがあります。開会当日、エレミヤが闘技場に現れるなら、アジトの船は港に停まるはずです。警備を港に集中させて船を特定し、人の往来に乗じて麻薬が広められるのを止めてください」

シアリエはきびきびと指示を飛ばす。するとロロに、ムニッと頬を摘まれた。

「シュナリエッロ・パリメラ・シア」

「……『やっとシアらしい表情をしたね』ですか？　そうですね……私もそう思います」

ウィルとノクト、キースリーやロロ、ジェイドやバロッドにまで助けられたお陰で、シアリエは前を向く。目の前の高くそびえ立つ壁が崩れて、ようやく向こうの景色が見えた気がした。

シアリエが『万国博覧会』の会場で襲撃を受けてから一週間後、嬉しい知らせが入った。

「カルバハル神官長!?　どうしてこちらに？」

謁見の間の近くを通ったシアリエは、ちょうどそこから出てきたティゼニア教の神官長であるシスリオ・カルバハルに歩み寄った。今となっては懐かしい禁酒法問題で意見の相違から敵対した相手だが、彼の本質は善人だ。相変わらず雪のように白い長髪と平服がトレードマークの彼は、年長者特有の落ちついた声で言った。

「過日の台風でティゼニア教の総本山である教会も甚大な被害を受けたので、陛下に支援を頼みに参りました」

「そうでしたか。陛下のお返事は？」

「手厚いフォローをいただけるとのことで、安心しています」

「それはよかったです。私にもできることがあれば遠慮なくおっしゃってくださいね」

カルバハルと台風の被害や影響について話しながら廊下を歩く。ひとしきり話し終えたところで、シアリエはティゼニア教の神官長という立場の彼に、ハイネについても聞いてみることにした。

シアリエの話に耳を傾けていたカルバハルは「ふむ」と考えながら言葉を紡ぐ。

「十年前の騎士団員か。先日教会を訪ねてきた二人組の騎士にも似たようなことを聞かれましたな」

（きっとウィルさんとノクトさんだ……！）

シアリエの表情がパッと晴れやかになる。

「何かご存知ですか？」

「心当たりがあるとすれば……当時の神官長に懐き、よく懺悔や悩みを告白しに来る若者がいました。いつもみすぼらしい身なりで食糧にすら困る生活を送っていたのだが、王宮で働き口を見つけて安定した生活を送れているようだと、当時の神官長がお喜びになっていたのを思い出しました」

「……っ。その方のお話を聞けたりはしませんか？」

「今はラナリア領で隠遁生活を送っておられます。足が悪いので、移動は中々厳しいでしょう」

シアリエは肩を落とす。分かりやすく意気消沈した王妃の姿を見て、カルバハルは咳払いする。

「……という会話を、騎士団の若者二人にもしました。すると二人揃って、自分たちが足を運ぶから問題ないと言っていましたな。自分たちの足は元気だからと」

「……っ、ウィルさんとノクトさんが……？」

「やはり貴女の知っている者たちですか。どうりで行動力の塊みたいなところがそっくりだ。いきなり訪ねてはお困りになるだろうと言うと、無理やり自分たちを紹介する手紙を書くよう迫られて、大層迷惑したものですよ。ちょうどラナリア領に着いた頃ではないかな」

「……っそうですか」

カルバハルの相変わらずな毒舌も全然気にならない。それくらい、約束を違わずに奔走してくれているウィルとノクトに胸が熱くなった。

（そうよ、何もかも希望が潰えたわけじゃない）

図らずもいい報告を貰えた。怪我を負っても頑張っている彼らに勇気と希望を分け与えられたシアリエは、自分も今できることをしようと決意を新たにした。

シアリエがカルバハルと別れてから数時間後。ところ変わってアンシェールを捕縛している地下牢には、アレスの姿があった。

石造りの冷たく暗い空間の中で、壁に取りつけられた松明の炎がアレスの冷厳な表情を照らしだす。鉄格子の向こうにいるアンシェールはセンターパートの髪がもつれてボサボサになり、財務官長として働いていた頃の威厳や面影はもうない。それでも彼は、今日も何も吐かなかった。ただ憎々しげにアレスを睨みつけるのみだ。

「エレミヤは麻薬をどうやって広めるつもりだ。売人を雇っているのか？　仲買人はいるのか」

アレスは淡々と問いかける。この質問はアンシェールを捕縛してからもう七度は繰り返しているが、彼は一向に口を割らなかった。

「……良心はないのか。お前を含めた高官には、エレミヤの兄の件を伝えていたはずだ。お前は俺がハイネを殺したとエレミヤが勘違いしていることを知っている。なのに真実を伝えず、俺とシアリエを陥れるために、エレミヤの憎しみを利用したんだな」

アレスの声に憤りがこもる。けれどアンシェールは何も答えなかった。

「今日も収穫はなさそうですね。しかし解せない。捕縛され、もうエレミヤから麻薬による利益の分け前を受け取ることも叶わないのに、何故ここまで口を割らないのか。こちらに情報を提供した方が減刑も望めると分からないのか？」

アレスの護衛で同行していたバロッドは、アンシェールの頑(かたく)なな様子に呆れ返った様子で言った。

するとそれまで石像のように黙っていたアンシェールは、突然口を開く。

「刑が軽くなっても、私の傷がついたプライドは戻らないままだ」

「プライド……？」

アレスは眉根を寄せる。これまでのだんまりが嘘のように、アンシェールは興奮して捲したてた。

「陛下は当時子爵令嬢だった小娘の禁酒法問題には耳を傾けたのに、上級貴族である私が持ちかけたトリルメライとの交易の話は却下した！　私を否定したのだ！　あれでは私が、下級貴族の出の小娘よりも劣るみたいではないか！」

「仕事の提案が採用されないのはままあることだ。必ずしも身分が高い者の意見が尊重されるわけでもない。それなのに、まさかお前は『自分自身が陛下に否定された』と思って逆恨みしたのか？　嘘だろう？」

バロッドは子供じみた発言をするアンシェールに、開いた口が塞がらない様子で言った。しかしアンシェールは噛みつく。

「私は上級貴族なのだ！　プライドを傷つけられては生きていけない！　……陛下、私は貴方と妃殿下のせいでシェーンロッドが崩壊する時まで、決して口を割りません。私の意見を軽んじ、尊重しないからこうなったのだと後悔すればいい」

「シェーンロッドを壊させはしない。お前を軽んじたつもりはないが……自分の思い通りにならないことがあっただけで国を混沌に陥れようとする浅慮な者の意見など、初めから耳を貸さなくて正解だ」

アレスは軽蔑のこもった声で、冷たく言い放つ。アンシェールは怒りで醜悪に顔を歪ませた。

「子爵令嬢上がりの小娘と結婚して、愚かになられましたね！　……っ!?」

「そうやって人を身分や出自で判断し、見下す奴が俺は一番許せないんだよ」

鉄格子の隙間から手を伸ばしたアレスは、アンシェールの胸倉を摑んで凄む。龍のような眼光の鋭さに、アンシェールはヒッと短い悲鳴を漏らした。

かつて弱い立場のハイネを利用したピルケ伯爵の姿が、アレスの脳裏に過る。出自が低いからと侮るのはアンシェールも同じだと思った。

「シアリエが誰よりも国を豊かにしようと頑張っていることを俺は知ってる。懸命に生きている者を二度とバカにするな」

アレスが手を離すと、胸倉を解放されたアンシェールは大げさに咳きこむ。そんな彼にはもう一瞥もくれず、アレスは地下牢を後にした。

「アンシェールに向かってシアリエへの愛を熱烈に語るなら、仲直りしてはいかがです？　彼女と」

地上に続く階段をアレスの後に続いて上りながら、バロッドが提案する。

「愛なんて語ってたか？　ってか、シアリエとは別にケンカしてるわけじゃねぇよ。毎日同じベッドで寝てるし……あいつが寝入ってから寝室に戻ってベッドに潜りこんでるけど」

「そういう状態をケンカしていると言うんですよ。……頑張ってますよ、シアリエ。万博の準備と並行して、麻薬取締法や関税法とやらの草案作りに勤しんでいます」

「ああ、ジェイドから報告は受けてる。関税法ってのは耳慣れない言葉だが、要は『輸入してはならない』と掲げられた貨物を輸入した者を処罰し、罰金を取るって法を制定したいらしいな」

アレスは愛しい妻の顔を思い浮かべ、口元に笑みを刻む。

「大した奴だ。そういう方面から取り締まるのがシアリエらしいというか何というか」

「陛下、シアリエだけに努力させるわけにはいきませんよ。修練場に参りましょう。貴方をエレミヤに勝てるよう鍛えねば。筋肉と鍛錬は裏切りませんからな」

威勢よく言ったバロッドは、力こぶを作ってアレスを修練場に誘う。

「お、おう」

『万国博覧会』――――そしてアレスとエレミヤの決闘の時は、刻一刻と近付いていた。

第六章　それぞれの戦いへ

吐く息が白い季節。紙吹雪が舞う中、とうとう『万国博覧会』は初日を迎えた。

ミルクティーブラウンの長髪をハーフアップにしたシアリエは、ちりばめられた宝石やレースが見事な藤色のドレスに身を包む。中々羽織る機会のない、夜空を切りとったような濃紺のマントを身につければ、自然と身が引き締まった。

今いる場所は、メイン会場となるガラス張りの建造物だ。これは前世のロンドンでの『第一回万国博覧会』の会場となった水晶宮を模したものであり、鉄骨とガラスを使用するよう著名な建築家に頼んで設計してもらった、シアリエ自慢の建物の一つである。晴れた今日はアーチ型の天窓から陽が差しこみ、壮麗な会場を水晶のようにキラキラと照らしている。

ガラス張りの窓からは賑わいを見せる港が一望でき、各国の船が次々と乗り入れる様子が確認できた。いわば世界を巻きこむお祭りだ。王都全体から、活気と興奮がひしひしと伝わってくる。

会場前の広場には馬車に乗った客が押し寄せ、川の方からはどよめきが聞こえてくる。おそらく水力紡績機の見学を期待している者たちの歓声だろう。

（万博会場でエレミヤが襲撃を仕掛けてきたことも、私が誘拐されたことも、関係者に口止めしたことで幸いニュースになっていない。一先ず無事に開会できそうね……）

騎士団の努力の甲斐も虚しく、今日に至るまでエレミヤは捕まっていない。

(これまでは港から離れて海上を漂っていたのかもしれないけど、万博での人の出入りに乗じて麻薬を広めるつもりなら、開会当日の今日は絶対に港のどこかに各国の船に紛れて停船しているはず……。バロッド騎士団長に港の警備と船の特定を任せているから、どうか間に合ってほしい)

そして自分がすべきことは……。

シアリエは二階の控え室の柵から、一階にある赤い絨毯の敷かれた壇上を見下ろす。あと十分もすれば、自分は開会宣言を行う。エレミヤによって陥れられたシェーンロッドの評判を盛り返し、さらなる産業発展のためにも、大役を務めあげなければならない。

けれど、その前に……。

「シアリエ？」

背後から声がかかり、シアリエは振り返る。そこにはシアリエとお揃いの濃紺のマントを羽織り、正装をしたアレスが、少し気まずそうに立っていた。

「陛下、すみません。お呼びたてして」

「いや。剣術大会は夕刻からだし、どうせ挨拶には俺も参加するから構わねぇよ」

そこで会話が途切れてしまう。王宮の廊下でケンカをして以来、一緒に食事をしても同じベッドで眠っても、ずっとよそよそしい空気が続いていた。付き合いの浅い他人と話すような距離感が寂しいとシアリエは思う。

「あー……何だ？」

首の後ろを掻いて気まずそうに視線を逸らすアレスの耳で、シルバーのピアスが揺れる。それを見つめながら、シアリエは彼の胸元に額を寄せた。

「本当はまだ、戦ってほしくないです。戦わなくていい二人ですもの」

「……そうか」

アレスは決して「戦わない」とは言ってくれない。けれど背中に回った腕が壊れ物を扱うように抱きしめてくれたので、シアリエは勇気を出して伝える。

「でも、それでも戦わなくてはならないというなら……どうか、私の想いも貴方と共に。一緒に戦わせてください。エレミヤにもうこんなバカなことをさせないために、シェーンロッドが混迷の時を迎えないように。私の想いが、貴方を守りますように」

シアリエはアレスの陶器のような頬を両手で包む。意図を察した彼が腰を曲げてくれたタイミングで、背伸びをして自分から唇を重ねる。雲間からは太陽が覗き、天窓から差しこむ光がベールのように二人を包んだ。神聖な光に照らされながら、うっすらと張った涙の膜のせいでそう見えるのかもしれないと、シアリエは思った。

「お前を泣かせるのは、今日で最後にするから」

ありがとな、と小さく呟いたアレスは、抱擁を解くとシアリエの手に誓いのキスを送る。その手を繋いだまま、二人一緒に大階段を下り、いよいよ『万国博覧会』の開会を告げるべく壇上へと向かった。

メインの会場となるガラス張りの建物には、多くの展示物が飾られている。しかし今、会場に集まった国内外の来賓の視線は壇上のシアリエとアレスに向けられていた。深い興味と期待に染まった眼差しを向けられながら、シアリエは一歩前に出る。

今この瞬間、世界中で間違いなくここが一番、煌びやかな空間だった。

「この度はシェーンロッド主催による『万国博覧会』にお集まりいただき、ありがとうございます。国内の技術者だけでなく、世界各国の方々が参加してくださいました。この万博を通して、世界中の経済発展と調和の両立を願い、また目指します。それでは……ただいまより『万国博覧会』を開会いたします」

天井を突き破るほどの歓声と拍手が轟く。外では昼間から花火と祝砲が鳴り響き、今日だけで一万もの人々が詰めかける『万国博覧会』は、華々しく幕を開けた。

いざ始まると、一緒にいられたのは開会宣言の時だけで、シアリエもアレスもそれぞれ貴賓たちの相手に追われることとなった。しかもアレスは剣術大会が控えているため、ティーブレイクの後にはバロッドに警護されながら闘技場へと向かう。

「シード権を使用しないとは、本当に呆れましたね。一般参加者同様、トーナメントを勝ちあがっていくおつもりなんて」

もはや放蕩(ほうとう)息子を叱るような口調で、バロッドが言う。闘技場には参加者が続々と集まり、運営スタッフによって控え室に通されていた。さすがに国王であるアレスは、別途用意された個室に着替えのため足を運ぶ。部屋の前まで来ると、受付の騒がしさが遠くなった。

「俺だけ特別ってわけにはいかねぇだろ。それよりちゃんと俺とエレミヤが決勝まで当たらないように組んでくれたか？」

「いや、貴方は特別な存在なんですよ……。エレミヤの件ならもちろんです。奴を闘技場に足止めしている間に、我々騎士団は『碧落の帳』のアジトである船を見つけ、麻薬を押収する計画なので。本来であれば、エレミヤ本人が闘技場に現れたところを捕縛したいですが……」

「ダメだ。それじゃ腹を立てたエレミヤが試合前に暴れて観客を巻きこむ可能性がある」

「よく分かっているじゃないか。アレス」

静謐（せいひつ）な空間に、一際明るい声が響く。採光用の窓から差しこんだ西日によって浮かんだ影には、長いおさげが猫の尻尾のように揺らめく。シャルワニを彷彿とさせる金糸の刺繍が入った白い衣を羽織ったエレミヤが、側近のスーレイを連れてこちらに歩いてきていた。

目を引く外見にもかかわらずここまで警備の誰にも捕まらなかったのか、もしくは気絶させてきたのか――アレスの前で立ち止まったエレミヤは、懐から手のひらサイズの『あるもの』を取りだして見せる。

「これ、アルミニウムと硝酸バリウム、硫黄を調剤して作った炸薬（さくやく）なんだ。もし僕をここで捕まえれば、これに着火して闘技場を照らす。すると港のどこかにいる僕の船の大砲が、ここに撃ちこまれることになってる。自分の浅慮によって大勢の死体が出るのは見たくないだろう？　正々堂々と殺し合おうよ、アレス。それとも、兄さんを殺した卑怯（ひきょう）なお前には難しいかな？」

　エレミヤはスーレイに照明弾を預けて笑う。預かった彼の部下は、しっかりと懐に仕舞った。

「シアリエはいないの？　戦いの前に一目顔を見たかったんだけど」

「……シアリエは万博の主催だ。やることが山ほどある」

アレスが答えると、エレミヤはつまらなそうに頬を膨らませる。

「ええ〜。目の前で夫が死ぬところを見せたかったんだけどな」

「エレミヤ、剣術大会は殺し合いじゃない。一本取られた方が負けだ」

バロッドが険しい表情で口を挟む。するとヘラヘラ笑っていたエレミヤは、一瞬にして表情を無にし、腰に差していた鞘から剣を抜いた。一足飛びで間合いを詰め斬りかかったエレミヤに、バロッドも腰に下げていた鞘から剣を抜いて応戦する。金属の擦れ合う不協和音が、冷たい廊下に木霊した。

「僕、お前も好きじゃない。あの日兄さんがアレスに殺されたのを知りながら、今でもアレスのそばにいるお前も、後で殺してやる」

「エレミヤ、やめろ」

アレスは低い声で命じた。

「試合前に俺の大切な者たちに手を出すなら、試合には応じない」

「それは困るな。大勢の観客が見守る中でお前を殺すことに意味があるのに」

エレミヤは剣を引く。鍔迫り合いをしていたバロッドも剣を下ろしたが、アレスは彼の手が衝撃で震えていることに気付いた。それだけエレミヤの一撃が重かったということだ。

剣を鞘に収めたエレミヤは、至極残念そうにため息をつく。

「この場にシアリエがいないのは本当に残念だな。まあいいか。お前の死体を連れて迎えに行くよ」

「シアリエは連れていかせねぇよ。俺はお前に倒される気もない。……どうしてシアリエに固執しだした。俺の妻だからか？　お前が恨んでいるのは俺だろ。あいつを巻きこむな」

アレスは吠(ほ)えるように言った。エレミヤは口の端を吊りあげて笑う。

「最初はお前の妻だから壊したいと思ってた。でも、今は違う。あの高潔で優しい女がほしいんだ。好きな女がこの世で一番憎んでいる男の妻だなんて許しがたいだろ。お前を殺すことでこの先一生泣かせることになっても手元に置く。シアリエなら泣き濡れていてもきっと綺麗だ」

「俺はっ」

アレスは血を吐くような声で唸った。

「俺も、今回……あいつを泣かせた。だけど、不幸にさせたいわけじゃない。だからお前にシアリエは渡さない。あいつには笑っていてほしいから、お前と全力で戦う。エレミヤ、今日こそハイネが死んだあの日の、答え合わせをしたい」

「答え合わせ? 弁解も言い訳も聞きたくないんだよ。嘘で塗り固めただけの言葉なんて、遺言にさえならない。兄さんと僕と初めて会ったこの闘技場で死ね、アレス。僕は兄さんの無念を晴らし、お前の呪縛から解放されてシアリエを手にする」

「させねえよ。俺がお前を止める」

一歩でも動けば鋭い刃物で身を削がれるような殺気が、二人の間に満ちる。主(あるじ)たちの剣幕に押されたバロッドとスーレイの息を呑む音が、静まり返った廊下によく響いた。

メイン会場の西に位置する闘技場から、歓声が聞こえてくる。また一つ試合が終わったのだろうと思うと、水力紡績機の設置された建物内にいるシアリエは、ソワソワしてしまった。

（陛下もエレミヤもトーナメントを順当に勝ち進んでいると定期的にイクリス秘書官長から連絡が来るけれど……それはつまり、二人の決戦の時が近付いているってことで……）

しきりに建物内の時計を確認してしまう。冬は日が暮れるのが早いため、五時を回った外はすっかり群青色だ。川の周辺はガス灯によってライトアップされ、窓から見える見事な水車が照らしだされていた。闇の色が辺りを支配する頃には、剣術大会もクライマックスを迎えるだろう。

（ダメダメ、私は私のやるべきことを全うしないと）

目玉の水力紡績機は夕刻になっても人気が衰えない。展示されている木の紡績機の周りには長蛇の列ができ、鑑賞する人々の目は、まるで初めて月面に着陸したかのように感動で輝いていた。

「素晴らしいな。撚りと巻きとりを同時に行い、作業を連続してできるのか」

海を渡った向こうの国であるゲインズの国王は、新しい玩具を目にした子供のように心躍った様子で言う。シアリエは周りにいる貴賓にも聞こえるよう、丁寧に大きな声で答えた。

「ええ。おまけに糸を紡ぐ速度は従来の機械の六百倍ですよ」

「六百……!?　我が国も真似たいものですが……特許を取得してらっしゃるのですか？」

南の国の国務大臣が問う。彼は粗糸の巻かれたボビンやローラーをしげしげと眺めて言った。

「もちろん取得済みです。こちらは水車を原動力にしているので強くて太い糸を紡げますし、作業効率も格段に上がりました。これによって大量生産が可能になりましたので、シェーンロッドから輸出される綿糸や綿織物に期待していただきたいです」

前世の社畜時代の経験から、プレゼンには慣れている。興奮して水力紡績機の周りに集まる来場者の反応を見るに、シェーンロッドの産業技術の素晴らしさは十分に伝えられただろうと、シアリエは確かな感触を得た。

「大盛況ですね、妃殿下。予想を遥かに上回る来場者数で、会場の床が抜けてしまいそうだ」

シアリエの周囲から人が減った隙を見計らって、ストリープ侯爵がニコニコと声をかけてくる。その隣にはモネの姿もあった。

「シアお姉様ー！　ワインの格付けは斬新で面白いアイディアでしたね！」

「ストリープ侯爵、モネ、ありがとう。二人のお陰で無事初日を迎えられました」

特にモネに関しては期待していなかっただけに、ワインの格付けに奮闘してくれたようで驚いた。人は成長する生き物だ。かつて姉の婚約者を奪うほど恋愛脳だった妹は、知らぬ間に立派な仕事人になっていたらしい。

ワインの格付けが行われる会場は大盛況だったとジェイドから報告を受けていたので、シアリエはモネの隠れた手腕に舌を巻いた。

（皆、なすべきことをしてくれている。そんな人たちのためにも、シェーンロッドを陥れるエレミヤの計画は止めなくちゃいけない。そのために、陛下も今戦ってくれているのよね）

どうしたってふとした瞬間に、アレスのことを考えてしまう。これはもうどうしようもないな、とシアリエは苦笑を零した。かつての仕事一筋な自分であれば考えられないことだ。

「シアリエ。剣術大会の報告に来たよ。……アレス陛下の決勝進出が決まったようだ」

先ほどから連絡係をしてくれているジェイドが、シアリエの背後に立つ。たちまち、シアリエは緊張に顔を強張らせて問うた。

「――――対戦相手は決まりましたか？」

「エレミヤだ」

「……分かりました。お忙しい中、ご報告ありがとうございます」

こっそりと報告を受けたシアリエは、気丈にも微笑んでジェイドを労う。彼は銀縁眼鏡のブリッジを押しあげてから、慰めるようにシアリエの肩をポンと叩いた。

（離れた場所で、ただ無事を祈るしかできないことがもどかしい）

剣術大会には騎士団の実力者たちも参加している。そんな腕自慢たちよりもエレミヤは強いということだ。それはアレスにも言えることだが、シアリエはいよいよ不安で押し潰されそうになる。

（大丈夫、よね？　信じなきゃ、陛下を……。でも、もし陛下が怪我でもしたら……）

「――――シアお姉様？　シアお姉様っ」

「あ、ごめんなさい。何？　モネ」

モネから話しかけられていたことに遅れて気付いたシアリエは、慌てて尋ねた。可憐な妹は、プクッと頬を膨らませる。

「シアお姉様、何だか上の空ね」

「……そうかしら」

「あーっ！　もしかしてぇ、陛下のことが気になるんじゃないですか？　今、剣術大会に出られてるんですよね？」

中々どうして、モネは鋭い。桜色のフワフワした髪を揺らし、妹はシアリエの背中を押して楽しそうに笑う。

「様子が気になるなら、見に行った方がいいですよ！」

「え、いや……そんなわけには……。ちょっとモネ、押さないで」

「水力紡績機のことなら私がお答えできますので、お気になさらず。貴女が今一番いたい場所に向かってください」

ストリープ侯爵がドンと胸を拳で叩いて言う。シアリエはそれでも躊躇した。

「でも、私は万博の主催者ですし、まだ仕事が」

「大丈夫よ、シアお姉様。お仕事より優先すべきことがあっても、いいんですよ。愛って時に自分本位で、ハチャメチャで、理性じゃどうにもならないものだから。我儘になってもいいの」

自分よりも経験豊富かつ恋愛体質だったモネに言われると、言葉の重みが違う。目から鱗だ。自分の心に素直になってもいいのだと言われたみたいで、シアリエは二人から勇気を貰った。

（我儘になってもいいなら、私が今、一番いたい場所は……）

モネもストリープ侯爵も、エレミヤの件は知らないはずだ。けれどシアリエが行きたい場所があると察し、背中を押してくれた二人をありがたく思う。

「妃殿下、貴女は十分働いておられました。なすべきことをなしたんです。だからここからは、自分のために時間を使っていいんですよ」

ストリープ侯爵の優しい言葉がトリガーだった。シアリエは心を決め、ジェイドを見やる。シアリエの眉を読んだだろう彼も、背中を押してくれる。

「闘技場に行こうか、シアリエ」

「……っはい。すみません、ストリープ侯爵、モネも、ここはお願いできますか？」

（私が今一番いたい場所は、陛下のそばだ。今一人で、何もかもを背負って戦っている彼のそばにいたい）

「任せて、シアお姉様！」

「お任せください」

モネとストリープ侯爵の力強い声が重なる。シアリエはようやく心からの笑みを浮かべ、息ピッタリの二人が付き合えばいいのにと思った。

「いってきます！」

シアリエは走りやすいようにドレスの裾を持ちあげると、ジェイドに誘導されながら逸る気持ちで建物を飛びだした。

マントが重くて走りづらい。闘技場は目視できる距離に建っているのに、気持ちが急いているせいか遥か遠くに感じてしまう。

（早く、早く……一分、いえ、一秒でも早く辿りつきたい。エレミヤを止めようと奮闘している陛下の元に。そして私は……っ）

エレミヤが計画している、麻薬の蔓延を何としてでも止めなくては。そのためにも『碧落の帳』のアジトである船を見つけてもらうことが重要なのだが、捜索に当たっている騎士団からはいまだ報告がない。

（騎士団の皆さん……どうか間に合って。アジトである船を押さえることができれば、エレミヤの行動を大きく制限することができる）

石畳のくぼみにヒールが引っかからないよう難儀しながら、シアリエは疾走する。すると背後から馬の蹄の音と、いななきが聞こえてきた。振り返れば、ウィルとノクトが片手で器用に手綱を操作しながら馬に乗って駆けてくる姿が見える。

二人はシアリエとジェイドのそばまで来ると、馬を降りた。ウィルが明るい声で言う。

「シアリエ様!! イクリス秘書官長！」

「ウィルさん、ノクトさん！ お戻りになったんですか⁉ おかえりなさい……！」

「たった今戻りました。それよりこれ、見てくださいよ！」

ノクトは肩にかけていたカバンをガサゴソと漁る。彼が取りだしたものを見て、シアリエは鼓動が速くなるのを感じた。

(嘘、まさか……)

「まさか、それ……っ」

「ハイネさんの日記です！」

ノクトがシアリエに差しだしたのは、大切に保管されていた様子が窺える背表紙の綺麗な日記だった。傷一つないそれを、シアリエは震える手で受け取る。

「――……っ見つかったんですか⁉」

「ティゼニア教の前神官長が、十年前、陛下の暗殺未遂事件の前日に教会を訪ねてきたハイネさんから預かったそうです。自分の罪をティゼニア神に許してほしくて渡しに来たそうで……思いつめたハイネさんの様子が気になったものの、日記を勝手に読むわけにもいかず、神官長を引退した後もずっと自宅に保管していたとおっしゃっていました」

ウィルが説明する。シアリエはずっと探し求めていたものを手にし、興奮で胸がいっぱいになった。

「中は？　読まれました？」

「いえ、我々は一秒でも早くシアリエ様にこれをお渡ししたいと思っていたので、中身は確認できてません。役に立つといいのですが……開いてみてください、シアリエ様」

ウィルに促され、シアリエは唾を飲みこみ日記を開く。緊張により強張った指でページを捲っていくと、読み進めるにつれ、目頭が熱くなっていった。

「……シアリエ様、これは役に立ちそうですか？」

無言で日記を捲るシアリエに、ノクトがそっと問いかける。シアリエは唇をわななかせながら、何度も頷いた。

「ありがとうございます……！　これはきっと、希望の光になります。きっと……！」

シアリエは胸に抱えこむようにして日記を抱きしめる。怪我を押してまで日記を探しだしてくれた二人に、泉のように感謝の念が湧きだすのを感じながら、今一番すべきことを考えた。

「シアリエ、これを届けよう。闘技場にいる陛下とエレミヤに」

どうやらジェイドも同じ考えのようだ。シアリエは彼の提案に大きく頷き、遠くに見える闘技場へ視線を走らせた。ノクトがシアリエに手を差しだす。

「一緒に馬に乗ってください。闘技場までお連れします」

「まだ我々が護衛でいいんですよね？　なら、我々が貴女をお連れします！」

ウィルが希望に満ちた様子で目を輝かせる。いよいよ護衛である二人が帰ってきてくれたのだと実感が湧き、シアリエは破顔した。

「もちろんです！　私の護衛はお二人しか考えられませんので、お願いします！」

シアリエは馬に乗るため、ドレス姿で鐙（あぶみ）に足をかける。ウィルの乗る馬には、ジェイドが後ろに跨った。しかし思わぬところで声をかけられ、足止めを食らってしまう。

「妃殿下！　この度の万博は本当に素晴らしいですね！」

シアリエに気付いたティムズ王国の王が、声をかけてきたのだ。水力紡績機に夢中な客人たちは、自分よりもその知識に精通したストリープ侯爵に任せてきたものの――――『万国博覧会』の取り仕切りを任されている立場上、シアリエはこの状況で、話しかけてきた貴賓を無下にはできない。

「あ……ありがとうございます」

（どうしよう。一刻も早く、この日記を陛下とエレミヤに届けなきゃいけないのに）

焦りばかりが募り、気持ちに余裕がなくなる。しかしそんなシアリエの様子に気付かないティムズ王国の王は、親しげに話しかけてきた。

「ぜひ一緒にパビリオンを回って一つ一つの展示物に関して教えていただきたいものです。な？」

「ええ、ぜひ」

隣に立つかの国の宰相も、期待に満ちた目でシアリエを見つめる。シアリエは日記をますます強く抱きしめた。この場を早く切り抜けなければ、アレスの元には行けない。

「あ……」

「はいはーい。ご説明ならアタシたちが承りまーす」

どう回避しようかと算段を練っていた時、一際明るい声がシアリエとティムズの首脳陣の間に割って入る。よく知る声のした方を見れば、そこに立っていたのは女装姿の妖艶なキースリーと、いつも通り無表情のロロだった。

「キースリーさん、ロロ？」

シアリエは元同僚の登場にポカンと口を開く。呆然としている間に、ロロがティムズ語でかの国の国王に話しかけた。

「キャピタリロ・テッソ」

「おお、ティムズ語が分かるのか」

ティムズ王国の王は、感心したように呟く。次にその辺の女性よりも妖しい美貌を誇るキースリーが、すかさず中年の宰相にしなだれかかった。

「アタシたちのご説明じゃ不満かしら？」

キースリーの性別を知らなければ、女装時の彼は絶世の美女にしか見えない。宰相がだらしなく鼻の下を伸ばす様子を眺めながら、シアリエは呆気に取られた。

突然のことに頭がついていけずにいると、キースリーに背中をバシンと叩かれ、耳打ちされる。

「陛下のところに行きたいんでしょ？　アンタには陛下が、陛下にはアンタが必要よ。だから早く行きなさい。今一番行きたいところへ」

「……いいんですか？　お任せして」

「シアリエの心の望むところに行って。僕たちの望みはそれだから」

今度はロロが背中を押してくれる。二人の優しさに打ち震えながら、シアリエは深く頭を下げた。

「……っお願いします！」

（きっとキースリーさんとロロも、陛下の試合の行方が気になっているはずなのに）

アレスとエレミヤの戦いを見届ける役目を、託してくれた。そのことに胸が熱くなる。シアリエはすっかり緩くなった涙腺を叱咤し、今度こそ馬に乗った。

「しっかり掴まっていてください」

同じ馬に乗ったノクトが、手綱を握りながら言う。シアリエは遠くに見える闘技場をしっかりと見据えて言った。

「お願いします。私を陛下の元へ連れていってください」

闘技場内にいても『万国博覧会』の盛り上がりは肌で感じることができる。いよいよ剣術大会の決勝戦を控えた観覧席には観客がひしめきあい、彼らから発せられる興奮と熱気は、アレスのいる入場口にまで伝わってきた。

「バロッド、闘技場の外はどうなってる？」

「どの出入り口も騎士団によって完全に封鎖しました。もし陛下がエレミヤに敗れたとしても、あやつをここから一歩も出しません」

後ろに控えるバロッドが答える。アレスは鞘を腰のベルトに差し直しながら「頼もしいな」と喉で笑いを転がした。

「負ける気は一ミリもねえけど、それを聞いて安心した。あとはエレミヤの足となる船の特定だな」

「こちらはまだ見つけたとの連絡が来ていませんが……貴方が試合を終えるまでには必ず特定させます。エレミヤを捕まえるなら、このシェーンロッドで」

「ああ。あいつを止めるなら、俺たちじゃなきゃいけない」

予選から複数の対戦相手を蹴散らして勝ちあがったが、正装を脱ぎ、濃いグレーのシャツと植物柄の刺繍が上品なベストを着用したアレスに、目立った汚れはない。体力にもまだ余裕がある。ただ、心は乱れていて、脈がいつもより速くなっていた。

(止めなきゃならねぇ。親友の暴走を止めるなら、俺だ。エレミヤを憎しみから救い、シアリエがまた笑顔で過ごせる日々を取り戻す)

アレスは瞑目して深呼吸する。次に長い睫毛を持ちあげて紅蓮の瞳を開いた時には、業火のように決意を燃やしていた。

円形の闘技場は、観覧席が階段状にせりあがっている。試合が行われるのはフィールドで、左右にある入場口の重たく錆びついた柵が、御簾のようにガラガラと音を立てて上がれば入場の合図だ。

アレスがその時を待っていると、実況用に設けられた最前列の観覧席から『万国博覧会』運営委員会のメンバーの一人である司会者により、拡声器を使って試合開始のアナウンスがなされる。

『いよいよ決勝戦です。ここまでの試合で素晴らしい剣技を見せてくださったアレス陛下と、彗星のごとく現れ大会の猛者を一網打尽にした謎の美青年剣士エレミヤ！　果たしてどちらがこの大会の頂点に君臨するのか、皆さんご期待ください！　それではご入場いただきましょう。まずは我らが敬愛するシェーンロッドのリーダー、アレス陛下！』

割れんばかりの拍手と声援が、会場内に満ちる。今にも雪がちらつきそうな寒空にもかかわらず、うねるような熱気が外気温を上げ、観客の興奮は最高潮に達していた。

「……行ってくる」

「ご武運を」

バロッドに見送られながら、アレスはそこかしこに設置されている松明の炎に照らしだされたフィールドに一歩踏みだす。入場すると、観客から千切れんばかりに手を振られた。

『続きまして、今大会のダークホース、エレミヤ！』

司会者のアナウンスと共に、真向かいの入場口から、エレミヤがゆったりとした歩みで現れる。そちらの入場口付近にはスーレイが控え、こちらも土埃一つついていない主人を見送っていた。

シェーンロッドの大多数の民からエレミヤに向けてブーイングが飛ぶが、彼の美貌に心を射貫かれた女性も多くいるようで、野次の中に黄色い声援が交ざる。アレスとエレミヤがフィールドの中央に辿りつくと、審判を務める第四師団の騎士団長が、改めてルールを確認した。

「準決勝までと同じく、先に一本取った方が勝ちです。『万国博覧会』を盛りあげる余興に相応しい決勝戦にしてください。殺し合いではありません。審判の私が試合の継続が難しいと判断した場合には、判定で勝利を決めさせていただきます」

アレスとエレミヤの因縁を知る審判は、主にエレミヤに向かって念を押す。けれど彼は注意喚起などどこ吹く風だった。

「この会場にいるほとんどの人間が、お前が勝つことを望んでいる。そんな奴らの目の前で国王を殺すのは気持ちいいだろうな」

エレミヤは熱狂する観客を見回し、腰の鞘から剣を抜く。同じように抜剣し、防御を意識して剣先を中段から向かって左側に開いた『霞の構え』を取ったアレスは、切実な声で訴えた。

「エレミヤ、聞いてくれ。ハイネが死んだ夜に、本当は何があったのか」

「……シアリエが変なことを言ったんだ」

エレミヤは攻撃にしか興味がないと言わんばかりに、剣を上段に構える。フィールドを囲むように等間隔で設置された松明の明かりが反射し、彼の刀身は燃えているかのように赤みを帯びて見えた。それはまるでエレミヤの内に巣食う激情を表しているかのようで、アレスは気を引き締める。

「十年前のあの日、本当は、兄さんがアレスを殺そうとしたんだって。ありもしない妄想を」

「――――試合開始‼」

審判が、上げていた右手を振りおろす。地響きのような歓声が会場を埋めつくした瞬間、アレスもエレミヤも地を蹴った。瞬く間に、激突と表現した方が正しいほど激しく剣が交錯する。

「ありもしない妄想だ――そうだろ？　お前がシアリエを洗脳したんだろ！　汚い男だな、アレス。己の名誉を守るために好きな女を騙して、兄さんの名誉を汚すなんて！　僕よりもお前の方がよっぽど悪党じゃないか‼」

「確かに俺はハイネを斬った。でも、殺してはいない。……ハイネは自分で命を絶ったんだっ！」

火花が散るほどの鍔迫り合いをはねのけたのはアレスだ。崩れたバランスを戻すために数歩後退したエレミヤの喉元スレスレを狙い、剣で突く。しかしエレミヤは持ち前の反射神経で首を反らした。白皙の頬を剣先が掠り、血が滲んでも、彼は止まらない。軟体動物のようにでたらめな動きでアレスに攻撃をしかけてくる。その手数の多さに、次はアレスが押される番となった。

「僕がそんな嘘を信じると思うか⁉　お前が兄さんを殺したんだよ！　認めろ！」

エレミヤから高速で繰りだされる攻撃に、アレスは必死で応戦する。速いのに重たいエレミヤの打撃は、アレスの手を痺れさせた。

「俺は……っ」

アレスは軸足をずらし、よろけた振りをしてエレミヤの死角から鞘を抜く。間合いに入ってきたエレミヤの一撃を片手で握った剣で受けとめると、がら空きの顎に向けて、もう一方の手で握っていた鞘の突きをお見舞いした。

アレスは確かに手ごたえを感じたものの、空中に突きあげられたエレミヤは猫のように宙返りをして観覧席の手すりに着地する。そして息をつく間もなくまた攻めに転じてきた。

「っ、ハイネの心の闇に気付けなかった責任は、俺にあると思ってる。でも、だからこそお前の暴挙を止めたい」

「何が心の闇だ。妄想で兄さんを語るな！」

エレミヤの攻撃がさらに速さを増す。身を翻したアレスは、後ろから狙われるのを避けるために壁を走る。重力を無視した彼の動きに、会場は沸いた。

けれど地面に着地し、振り向きざまに下段から振りあげようとした鞘は、エレミヤに蹴り飛ばされる。放物線を描く鞘が、フィールドの中央に刺さった。

息つく暇もなくエレミヤの振りおろした剣が閃く。アレスはとっさに剣で受けとめるものの、あまりの打撃の重さに耐えかねた刀身が悲鳴を上げた。

「……っくそ！」

アレスは腕に力を込めてエレミヤを押しのけ、距離を取る。振り返れば目の前にエレミヤが迫っており、アレスのシャツの肩口を切り裂いた。

突きだしたままの彼の手を左手で掴んだアレスは、そのままエレミヤに頭突きをかます。

『鬼気迫る戦いです！　が……これはもはや……剣術の試合というよりも……乱闘に近いような……？』

アレスたちの会話は聞こえていないのだろう。最前列の観覧席で拡声器を手にした司会者は、肝を抜かれたように実況する。そしてその声すらも凌駕するほどの声援が、闘技場を揺らしていた。

アレスは肩で息をする。尖った顎の先で珠(たま)を結んだ汗が、フィールドにパタパタと落ちていった。

ひどく汗をかいているのはエレミヤも同じで、顔の汗を拭ったせいか、剣の切っ先が掠めた際に出た血が頬に伸びている。

「……この十年、ずっと謝りたかった」

剣を構え直したアレスは、踏みこみながら訴える。アレスの攻撃を剣で受けとめたエレミヤは、鼻で笑った。

「謝って許すと思うか!?　死んであがなえよ！　僕から兄さんを奪ったこと！」

「違う、俺が謝りたい理由はお前を……っ」

アレスが再び攻めこむ。怒りで剣の動きが鈍ったエレミヤに、アレスは悔悟の念を込めて呟いた。

「こんな冷たい世界に、一人ぼっちにしたことだ」

「……っ」

透き通った海のように美しいエレミヤの瞳が、苛烈な色を帯びる。怒りで歪んだ目を吊りあげ、彼は荒ぶった感情に任せて剣を振るう。

「ごめんで済むわけないって言ってるんだよ！　クソみたいな人生だった！　十年前、兄さんがお前に殺されたあの夜から！　いつかお前に復讐してやるんだって、憎しみだけを頼りに生きてきた。汚いことも非道なことも平気でやった。それもこれも今日、お前の息の根を止めるためにだ！」

エレミヤが剣を大上段に振りあげる。煮えたぎるような怒りに駆られた彼の動きが雑になった瞬間を見逃さず、アレスは渾身の力を込めて剣を振り抜く。力で押し負けたエレミヤの剣が吹き飛んだタイミングで、アレスは彼の喉元に自身の剣を突きつける。

エレミヤの頬に、一筋の汗が伝った。

「……それでも知ってほしい。大人になった今のお前に、十年前、ハイネが何に心を蝕まれ、どういう決断をしたのか」

アレスは、苦悶に満ちた声で訴えた。

エレミヤは丸腰、そして彼の喉元には、アレスに突きつけられた剣。この瞬間、勝敗は決した。怒濤の攻防の末の決着に、観覧席は一瞬静まり返る。しかし止まっていた時が動きだしたかのように、一拍遅れて大歓声が夜空を切り裂いた。

「――勝者、アレス陛……」

間近で強烈な試合を見せつけられた審判は、我に返ったように声を張りあげる。が、言葉は途中で切れることとなった。

「まだだ！　僕がアレスを殺すまで終わらない！」

エレミヤが、油断して近寄った審判の腰に下がった剣の柄を握り、鞘から抜いたのだ。そして奪取した剣で、アレスの上半身を逆袈裟に斬りつける。

飛び散る鮮血。最初に悲鳴を上げたのは、数千人もの観客の一人である若い女性だった。その後も次々に、金切り声や動揺の声が闘技場内に響き渡る。

「きゃあああっ」

「おいおい、シェーンロッドが誇る騎士団の団長から剣が奪えるか……っ？　普通……」

観客が驚きの声を上げる中、強者から剣を奪ったエレミヤの実力に、アレスは引きつった笑いを浮かべた。斜めに斬られた彼の傷口からは、鮮血が溢れだしている。

「死ね、アレス！」

こめかみに青筋を立てたエレミヤが、呪いの言葉を吐く。闘技場内に、彼に向けた怒号が響き渡った。怒り狂って総立ちになる観客たち。実況も忘れ、口元を覆う司会者。乱入しようとする観客を必死に押しとどめる警備兵。入場口から走り寄るバロッド。

しかし、それらすべてを、アレスは片手を上げて制した。

「……っ昔から、癇癪（かんしゃく）を起こすと納得するまで駄々をこねる癖があるよな、お前。いいぜ、エレミヤ。お前の納得がいくまで付き合ってやる」

アレスは血を流した上半身をそのままに、汗で滑る剣の柄を握り直す。勝敗が決し、アレスが怪我を負ってもなお続行される戦いに、客席は戸惑いの声を上げた。

「何だ？　何で試合が終わらないんだ？」

「陛下に早く手当てを！　こんなの試合じゃないわ！」

「卑怯だぞ、おさげ髪！」

罵倒と困惑の声が交錯し、闘技場内が混乱に陥っても、アレスもエレミヤも戦いを止めない。しかし――――……。

「――――やめて!!」

先ほどまでバロッドが控えていた入場口から、女性の悲鳴が上がる。

聞き慣れた声にアレスとエレミヤが視線を向ければ、そこには息を切らし、髪も服装も乱れたシアリエが日記を手に立っていた。

「陛下もエレミヤも、戦いをやめてください！　もう戦う必要なんてないんです！」

ようやく闘技場に辿りついたシアリエは、マントを引きずりながら、土埃の立ったフィールドを突き進む。血相を変えた王妃の乱入に、観覧席の当惑は最高潮に達した。入場口からはシアリエの後を追って、ジェイド、ウィル、ノクトがわらわらとフィールドに乗りこんでくる。

「来てくれたのか、シアリエ……。危ないから下がってろ」

シアリエを案じて生じたアレスの隙を見逃すエレミヤではない。彼がアレスにとどめを刺そうとしていることに気付いたシアリエは走り寄り、大きく両手を広げてアレスを後ろに庇った。

「……っやめてったら、エレミヤ！」

「……っく！」

振りおろそうとしていた剣の勢いを殺し、エレミヤはシアリエの鼻先でピタリと剣先を止める。邪魔をされたことによる怒りのせいか、彼の瞳は井戸の底を覗きこんだかのように仄暗い。

「シアリエ、退いて。君を殺したくない」

「退かないわ。陛下を斬るつもりなら私ごと斬ればいい」

「シアリエ、やめろ」

アレスはシアリエの肩に手を置き、自身の前から退かせようとする。首だけ振り返ったシアリエは、夫の怪我の具合を痛ましそうに眺めて確かめた。

「陛下、傷は大丈夫ですか？」

「斬られる瞬間に半歩下がった。そこまで深くねぇよ」

そうは言っても、血が流れている。シアリエが唇を噛みしめると、咎めるようにアレスの手がその唇をなぞった。

「………後で説教は受ける。不安にさせて悪かった」

「――――退けって言ってるだろ！」

激昂したエレミヤが、血走った目でシアリエを怒鳴りつけた。

「アレスと一緒に死ぬつもりか？　こんな奴にそんな価値ないだろ！　兄さんを殺したこいつなんか!!」

「殺してないってば!!　ねえ、聞いて、エレミヤ。ハイネさんの日記が見つかったの！」

「……兄さんの、日記？」

エレミヤは目元を引きつらせ、ピクリと反応を示す。

彼がシアリエとの会話に気を取られているうちに、バロッドは審判と相談に入る。そしてほんの数秒のやりとりを終えると、二人揃って司会者の座る席のすぐ下まで駆け寄り、何事かを頼んだ。

司会者は大いに戸惑った様子だったが、バロッドに促されるまま観客へ説明を述べる。

『えー……諸事情により、試合は一時中断といたします』

「ふざけるなー！」

「中断？　陛下の勝ちでは？」

「アレス陛下を早く治療してよ！」

野次とアレスを気遣う声が、上段にある客席からフィールドに投げこまれる。一瞬日記に意識を持っていかれていたエレミヤも、癇癪を起こしたように唸った。

「中断なんてしない。アレスを殺すんだよ！」

エレミヤの殺気が、フィールド全体を覆う。シアリエとアレスのそばに控えていたウィルとノクトは、まだ使い物にならない利き手で抜剣し、攻撃に備えた。が、シアリエはそれを目線で制す。

怪我を負ったアレスは、浅くなった息を漏らしながら尋ねた。

「シアリエ、ハイネの日記が見つかったって、本当か？」

「はい。ウィルさんとノクトさんが、ティゼニア教の先代の神官長様の元で保管されていた日記を、持ち帰ってくれました」

アレスは両手が空くよう剣を鞘に収めると、シアリエから日記を受け取る。そして中身にざっと目を通し、泣くのをこらえるような顔をして返した。

シアリエは手元に戻った日記を、エレミヤに差しだす。

「エレミヤ、読んで。貴方が読むべきものだわ。お兄さんのことを想っているなら、読んで」

「今じゃなくていい！　邪魔するな！　いくらシアリエでも――」

「ここに！」

気絶しそうなほどおどろおどろしい殺気を放つエレミヤに屈せず、シアリエは声を張りあげる。

喚く彼の胸に、シアリエは日記を押しつけた。

「……ここに、十年前の真実が記されてるわ。ハイネさんの想いも。だから……今読んで」

「兄さんが日記をつけていたなんて、聞いたこともない」

「騎士団に入団してからつけ始めたものよ。エレミヤ、貴方が持っているべきものだと思う。これを読んで、それでもまだ陛下と戦いたいなら、私はもう止められない。でも、今読むべきだわ。読まずに剣を振るえば、貴方は絶対に後悔する」

「……確かにこれは、兄さんの筆跡だけど……」

ミミズがのたくったような字には見覚えがあるのだろう。それでもエレミヤは警戒を解かず、剣を中々手放そうとしない。シアリエは辛抱強く待ち続ける。やがてエレミヤは苦々しげに剣を地面に突き刺し、半信半疑といった様子で表紙を捲った。

煮えたぎるマグマのように激しい殺意を抑えて従うのは、それほどまでに敬愛する兄の形見の内容が気になったからだろう。

アクアマリンのように美しい瞳が、不格好な字を追っていく。日記には、騎士団に入団してから暗殺事件を起こす前日までの、ハイネの心の機微が詳細に語られていた。

○月○日

剣術大会で優勝しアレス殿下に見出されて、騎士団に入団するまであっという間だったな。俺が寮に入ることでエレミヤには寂しい思いをさせちまうけど、これでやっとあいつにもまともな生活を送らせてやれる！　それにしても今日から王宮勤めか。煌びやかな世界、なんだろうな。緊張！

○月○日
訓練は大変だけど楽しい。寮生活最高！　官吏用の食堂の飯も美味いし。

エレミヤは元気にしてるだろうか。あいつにも王宮での生活を味わわせてやりてぇな。

アレス殿下の一声で世界が一変した。すげえよな。あんなに子供なのに、人の人生を変える力を持ってるんだ。

○月○日
やばい。十も年下のアレス殿下に対して妬みが止まらない。感謝はしている。あの方は道端に転がる石くらいの価値しかなかった俺に、仕事と名誉を与えてくれたから。

でも、生まれた時から金に困ることもなく、飢えを気にすることもない生活を送るあの方を見ていると、自分の人生がいかに惨めだったか痛感して苦しくなる。

○月○日
ピルケ伯爵って方に、大金をくれる代わりにアレス殿下の暗殺について話を持ちかけられた。怖い男だ。絶対に断った方がいい。それは分かってるけど……。

アレス殿下は、退屈しのぎの道楽で貧民の俺を登用しているに過ぎない。なら、興味が削がれたら？　また貧民街に逆戻りか？　……それは絶対に嫌だ！

○月○日

またピルケ伯爵に話しかけられた。今回は誘いじゃない。半ば脅しだ！　暗殺に手を貸さなきゃ仕方ない……仕方ない、よな？　だって、何も知らないエレミヤを人質に取られたんだ。もし俺が断れば、エレミヤは殺される。でも協力すれば、逃亡先でこの先一生困らない金を約束してもらえるんだ。そしたら、エレミヤともまた一緒に暮らせるじゃねぇか！

○月○日

どうやら俺は、アレス殿下のことを見誤っていたみたいだ。いや、嫉みから自分の見たいものしか見ようとしていなかった。あの方は本当に、この国に住む民を全員幸せにしようと考えてる。一緒にいればいるほど感じるんだ。貧しい者に教育を受ける機会を与えようとしてくれたり、福祉に力を入れてくれたり。

どうする。暗殺計画は進んでいる。もう協力すると言ってしまったのに……。

○月○日

今さらもう止められない。計画は進んでいる。でも、アレス殿下は死ぬべき人じゃないんだ。あの人はきっと、この先シェーンロッドを照らす光となるのに。

けど俺が暗殺を断れば、エレミヤが危険にさらされる。それは絶対にダメだ。

○月○日

いよいよ明日はアレス殿下の暗殺決行日だ。罪のない殿下を殺すこと、きっとこの先多くの民を導く方を殺すことに、俺は耐えられそうにない。あの方を殺したら、俺も死のうと思う。

裏切った報いを受けるべきだ。俺が。

エレミヤが大人になっていく姿を見届けられないことに悔いが残るけど、あいつはきっと俺のようにはならないだろうから大丈夫。……大丈夫、だよな？

エレミヤには真っすぐに、アレス殿下のように優しく良心を持って、日の下で生きてほしい。……本当は、ずっとそばで、二人が成長していくところを見たかった。二人が同じ方向を向いて、共に歩いていく姿を一番近くで見ていたかった。支えたかったよ。ごめんな、どうか、どうか、俺を恨んでくれ。お前の親友を奪った、兄ちゃんを恨んでくれ。エレミヤ。

それでも愛してるって、伝えたい。そんな資格も、もうないけど。ああ、そうだ。父さんの形見のピアス、結局エレミヤにあげられてねぇや。

日記はその日を最後に終わっている。捲っても真っ白なページが続くそれを見下ろし、エレミヤは驚愕から瞳を揺らしていた。

喜び、高揚、嫉み、そして悔悟と煩悶。それらの感情が生々しく記された日記を手にしたまま一言も発さない彼に、シアリエは気遣わしげに語りかける。

「エレミヤ……？」

グシャリと、エレミヤは自身の前髪を掴む。肩で息をし始めた彼は、瞳を揺らし、呻くように「兄さんが加害者側だった……？」と呟いた。

「そんなはずない……兄さんがアレスを殺そうなんて……だって……でも、これは……」

悪夢にうなされたようなエレミヤは、間違いなく兄の筆跡で書かれた日記とアレスを交互に見る。日記の内容が真実なら、これまでの自分は多大な思い違いをしていたことになる。その可能性に気付いたのだろう。エレミヤの息がより浅くなり、アレスを見つめる瞳には縋るような色が混ざる。

それはまるで、憎んだかつての友が否定してくれるのを待っているかのようだった。アレスは目を伏せる。エレミヤは震える声で訴えた。

「でも……アレスの暗殺未遂事件の後、正式な発表では、兄さんは暗殺者リストの中に名前が入っていなかっただろ……⁉　だから……っ」

「それは陛下が、君を守ったからだ」

シアリエとアレスの後ろに控えていたジェイドが、当時を思い出しているのか、憂いを帯びた表情で説明した。

「ハイネの犯した咎で、君まで罰せられないように。ハイネが暗殺者の一味であったことを伏せた」

「アレスが……僕を、守った？　どうして……」

「親友だからだ」

広大な海に小舟で一人放りだされたかのように混乱したエレミヤへ、アレスは呟いた。

「ハイネを失ったお前に、これ以上の苦しみを負ってほしくなかった。俺のエゴだ」

「……親友って、お前……」

エレミヤはふらつく。日記を握る彼の手に力がこもり、紙にしわが寄った。

アレスは耳元で揺れるピアスを外すと、開かれたままの日記の上に載せる。月明かりを浴びて、シルバーが淡く悲しい輝きを帯びていた。

「これ……兄さんの……」

「ハイネに託された。お前に渡してくれって。『愛してる、ごめんな』って伝えるよう頼まれた。あの日……十年前の夜、俺は斬りかかってきたハイネに驚いて、逆に斬りつけてしまった。それはもう、弁解のしようもない。そしてその後、ハイネは自責から死を選び、腹を突き刺して息絶えた。でも、その証拠は残ってない。だから、これについては信じてくれとしか言いようがねぇ」

「何だよ、それ……。じゃあ……」

エレミヤはシルバーのピアスを握りしめる。角が食いこんだ手のひらからは血が流れていた。それを見たシアリエは、まるで彼の心が血を流しているかのようだと思った。

「何だよ、何なんだよ……っ！　……じゃあ僕は、日記に書かれている兄さんの心の闇に、気付かなかったってことか……？　兄さんは苦しんでいたのに……」

「お前に気付かせないように、明るく振る舞ってたんだろ。ハイネはきっと、お前の理想の兄でいたかったんだ。お前のことを愛していたから。優しくて明るい兄貴だったところだけ、見てほしかったんだと思う。だから……」

「じゃあ僕は、この十年ずっと、逆恨みをしてお前を殺そうとしていたのか!?　僕を守ってくれていたお前を!?　はあっ!?　何だそれ！」

エレミヤはピアスを握っている手とは逆の手で、アレスの胸にハイネの日記を押しつける。アクアマリンのように美しいエレミヤの瞳には、涙の膜が張っていた。俯いた瞬間に散った雫が、フィールドを雨のように濡らす。

「……っはは、ふざけるなよ……。救いようがないな、僕は……。何の意味もなかったのか？　この十年、お前を殺すためだけに費やしてきた時間も、命も⁉」

　悲痛な声がフィールドに響く。観覧席のすべてにまでは届いていないようだが、エレミヤが泣きだしたことに、観客はまたざわついた。

「いつも手遅れだ。兄さんの時も、今も。僕は大事なことを見落としてた……だってもう、沢山人を傷つけた。殺したし、奪ったのに……っ！　全部勘違いだったなんて、そんなこと……！」

　エレミヤの慟哭（どうこく）が、フィールドを震わせる。小さな子供のように泣く彼が痛ましくて、シアリエは何と声をかけていいのか分からなかった。

　全身から血を流しているかのごとく泣く姿に手を伸ばすこともできないでいると、隣に立っていたアレスが、エレミヤの肩に手をかける。

「エレミヤ」

　その横顔は、親友に向けるようでもあり、弟に向けるようでもあった。

「この先一生かけて、多くの人の幸せを奪った罪をあがなっていこう。もう一人にさせない。お前がどう生きるのか、ちゃんと見届ける」

　その言葉は、どこまでも温かい。シアリエはアレスのこういうところが心の底から愛しいと思った。彼はいつも、誰かが苦しんでいたら、自分のことのように一緒に考え、救ってくれる。心の霧を晴らしてくれる。

（私は、どう慰めればいいのか分からなかった。でも陛下は、ただ相手に寄り添ってあげるのね）

　そして海よりも深い懐で、柔らかく包みこむのだ。アレスはいつも。

「……っアレス。僕……」

エレミヤが泣きながらアレスの手を取る。それを見たバロッドと審判が耳打ちすると、司会者は状況が分かっていないまま、拡声器越しに闘技場へ宣言した。

「――――対戦相手のエレミヤの戦意喪失により、剣術大会の優勝者は、アレス陛下とします！」

たちまち、雄叫び（おたけ）のような歓声と、いまだエレミヤに向けられる怒号と、説明を求める声が和音を奏でる。音の洪水の中、エレミヤはアレスに背中を押されてフィールドから出ようとした。

しかし――――……。

「そんなことが許されてたまるか‼」

入場口の一つに控えていたはずのスーレイが、懐から銃を取りだして構える。シアリエとアレスがそれに気付いた時には、すでに弾がエレミヤに向かって発射された後だった。

――――ドンッ‼

「……っエレミヤ‼　危ない‼」

シアリエの視界の端に、血相を変えたアレスが映る。茫然（ぼうぜん）自失状態のエレミヤの前に踊りでたアレスの横腹を、弾が貫通していった。観覧席からは絹を裂いたような悲鳴が上がる。

アレスの持っていた日記は宙を舞い、フィールドに土埃を立てて落下した。

「陛下⁉　嘘、陛下……！」

エレミヤを庇って撃たれたアレスが倒れる前に、シアリエは手を伸ばして支え、座りこむ。暗色のベストを着たアレスの腹部は、噴きだした血でより濃い色に染まりつつあった。

（嘘、嘘、嫌よ。何で……）

シアリエはドレスの袖口を破き、患部を布の上から押さえる。しかしすぐに自身の手まで真っ赤に染まり、彼の出血の多さに泣きたくなった。

「陛下……！　しっかりしてください！」

「平気だ。エレミヤの部下を追え……！」

泣いて取り乱すシアリエに応えてから、アレスはウィルとノクトに命じる。しかし真っ先に駆けだしたのはエレミヤだった。

「あいつ、まさか逃げるつもりじゃ⁉」

疑って追いかけるノクトの背に、ジェイドが声をかける。

「そうじゃないと思う。スキンヘッドの男は、エレミヤを撃とうとした」

「とにかく追います！」

ウィルもノクトの後に続き、スーレイとエレミヤを追いかける。司会者の近くにいたバロッドもそれに倣った。観覧席からは、罵声と悲鳴が落雷のように落ちる。激しい混乱の最中、アレスは苦しそうに口を開いた。

「……シアリエ、ジェイド。手を貸してくれ。俺らも行くぞ」

「何言ってるんですか。医師を呼んできます！」

ジェイドは踵を返し、闘技場内にある救護室へ向かう。残されたシアリエに、アレスは懇願した。

「……シアリエ」

「っ、じっとしていてください！　傷に障ります……」

「頼む」

泣きそうな気持ちで、シアリエは首を横に振る。耳に当たる彼の息があまりにも荒くて、死んでしまうのでは、と肝が潰れた。心臓がうるさい。泣きたくないのに、瞳に涙が盛り上がっていく。

「臓器は外れてる。死なねえよ」

「……っそもそも貴方が怪我をするのが嫌なんです！」

涙声で訴えるシアリエに、アレスは弱々しく笑う。「お前もさっき、俺を守るためにエレミヤの前に立ちふさがったろ」という彼の呟きは無視した。

（ああ、もう……）

エレミヤを守りたかった気持ちは分かる。だけどその行動でアレスが死んでしまっては、シアリエは自分の目に映る世界が灰色になってしまうと思った。

「陛下が死んでしまったら、私は生きていけません」

「……こんな衆人環視の中じゃキスできないんだから、可愛いこと言うなよ」

「茶化さないでくださいっ。本気で心配してるんです……っ！」

「分かってる。お前が可愛すぎて心配だから、一人でこの世に置いてなんかいかねぇよ。絶対に長生きする。だから頼む、シアリエ。肩を貸してくれ」

「……っ。片が付いたら、すぐに治療を受けてください」

本当は行かせたくない。けれどシアリエはアレスの熱意に負け、押しきられる形で肩を貸す。

共にフィールドを後にすると、控え室に続く十メートル先の通路で、エレミヤがスーレイに馬乗りになっていた。ピアスを握りこんだ拳が血で真っ赤に染まっているのは、部下を容赦なく殴りつけたからだろう。

スーレイの顔は、この数分の間に同一人物と思えないほど歪み、腫れあがっていた。

「スーレイ！　この裏切り者が！　よくも……っ」

さすがにこれ以上殴り続ければ、スーレイの命がないと判断したのだろう。バロッド、ウィル、ノクトが三人がかりでエレミヤを止める。

スーレイは前歯の折れた口で叫んだ。

「裏切り者は貴方の方だ！　ボス！　自首する気だっただろう！」

怒りで瞳孔が開きっぱなしのエレミヤに、スーレイは吐き捨てる。これまでの鬱憤を晴らそうとしているかのように、大きな声だった。

「僕の目的はアレスへの復讐だった。それがなくなった今、もう捕まっても悔いは……」

「貴方にとってはそれでよくとも、我々『碧落の帳』はそうじゃない！」

スーレイは口角泡を飛ばして怒り狂った。

「貴方の圧倒的な強さとカリスマ性に魅せられて、我々部下は前のボスから鞍替えしたんだ。貴方こそが闇の世界を牛耳る器だと信じたから！　だから貴方の奔放な行動にも付き合ったし、私怨による暴走にも目を瞑ってきた。最後はボスとして我々を導いてくれると信じていたから！　それなのに貴方は……っ。ここで我々を見捨て、捕まるなんて許さない！」

「エレミヤが捕まるくらいなら、殺そうと思ったってこと……？」

シアリエは信じられないものを見るような目でスーレイを睨みつける。振り向いたエレミヤは、シアリエに支えられたアレスの意識があることに、ホッとしたような表情を浮かべた。

スーレイはエレミヤに引き倒されたまま怒鳴る。

「そうだ。裏切り者には死を！　ギャングの常識だろう！」

「だがそれは失敗に終わった。貴様もエレミヤと一緒に捕まるんだ」

バロッドが高い位置からスーレイに凄む。しかしエレミヤの部下は不気味な高笑いを上げた。壊れたように笑う彼は、エレミヤより預かっていた炸薬を懐から取りだす。

「我々『碧落の帳』は終わらない！　忘れたのか？　炸薬が着火されれば、闘技場に砲撃が……」

しかしスーレイの言葉は、それ以上続かなかった。闘技場に振動が伝わるほどの砲撃音が、近くの港から響いたためだ。

断続的に、ドンッドンッと響く大砲の音は、心臓を震わせる。

「何だ……？　まだ着火してないのに……？」

スーレイは唖然（あぜん）として呟く。エレミヤやウィルとノクトが不可解そうにする中、バロッドは吠えるように笑い声を上げた。

「ああ……ククッ。お待たせしました、陛下、シアリエ。やっと騎士団がアジトの船を突き止めたようです。この砲撃の音は、シェーンロッドの騎士団の船による『碧落の帳』の船への威嚇砲撃だ」

「そんな、まさか……っ⁉」

スーレイはエレミヤの下から這い出ると、窓際に近寄り、港に目を凝らす。すると各国の客船が並ぶ港よりも向こうの沖で、シェーンロッドの国旗を潮風になびかせた何隻もの船が、黒い不審船を取り囲んでいた。

「シアリエ、肩を貸してくれてありがとな。もういい」

よろめきながらシアリエから離れたアレスは、壁にもたれて窓の向こうを確認する。

シアリエも窓から外を覗きこむと、騎士団所有の船が黒い不審船の周辺に、もう一発大砲を撃ちこんだところだった。鏡面のように美しい海に、激しい水柱が上がる。

シアリエの表情は輝き、スーレイの顔は歪む。長い廊下に、天国と地獄を味わう者が揃った。

（よかった……！　騎士団の方々が間に合って……！）

お陰で、麻薬がバラまかれる前に船を押さえられた。そのことにシアリエが喜んでいると、スーレイは歯嚙みして唸る。

「……ったとえあの船が押さえられても、我々が解体するわけではない！『碧落の帳』が生みだした麻薬は瞬く間に世界中に広がり、我々はより大きな組織へと変貌を遂げる！」

麻薬は砲撃されている船に積まれた分だけじゃない。言外にそう告げられたシアリエは、獲物を品定めする鷹（たか）のように目を細める。

（陛下はエレミヤを止めてくださった。バロッド騎士団長たちはアジトの船を。それなら私は）

『万国博覧会』初日にアレスとエレミヤが激突することを知ってから、自分は自分の戦いをすると、シアリエは決めていた。ならば今がその時だ。

「その前に我が国に麻薬取締法と関税法を施行し、全力で食い止めます」

シアリエは背筋を伸ばすと、長い廊下に凛と響き渡るような声で言い放つ。その横顔は、完全に王妃としての威厳を含んだものだった。

「麻薬、取り締まり……？」

「麻薬の輸出入や製造、譲渡について取り締まりを行うのよ。中毒者には必要な治療も行うわ。輸入してはならない貨物に麻薬を掲げ、これを破った者を処罰する関税法も定める。シェーンロッドが見本となりよい結果を残せば、他の国も続いてくれるでしょう」

「草案、もう完成したのか？」

アレスが目を丸くする。出血により顔色の悪い彼に、シアリエは微笑みかけた。

「……っはい。キースリーさんたちが手伝ってくださったので……陛下、元気になったらご確認ください」

シアリエはスーレイに向き直ると、優しい顔を一変させ、決然と燃える瞳で彼を射貫く。

「陛下の愛するこの国を、悪党の好きにはさせないわ」

シアリエの気迫に慄いたのか、スーレイは後ろに下がる。しかし彼が逃げだす前に、ウィルとノクトが彼を羽交い絞めにした。

「何なんだよ、この国は……この国の人間は！　自分を殺そうとした相手を命の危険も顧みずに庇う王に、麻薬の蔓延を危惧して先手を打つ王妃⁉　そんな国王夫妻なんて、どこにいるんだ……！」

今にも腰を抜かしそうなスーレイは、悪夢を見たかのごとく怯えて喚く。バロッドは彼から炸薬を取りあげると、腰に下げていた縄でスーレイを拘束した。

「……生憎、ここにいるんだよね。無茶をやってのける二人が」

入場口の方から声がしたのでシアリエが振り返ると、ジェイドが救護室に待機していた医師や救護班を連れて現れたところだった。

「どうしてフィールドに留まらなかったんですか、陛下。撃たれた自覚はおありですか？」

「おー……。治療、頼む」

ジェイドの小言を受け流し、アレスは喘鳴まじりの声で言う。

廊下の松明に照らされた彼の顔は、土気色をしていた。一刻も早い治療が必要だろう。しかし彼は、救護班の用意した担架に中々乗ろうとしない。

シアリエは早急に治療を受けてほしい気持ちから、焦って促した。

「陛下？　お早く……」

「分かってる。でもその前に、混乱している観客に状況を説明しないとな」

「あ……」

これまで意識を別のことに集中させていたせいか、ただの雑音に聞こえていた闘技場内のざわめきが、たちまちシアリエの耳に鮮明に流れこんでくる。

「陛下が撃たれるなんて、どうなってるんだ！」

「シェーンロッドの治安が低下しているという噂は本当だったのね……」

「どういうことなのか説明してください！」

「陛下はご無事なのか⁉」

状況が分からないというのは、不安を煽るのだろう。観客の動揺がひしひしと伝わってくる。

アレスと皆で力を合わせて、最悪のシナリオは止めることができた。でも、それだけで終わりではない。観客の混乱を鎮めなければ、このままでは暴れだす者も出そうだ。

「……っ観客には私がお話しします。だからどうか、陛下はすぐに治療を受けてください」

（とはいえ、何をどこまで言うべきか、慎重に言葉を選ばないと……）

観客の中には、各国の貴賓も交じっている。シアリエが情報をどこまで伝えるのが正解か悩んでいると、それでもまだフィールドに戻って自分の口で説明しようとするアレスの首の後ろに、エレミヤの手刀が振りおろされた。

「……っう」

短い呻き声を上げて、意識を失ったアレスが前向きに倒れる。それを慌てて医師たちが担架で受けとめた。エレミヤの暴挙に、シアリエは悲鳴を上げる。バロッドは腰に下げている剣の柄に手をかけ、激しい警戒を示した。

「エレミヤ、貴方、何をするのよ……！」

「こいつはこうでもしなきゃ止まらない。さっさと救護室にでも療養所にでも連れていきなよ。シアリエ、うるさい観客たちには僕が説明する」

エレミヤは泣いて腫れぼったくなった目で、淡々と呟いた。思わぬ申し出に、シアリエは目を点にする。

「……何言ってるの。貴方は……」

エレミヤは肩を竦め、ハイネの形見のピアスを耳に通しながら言った。

「ちゃんと自首するよ、このピアスと兄さんに誓う。でもその前に、せめて少しでも罪滅ぼしをさせて。シアリエ、僕のせいで困ってるんだろう？　僕なら『すべて上手くいかせられる』よ」

シアリエはエレミヤを半信半疑で見つめる。彼は念を押すように言葉を続けた。

「大丈夫。もうアレスとシアリエが必死で守ったものを、壊そうとしないから心配しないで。ちゃんと自分がやったことへの落とし前はつける。……親友が命を張ってくれたんだ。だから僕も、ちゃんとする。信じて」

君主に手刀を食らわせたのが警戒心を高めたようだ。バロッドもウィルもノクトも彼の好きにさせるのは反対のようで、首を激しく横に振る。

シアリエは、エレミヤの双眼を真正面から見据えた。

（すべてが上手くいく説明なんて、あると思えない。でも……）

これが、エレミヤが示すアレスへの誠意なら、最後まで見届けようと思った。

「……分かったわ」

「シアリエ、いいのかい？」

ジェイドが問う。シアリエが頷くと、皆何か言いたげではあったが、王妃の決定を止めなかった。

「ははっ、信じてくれてありがとう。そういうとこ、大好きだよ」

「――そう」

リアクションしづらい言葉に、シアリエは無難な相槌を選ぶ。そんなやりとりが交わされる中、スーレイはウィルとノクトによって闘技場の外へと連行され、アレスは救護室へと運ばれていく。

愛しい夫が助かるよう祈りながら見送っていると、エレミヤは出し抜けに囁いた。

「……僕さ、割と本気でシアリエのことが好きなんだけど、片想いじゃ愛は成立しないもんね。君とアレスの相思相愛っぷりには敵いそうにないや」

「無駄口を叩いていないで、行くなら早く行くぞ。このまま観客を放置しては暴動が起きかねん」

どうやらバロッドが、エレミヤの監視役となるらしい。彼に先導されたエレミヤは、横を通り過ぎる際にシアリエの頭にポンと手を置くと、入場口からフィールドへ出ていく。最後に振り返った彼は、憑き物が落ちたように穏やかに笑って言った。

「……ああ、そうだ。アレスのこと、よろしくね。シアリエ。あいつのそばに君がいてくれてよかった」

まもなく、エレミヤの声が廊下まで聞こえてくる。おそらく司会者の拡声器を借りたのだろう。剣術大会を大いに沸かせ、そしてアレスに傷を負わせたエレミヤの発言一つ一つに、観客が息を呑む気配がする。

シアリエは彼の言葉に耳を傾けながら、壁に肩を預けてズルズルと座りこむ。心配したジェイドから声をかけられたが、すぐには立ちあがれそうになかった。

皮膚の表面がジンジンして、耳鳴りがする。足が泥に浸かったように重い。長い長い一日だった。そんな日の終わりに、最愛の夫の親友から、アレスのことを託された。それだけでこれまでの苦しみも努力も報われた気がして、シアリエは涙を流す。

(陛下……陛下……アレス様)

貴方の想いが、エレミヤに届きましたよ。貴方はきっと、彼の心を救えました。私たち、シェーンロッドを覆いつくそうとしていた麻薬の脅威を退け、愛する民を守れましたよ。

だからどうか、無事に治療を終えて、また逞しい腕で抱きしめてほしい。大きな背中で導いてほしい。切れ長の目を細めて、愛しくて仕方がないと言わんばかりの優しい笑みを向けてほしい。

シアリエはそう切に願いながら『万国博覧会』初日を終えた。

第七章　ハッピーエンドの先を知ってしまっても

粉砂糖のように繊細な雪が、深夜になって窓の外にちらつき始める。神秘的な結晶は、舞い落ちるだけで静寂を運んでくるから不思議だとシアリエは思った。

王宮にある夫婦の寝室のベッドでは、無事に治療を終えたアレスが丸一日眠り続けている。

『万国博覧会』二日目の今日は、シアリエは会場には顔を出さず、一日中彼が眠るベッドのそばで事務処理を行っていた。ベッド脇に移動させた肘掛け椅子にかけ、時折アレスの額に浮いた汗を濡れタオルで拭ってやる。銃で撃たれた影響だろう、昨晩からずっと、彼の熱は引かなかった。

それでも医師曰く命に別状はないというのだから、さすがの体力と生命力の持ち主だ。

シミ一つない陶器のような肌を拭いていると、ふとアレスの長い睫毛が揺れる。その下から明るいルビーの瞳が覗いたため、シアリエは前のめりになって声をかけた。

「……っ陛下、お加減はいかがですか？」

「ここは……」

「寝室です。丸一日お眠りになっていたんですよ」

近くのテーブルに置いた水差しからグラスに水を注ぎ入れ、アレスに差しだす。ゆっくりと起こされた彼の上半身には、真っ白な包帯が巻かれていて痛々しかった。

「じゃあ、今日は万博の二日目か……」

「初日に騒動があったにもかかわらず『万国博覧会』は二日目も大盛況で幕を閉じたそうですよ」

まだ脳が覚醒していないのか、アレスは緩慢に相槌を打つ。が、水を飲むなり眠気が飛んだのだろう、目を大きく見開いてシアリエに詰め寄った。

「……っあの後、どうなった？　剣術大会で俺が撃たれて、観客たちが動揺してただろ」

「陛下、落ちついてください。傷に障ります」

「民を不安にさせちまった。各国の貴賓の目にはシェーンロッドが物騒に映っただろうし……悪い。せっかくシアリエが、シェーンロッドのために万博を成功させようとしてくれたのに」

「アレス様！」

シアリエは思いつめた様子のアレスの手からグラスを引き取ると、彼の意識を向けるために名前で呼ぶ。それからテーブルに置いていた、いくつもの新聞を手渡した。

「言いましたよね。『二日目も大盛況で幕を閉じた』って……剣術大会の混乱による悪い影響は、何も起きていません」

「……は？　んなわけねぇだろ。エレミヤは？　一体どうなって……」

アレスはシアリエに渡された新聞記事へ視線を落とす。すると大見出しに『アレス陛下に感化され、碧落の帳の頭領、自首へ』と書かれていた。

他国の新聞には『国王夫妻、シェーンロッドの暗雲を払う』や『世界的ギャングのボスがシェーンロッド王に敬意を示す』と記されている。

「何だ、これは……どういうことだ？」

「実は……貴方が意識を失った後、闘技場に戻ったエレミヤが自分の正体は『碧落の帳』のボスだと明かし、シェーンロッドの王になら捕まってもいいと観客の前で宣言したんです」

「は？」

鳩が豆鉄砲を食ったような顔をするアレスの手に、シアリエは自身の手を重ねた。昨晩の出来事を一つ一つ丁寧に反芻しながら、言葉を紡いでいく。

「貴方の誠意が、エレミヤに伝わったんです。彼は民や来賓に向けて、真実に若干の脚色をして証言しました。麻薬を売りさばく場所としてこの国に目をつけ、シェーンロッドを麻薬で沈めようと暗躍していたこと。アレス様と私に阻まれたこと。それからシェーンロッドで度々起きていた襲撃事件の犯人も自分で、それは王への勘違いによる逆恨みから、社会不安を煽ることで麻薬に手を出す者が増えるよう画策したのだと説明していました。最後に、民を不安がらせないよう自分一人で決着をつけようとしたシェーンロッドの王の心意気、凶弾から守ってくれた男気に感銘を受けたから、自首することに決めた、と……」

昨晩、拡声器を通して語られたエレミヤの説明はシェーンロッドの民だけでなく、各国の貴賓にも衝撃を与えた。

何せ世界中でお尋ね者のギャングのボスが、アレスになら捕まってもいいと宣言したのだ。些細な問題や疑問を吹っ飛ばすほどの衝撃が、闘技場内に満ちたことをシアリエは思い出す。

騒乱が起きかねないほど混沌とした雰囲気の客席は、一気にアレスを称える流れに様変わりした。最後には、彼の名を何度もコールする者まで続出したくらいだ。

（すべてが上手くいく説明って……私と陛下が非難されないようにって意味だったのね）

これがエレミヤの罪滅ぼしなら、なんて不器用で、彼らしいものだろうとシアリエは思った。アレスも同じように感じたのだろう。俯いた彼は、無理やり笑ってみせる。

「は……何だそれ……。何なんだよ……」

「アレス様……」

「エレミヤは？」

「拘束されて、牢にいます」

世界を股にかけるギャングのボスだ。『碧落の帳』の残党についてだけでなく、裏社会の情報をたんまりと持っているエレミヤは、他の悪党の情報を引き出すことにおいて利用価値が非常に高い。死罪になることはないだろう。

（だから、罪をあがなう時間はたっぷりある。つぐなうために生きていく彼を、私も陛下と一緒に見守る）

「エレミヤは、アレス様のことを『親友』って呼んでましたよ。貴方は彼を救えたんです」

「……っそうか」

顔を上げたアレスの双眸が、シャンデリアの光を弾いてキラリと揺れる。今にも泣きだしてしまいそうな彼に腕を引き寄せられ、シアリエは肘掛け椅子から立ちあがり、ベッドに腰かける形でアレスの腕の中に収まった。彼の顔が埋まった肩口が冷たい。シアリエはアレスのアッシュグレーの髪に指を通し、慈しむように撫でた。

しばらくして顔を上げた彼は、わずかに赤みを帯びた目元に憂いをたたえて呟く。

「……終わっては、ねえよな。問題は、まだ山のように積みあがってる。『万国博覧会』は始まったばかりだし、今回みたいに麻薬が国内に持ちこまれないよう、使用する者が出ないよう、麻薬取締法も関税法も、一刻も早く施行しないといけない。アンシェールのような裏切り者を出さないよう、俺自身もっと信頼される王にならなきゃいけねぇし、それに……貧困問題にも本腰を入れて取り組まなきゃな。二度とハイネやエレミヤみたいな悲劇を生みださないためにも」

「そうですね。やるべきことはまだまだ沢山あります」

「しんどいだろうな。道は険しい」

「ですが、達成した時の喜びは計り知れません」

シアリエがニッコリ微笑んで言うと、アレスは虚を衝かれたような顔をする。前向きな発言は、彼の心を明るくしたようだった。

「……俺が」

アレスから、いつもの自信満々な表情が覗く。

「俺がいつか必ず、そうしてみせる。国中の奴らを笑顔にしてみせるし、他国のリーダーたちと手を取りあって貧困のない世界にする。だから」

「アレス様の隣で、その景色を見させてください」

シアリエはアメジストの瞳に希望を宿らせ、期待に満ちた声で囁いた。

「その時まで、一緒に走り続けましょうね」

「お前を泣かせるような俺でも？」

「貴方が涙を拭ってくれるなら、悪くはありません」

シアリエは茶目っ気たっぷりに言う。そう、二人なら怖くない。どんな高い壁でも越えられる気

がするのだ。

「強くて最高にいい女だよな、お前って」

傷に障るだろうに、アレスはシアリエを抱く力を強める。息苦しいくらいの抱擁に応えながら、シアリエは彼の肩越しに見える窓から、雪とガス灯で幻想的に彩られたシェーンロッドの夜景を眺めた。

自分とアレスが守った景色。そしてこれからも、守り続けたい景色だ。

窓枠には、雪がうっすらと積もっていく。しんしんと降る結晶は、アレスの怪我を心配して毛羽立った民たちの心を鎮めていくかのように優しい。

「シアリエ。愛してる、この先もずっと。俺の進む未来に、お前が隣にいてくれることが何よりも嬉しい」

「……私もです。貴方を愛しています、アレス様」

二人で困難に直面し、苦悩を経験した今は、明日の自分が今日よりももっと幸せだと確証が持てなくなった。おとぎ話のお姫様のように幸福なエンディングを迎えた後の世界でも、苦境に立たされることがあると知ってしまったから。けれどそれでも。

(この先、また困難な時が訪れても、陛下と一緒なら絶対に大丈夫)

だって二人でなら、乗り越えられる力があるから。

結婚してすぐの頃よりももっと、愛しさは降り注いでいる。やがてそれは雪のように降り積もり、日々を生きていく糧となる。

愛される喜びに打ち震えながら、シアリエはそっと瞼を閉じて、アレスが寄せてきた唇に応えた。

あとがき

この度は『社畜令嬢は国王陛下のお気に入り２』をお手に取ってくださり、ありがとうございます。

前巻の発売から約一年、ようやく皆様のお手元にシアリエとアレスの物語の続きをお届けできること、とても嬉しく思います。続刊のお話をいただいた時は大変光栄で、同時に一巻でこれ以上ないものが書けたという達成感もありましたのでプレッシャーも大きく……担当編集者様やイラストレーター様、家族や友人、同僚、そして応援してくださる方々の支えなくしては、書きあげられなかったと痛感しております。

お力添えくださった皆様、本当にありがとうございました。

お陰様で表現したかったものを存分に書ききることができましたので、あとは前巻で幸せの絶頂に上りつめた主人公二人が、新たな困難や絶望に直面しても支え合って、互いに慈しみながら懸命に幸福を掴みとっていく姿を読者の皆様に楽しんでいただけるよう祈るばかりです。どうかこの本を閉じた時、幸せな読後感で満たされますように。

最後に、面白いと思っていただけるような作品を生みだすべくこれからも精進してまいりますので、よろしくお願いいたします。

十帖

社畜令嬢は国王陛下のお気に入り2

著者　十帖　　©JYUJO

2024年7月5日　初版発行

発行人　藤居幸嗣

発行所　株式会社 J パブリッシング
〒102-0073　東京都千代田区九段北3-2-5 5F
TEL 03-3288-7907　FAX 03-3288-7880

製版　サンシン企画

印刷所　中央精版印刷株式会社

ISBN：978-4-86669-683-6
Printed in JAPAN